아들과 연인

세계문학산책 50
아들과 연인

지은이 **데이비드 허버트 로렌스**
옮긴이 **붉은여우**
펴낸이 **안용백**
펴낸곳 **(주)넥서스**

초판 1쇄 인쇄 2013년 6월 5일
초판 1쇄 발행 2013년 6월 15일

출판신고 1992년 4월 3일 제311-2002-2호
121-840 서울시 마포구 서교동 394-2
Tel (02)330-5500 Fax (02)330-5555

ISBN 978-89-6790-160-8 04800

저자와 출판사의 허락없이 내용의 일부를
인용하거나 발췌하는 것을 금합니다.

가격은 뒤표지에 있습니다.
잘못 만들어진 책은 구입처에서 바꾸어 드립니다.

www.nexusbook.com
지식의숲은 (주)넥서스의 인문교양 브랜드입니다.

세계문학산책 50

데이비드 허버트 로렌스
아들과 연인

붉은여우 옮김 | 김욱동 해설

지식의숲

차례

결혼과 신혼 시절 ...007
세 번째 아이, 폴 ...026
아들에게 쏟는 정성 ...039
소년이 된 폴 ...050
새로운 폴의 인생 ...079
윌리엄의 사랑 ...100
소녀를 사랑한 폴 ...125
미리엄과 클라라 ...148
사랑의 상처 ...167
클라라와 함께한 오후 ...192
이별 이야기 ...210
어머니와 클라라 ...231
클라라의 남자 ...246
셰필드에서의 병원 생활 ...269
모렐 부인의 마지막 모습 ...281
세상을 향한 발걸음 ...307

결혼과 신혼 시절

그린힐 레인 계곡을 따라 올라가다 보면 짚으로 지붕을 얹은 초가집들이 길게 늘어서 있었다. '헬로'라고 불리는 그 동네에는 산 너머 탄광에서 일하는 광부들이 모여 살고 있었다.

곳곳에 널린 탄광은 오래전부터 그 지역 사람들에게 밥벌이를 할 수 있게 해 주었다. 그런데 언젠가부터 외지에서 들어온 자본가들이 그곳에 대규모 광산을 만들면서 작은 탄광들은 점차 모습을 감추기 시작했다.

'카스턴웨이트'라는 회사가 처음으로 들어와 스피니 파크에 첫 번째 광산을 열었다. 그리고 계곡을 따라 여섯 개의 광산을 더 개발했다. 그 회사는 광부들의 숙소를 제공하기 위해 베스트우드의 언덕배기, 그러니까 헬로가 있던 자리에 '보텀스'를 지었다.

모렐 부인이 그곳으로 이사했을 때는 보텀스를 지은 지 10여 년이 지난 후였다. 그래서 건물이 상당히 낡아 보였다. 어쩔 수 없이 이사를 하기는 했지만 모렐 부인은 그곳이 탐탁지 않았다. 그곳에 사는 사람들은 대부분 젊은 부부였기 때문에 좁은 골목은 늘 아이들로 붐볐고, 화장실과 부엌이 너무 가까워 위생상 좋지 않다는 생각이 들었기 때문이다.

하지만 살다 보니 그렇게 나쁘지만은 않았다. 다행스럽게도 이사한 집이 언덕 꼭대기에 자리 잡고 있었기 때문에 다른 집에 비해 정원이 넓었다. 게다가 창문을 열기만 하면 계곡이 한눈에 들어와 시원함을 느낄 수 있었던 것이다.

모렐 부인의 나이는 서른한 살이었다. 결혼한 지는 올해로 8년이 되었는데, 두 달이 지나면 셋째 아이가 태어날 예정이었다. 그녀의 남편은 월터 모렐이었다. 그 역시 동네에 사는 대부분의 다른 가장들처럼 광산에서 석탄 캐는 일을 하고 있었다.

모렐 가족이 이사한 지 20여 일이 지났을 때 마을 축제가 시작되었다. 축제가 열리자 일곱 살 먹은 아들 윌리엄은 아침을 먹는 둥 마는 둥 하고는 밖으로 뛰어나갔다. 오빠와 두 살 터울인 딸 애니도 구경을 가겠다며 새벽부터 칭얼거렸다.

정오가 지나자 윌리엄이 집으로 돌아왔다.

"엄마, 배고파요. 점심 주세요. 축제는 1시 반부터 시작된대요."

"알았다. 우선 손발부터 씻으려무나."

모렐 부인이 차분한 목소리로 대답했다.

"많이 기다려야 하나요?"

윌리엄은 마음이 바쁜지 불만스러운 표정으로 엄마를 바라보았다.

"시간이 많이 걸릴 것 같으면 그냥 다시 나가려고요."

"씻고 나와서 5분만 기다려. 아직 한 시간도 더 남았는데 그렇게 서두를 필요는 없잖니?"

윌리엄이 식탁 차리는 일을 거들었다. 한시라도 빨리 나가고 싶은 것이다. 세 식구가 점심을 먹고 있을 때 회전목마 돌아가는 소리가 바람을 타고 언덕 꼭대기까지 올라왔다. 윌리엄의 점심은 그것으로 끝이었다. 포크를 개수대에 집어 던진 아이는 뒤도 돌아보지 않고 밖으로 내달렸다.

모렐 부인은 늦은 오후가 되어서야 애니와 함께 언덕길을 내려갔다. 윌리엄은 노점 앞에서 넋을 잃은 채 서 있었다. 앞장서서 가고 있던 흑인 한 명을 죽이고, 뒤따르던 백인 두 명까지 불구로 만들어 버렸다는 전설의 사자 그림을 뚫어지게 바라보고 있는 중이었다.

한참 만에 엄마를 발견한 윌리엄이 반 옥타브쯤 올라간 목소리로 말했다.

"정말 재미있어요. 저 사자는 세 사람을 한꺼번에 해치워 버렸대요. 대단하지 않아요?"

미리 한 바퀴를 돌아본 윌리엄은 엄마를 이리저리 끌고 다니며 사람들한테 주워들은 얘기를 신나게 들려주었다. 애니는 동그란 두 눈을 깜박이며 오빠의 이야기에 깊이 빠져들었다.

해가 질 무렵이 되자 모렐 부인은 발걸음을 옮기기 힘들 만큼 피곤했다. 출산이 얼마 남지 않은 까닭이었다. 모렐 부인은 어쩔 수 없이 윌리엄을 남겨 둔 채 애니와 함께 집으로 돌아왔다.

"아빠는 오셨어요?"

완전히 어두워진 다음에야 돌아온 윌리엄이 물었다.

"오늘도 술집에서 아르바이트를 하는 모양이구나. 그렇게 해서 용돈을 얼마나 버는지는 모르겠다만……."

저녁을 먹인 다음, 아이들을 일찍 재운 모렐 부인은 정원으로 나갔다. 모처럼 평온함이 밀려들었다. 그런데 얼마 지나지 않으면 태어날 아기에 대한 생각이 문득 떠올랐다. 그와 동시에 기분이 우울해졌다.

모렐 부인은 셋째 아이가 부담스러웠다. 빠듯한 살림살이에 여유가 없었기 때문이다. 만약 윌리엄과 애니를 낳지 않았더라면 그녀는 오래전에 이 지긋지긋한 가난을 떨쳐 내 버렸을 것이다.

하지만 그것은 아무 소용도 없는 생각이었다. 모렐 부인은 자신이 아무리 애써 봐야 크게 달라질 것이 없다는 사실을 누구보다 잘 알고 있었다. 생각이 거기에 이르자 온몸에 기운이 빠졌다.

힘없이 집 안으로 들어온 모렐 부인은 개수대 위에 쌓인 그릇들을 씻었다. 그리고 난로에 불을 붙이고 빨랫감을 찾아서 물에 담갔다. 그래도 아직 초저녁이었다. 잠시 멍한 표정을 짓고 있던 그녀는 한참 만에 의자에 앉아 바느질을 하기 시작했다.

남편 모렐은 11시가 넘어서야 얼굴이 벌겋게 상기된 채 집으로 돌아왔다. 여느 때와 마찬가지로 거나하게 마신 모양이었다.

"나를 기다리고 있었던 모양이군. 탄광에서 나오자마자 이 시간까지 앤터니를 도와주었는데, 겨우 반 크라운밖에 주질 않는구려."

남편은 기분이 무척 좋아 보였다.

"눈치가 있으니 그 사람도 알겠지요."

"앤터니가 뭘 알아?"

"나머지 일당은 당신이 맥주로 마셨다는 걸 말이에요."

"천만에! 오늘은 조금밖에 마시지 않았어. 참, 당신과 아이들한테 주려고 생강 과자랑 코코넛을 가져왔소. 맛이 괜찮을 거요."

모렐은 들고 온 꾸러미를 탁자 위에 올려놓았다.

"코코넛이 아주 싱싱해. 빌이 주더라고."

"날마다 부어라 마셔라 하는 사이에 술까지 취했으니 뭔들 나누어 주지 못하겠어요?"

술기운이 적당히 오른 모렐은 아내와 계속 이야기를 나누고 싶어 했다. 하지만 모렐 부인은 고개를 절레절레 흔들었다. 몸이 무거워 피곤할 뿐만 아니라, 술 취한 남편의 수다에 진저리가 났기 때문이었다.

모렐 부인은 나름대로 전통을 갖고 있는 집안 출신이었다. 할아버지는 레이스 사업을 크게 했던 사업가였다. 비록 파산을 하고 말았지만, 그의 뛰어난 사업 수완은 오랫동안 사람들의 입에 오르내렸다.

아버지 조지 커퍼드는 부친의 사업 실패를 거울삼아 기술자가 되었다. 그는 자존심이 매우 강해서 남들에게 굽히기 싫어하는 성격의 소유자였다. 모렐 부인은 아버지의 그런 성격을 그대로 이어받았다.

깐깐한 소녀였던 그녀는 학교를 다니면서 성격이 많이 유순해졌다. 그리고 졸업을 한 다음에는 사립 학교에 들어가 조교 생활을 했다. 남부러울 것이 없는 행복한 시절이었다.

모렐 부인은 그즈음 교회에서 존 필드라는 청년을 처음 만나게 되었다. 부유한 상인의 아들인 존 필드는 런던에서 대학을 다니고 있었다. 두 사람은 예배를 마친 다음에 얘기를 나누곤 했다. 그 당시 모렐 부인의 나이는 열아홉이었다.

모렐 부인은 다정하고 섬세한 존 필드가 좋았다. 존 필드 역시 예쁘장한 생김새에 자신의 이야기를 진지하게 들어 주는 그녀에게 마음을 빼앗겼다. 하지만 두 사람은 오래 만날 수 없었다.

모렐 부인은 건강이 갑자기 나빠져 쉬어니스를 떠날 수밖에 없었다. 게다가 존 필드의 아버지가 사업에 실패해 아들의 학비를 계속 지원할 수 없는 지경이 되었다. 대학을 포기한 존 필드는 교사가 되기 위해 노우드로 향했다.

모렐 부인은 존 필드를 잊을 수가 없었다. 그래서 사방으로 수소문을 해 보았다. 하지만 세상은 그녀의 편이 아니었다. 두 사람이 만나지 못한 지 2년이 지났을 무렵, 존 필드가 하숙집 여주인과 결혼했다는 소식을 들은 것이었다.

존 필드와 결혼을 한 여자는 마흔 살이었는데, 돈이 많은 미망인이라고 했다. 그 소식을 들은 모렐 부인은 감당하기 어려운 상처를 받았다. 하지만 어쩔 수 없는 일이었다.

모렐 부인은 스물세 살이 되던 해의 크리스마스 파티에서 한 청년을 만났다. 청년의 직업은 광부였는데 춤을 아주 잘 추었다. 호탕한 성격에 낯선 사람과도 금세 친해지는 친화력까지 갖춘 그 청년은 언제나 활력이 넘쳐 보였다.

모렐 부인은 그 청년의 생활 방식이 무척 경이로웠다. 흥겨운 자리에 끼는 것을 그다지 좋아하지 않았지만 청년은 그녀에게 강한 호기심을 불러일으켰다. 강인한 생명의 불꽃이 그를 둘러싸고 있는 것만 같았기 때문이다.

청년의 이름은 월터 모렐이었다. 월터 모렐 역시 그녀를 보고는 단숨에 반해 버렸다. 파란 눈동자와 갈색 곱슬머리, 도도하면서도 청순해 보이는 그녀의 미소가 월터 모렐의 마음을 걷잡을 수 없이 흔들어 버렸던 것이다.

두 사람은 만난 지 정확하게 1년째 되던 날인 이듬해 크리스마스에 결혼식을 올렸다. 거의 모든 남녀가 그런 것처럼, 결혼 후 얼마 동안 모렐 부인은 더할 나위 없이 행복했다.

모렐은 결혼식을 올리면서 아내에게 한 약속을 지키기 위해 그 좋아하는 술을 입에도 대지 않았다. 모렐 부인은 좁고 어두운 탄광에서 목숨을 걸고 묵묵히 일하는 남편이 존경스러웠다.

하지만 두 사람 사이에는 처음부터 뛰어넘을 수 없는 거대한 벽이 자리하고 있었다. 다만 젊음의 뜨거운 열정에 눈이 멀어 잠시 그것이 보이지 않았을 뿐이었다.

모렐 부인은 완벽한 사랑을 꿈꾸었다. 그래서 아무리 작은 것이라도 남편과 공유하고 싶었다. 끊임없는 대화를 통해 일체감을 갖고 싶었던 것이다. 하지만 모렐 부인의 그런 시도는 실패하고 말았다.

그렇다고 모렐이 두 사람의 결혼 생활에 방관자적 태도를 보였던 것은 아니었다. 그 역시 최선을 다해 노력을 기울였다. 하지만 배움이 워낙 짧은 그로서는 아내의 말과 생각을 고스란히 이해하는 데 아주 분명하게 한계를 느꼈다.

시간이 흐르면서 모렐 부인의 마음은 조금씩 닫히기 시작했다. 의도했던 것은 전혀 아니었지만, 남편과 자신이 사고나 취미를 영원히 공유할 수 없다는 사실을 깨닫게 된 순간부터 마음의 벽을 쌓아 가게 되었던 것이다.

결혼식을 올린 지 반년 남짓이 지난 어느 날이었다.

남편의 양복을 세탁하기 위해 주머니를 뒤집던 모렐 부인은 예상치 못한 독촉장 하나를 발견했다. 그 독촉장은 결혼할 때 구입한 가구 대금을 갚으라는 청구서였다.

남편이 퇴근하자 말없이 저녁을 차려 준 모렐 부인은, 식사가 끝나기를 기다렸다가 청구서를 내놓으며 조심스럽게 물었다.

"세탁하라고 내놓은 당신 양복 주머니에 이게 들어 있었어요. 가구 값이 아직도 남아 있나요?"

남편은 당혹스러운 표정을 짓더니 대강 얼버무렸다.

"그, 그게 말이오, 깜박하는 바람에 미처 하지 못했소."

"지난번에 다 갚았다고 말하지 않았던가요?"

"내, 내가 그랬었나?"

"당신이 자꾸 잊어버리니 아무래도 내가 가서 해결하는 것이 좋겠어요. 당신 통장 가져가도 괜찮겠지요?"

"그럼, 당연히 그래야겠지. 하지만 도움이 될지 모르겠네. 전에는 꽤 많은 돈이 들어 있었는데 말이야."

모렐 부인은 서랍에서 통장을 꺼내 열어 보았다. 하지만 잔고가 없었다. 잔액 표시란에 0이라는 숫자가 당당하게 쓰여 있던 것이다. 모렐 부인은 부끄러움조차 모르는 남편의 뻔뻔함에 더 이상 말을 할 수 없었다.

다음 날 아침, 모렐 부인은 남편이 출근을 하자마자 노팅엄에 사는 시어머니를 찾아갔다.

"저희가 결혼할 때 가구 값으로 얼마나 주셨어요?"

"갑자기 반년도 더 지난 일을 왜 묻는 거냐?"

모렐 부인은 재빨리 대답했다.

"이제야 청구서가 날아와서 뭐가 잘못된 게 아닌가 싶어서요."

"80파운드 줬어. 그 돈 마련하느라 애를 먹었지."

"80파운드요? 그 많은 돈이 다 어디로 갔을까요?"

깜짝 놀란 모렐 부인은 자신도 모르는 사이에 목소리를 높였다.

"그걸 왜 나한테 물어? 그 돈 말고도 월터는 나한테 10파운드나 빚을 지고 있었어. 게다가 결혼식 피로연 비용 6파운드를 더하면 16파운드야. 나한테 개인적으로 진 빚만 해도 16파운드라고!"

"피로연 비용 6파운드요?"

모렐 부인은 어이가 없었다. 그러니까 결혼식 때 자기 친구들을 초청해 마음껏 먹고 마셔 놓고서는, 그 비용까지 계산해 아들에게 빚이라며 압박을 가하고 있는 것이었다.

가까스로 감정을 추스른 모렐 부인이 다시 물었다.

"그렇다면 그이가 집을 살 때는 얼마나 도와주셨나요?"

"월터가 벌써 집을 장만했단 말이냐?"

시어머니의 대답에 모렐 부인은 하얗게 질려 버렸다. 남편은 지금까지 자신들이 살고 있는 집과 옆집이 자신의 소유라며 큰소리를 치고 있었기 때문이다.

"지금 저희가 살고 있는 집 말씀인데요……."

"아, 그 집 두 채 말이냐? 그거 다 내 거야. 대출 이자 갚느라고 지금도 뼛골이 빠질 지경이구나!"

"그러면 집세는……?"

"모르고 있었냐? 월터가 일주일에 6실링 6펜스씩 나한테 줬지."

"아, 예……. 그렇군요."

6실링 6펜스라면 집의 위치나 크기로 보았을 때 무척 비싼 금액이었다. 모렐 부인의 안색은 완전히 굳어졌다. 그것은 단순히 돈의 문제가 아니었다. 절반쯤 혼이 나간 모렐 부인은 멍하게 시어머니의 얼굴을 한참 동안 바라보았다.

집으로 돌아온 모렐 부인은 남편에게 집이나 가구와 관련된 어떤 말도 하지 않았다. 그러나 남편에 대한 신뢰는 완전히 무너져 버렸다. 1년 동안 데이트를 하고 반년이 넘는 결혼 생활을 했지만, 남편은 이제 그녀가 지금까지 알아 왔던 월터 모렐이 아니었다.

모렐 부인은 비교적 낯가림이 심한 편에 속하는 사람이었지만, 이사를 하고 나서 1년 가까운 세월이 흐르자 자연스럽게 이웃들과 가까워졌다. 어느 날, 대문 앞에서 우연히 마주친 옆집 커크 부인이 입가에 야릇한 미소를 머금으며 물었다.

"모렐 부인은 춤추는 걸 좋아하지 않지요?"

"예?"

"신나게 몸을 흔드는 춤 말이에요."

"아, 예. 저는 별로……."

"그런 부인이 월터 모렐 씨 같은 사람과 결혼을 하다니, 세상일이란 참으로 알다가도 모르겠어요."

"무슨 말씀인지……?"

"그러면 남편이 춤판에서 유명 인사라는 사실도 모르셨나요?"

"글쎄요, 저는 지금 처음 듣는 얘기라……. 하지만 분야가 어떻든 한때 유명한 적이 있었다니 나쁘지만은 않네요."

모렐 부인이 애써 웃는 모습을 하고 대답했다. 그러자 커크 부인은 마치 비밀 이야기라도 들려주는 사람처럼 은밀한 목소리로 속삭였다.

"그동안 모르고 있었군요. 마이너스 암스 클럽에서 5년 넘게 춤 강습을 했었지요. 그 당시 모렐 씨한테 춤을 배우러 온 사람들 때문에 발 디딜 틈이 없었답니다."

"인기가 좋았다니 그나마 다행이네요. 그런데 요즘 커크 씨도 하루가 멀다 하고 늦게 들어오시나요? 탄광 일이 많아서 그런가?"

"세상에, 그것도 몰랐어요? 일이 많아서가 아니라, 퇴근길에 술집에 들러 한잔씩 하느라 매일같이 늦는 거잖아요."

모렐 부인이 고개를 갸웃거리며 말했다.

"하지만 제 남편은 술을 입에 대지 않거든요."

"예? 모렐 씨가 술을 마시지 않는다고요?"

커크 부인은 도대체 모렐 부인이 무슨 말을 하는지 모르겠다는 듯이 황당한 표정을 지었다. 그때 마침 커크 씨네 집에서 아이 우는 소리가 들려왔다. 그래서 두 사람의 대화는 중단될 수밖에 없었다.

특별한 계기가 있었던 것은 아니지만, 모렐 부인은 언젠가부터 남편의 일상에 큰 관심을 두지 않게 되었다. 그녀가 꿈꾸었던 행복한 결혼 생활은 포기한 지 이미 오래였다. 따라서 남편은 이방인이었다. 아니, 그렇게 생각하는 것이 버거운 삶을 견뎌 내는 데 도움이 되었다.

모렐 부인은 남편이 자신과는 반대쪽에 서 있는 인간형이라는 사실을 확인할 때마다 힘이 들었다. 모렐은 그동안 술을 마셨다. 사실은 모렐 부인도 눈치를 채고 있었다. 하지만 모르는 체하는 것이 덜 괴로웠다. 그녀는 어쩌면 자신의 궁핍한 현실을 그렇게라도 회피하고 싶었는지도 몰랐다.

그러자 남편은 아예 드러내 놓고 술을 마시기 시작했다. 부지런히 일을 하기는 했지만 술값 지출이 워낙 많아 통장 잔고는 언제나 비어 있었다. 돈을 모은다는 건 환상이었다. 남편이 가져다준 돈으로 생활을 꾸리는 것조차 버거웠기 때문이었다.

그러던 어느 날 저녁이었다. 일찌감치 아이들을 재운 모렐 부인은 식수로 쓰기 위한 물을 끓이고 있었다. 자정이 가까워지자 언덕을 오르는 남편의 발소리가 들렸다. 예전에는 종일토록 기다리던 반가운 소리였다. 하지만 이제는 아니었다. 그저 담담할 뿐이었다.

모렐 역시 마찬가지였다. 불과 30분 전, 술을 마실 때까지만 해도 기분이 무척 좋았다. 하지만 집이 가까워지자 짜증이 나기 시작했다. 게다가 대문마저 망가져 쉽게 열리지 않았다.

"에잇, 지랄 같은……!"

상소리를 내뱉은 모렐은 대문을 사정없이 걷어차 빗장을 부숴 버렸다.

부엌에서 끓인 물을 그릇에 담고 있던 모렐 부인은 그 소리에 깜짝 놀라 하마터면 발을 델 뻔했다. 화가 난 모렐 부인의 목소리가 평소보다 한 옥타브는 더 올라가 있었다.

"화풀이를 왜 대문에 하는 거예요? 자정이 다 된 시간에 고주망태가 되어 들어왔으면 가족한테 미안한 줄을 알아야지……!"

"뭐가 어떻게 되어 돌아왔다고? 하기야 당신같이 고상하기 이를 데 없는 여편네가 하는 생각이란 늘 그렇지, 뭐!"

"아이들 뒷바라지며 살림살이에 쓸 돈은 악착같이 아끼라고

하면서, 술 마실 돈은 전혀 아깝지 않은 모양이지요?"

"이보세요, 아주머니! 나는 오늘 채 2실링도 쓰지 않았네요. 그리고 내가 얼마를 쓰든 댁하고 무슨 상관인데 그러시나요?"

모렐 특유의 비아냥거림이 시작되었다.

"나한테는 고작 25실링을 던져 주고 온갖 걸 다 책임지게 하면서, 당신은 저녁 내내 술이나 마시고 돌아다니다 자정이 다 되어 비틀거리며 돌아와 놓고, 나와 무슨 상관이냐고요?"

"입 다물어, 이 여편네야!"

"여편네라고요?"

두 사람은 이미 가족이 아니었다. 상대를 향한 증오와 멸시를 가슴속에 가득 담은 원수가 되어 있었다.

"그런 말 듣기 싫으면 이 집에서 나가! 여긴 내 집이니까. 그리고 돈을 벌어 오는 사람은 당신이 아니라 바로 나라고! 알았어? 그러니까 당장 꺼져 버리란 말이야!"

모렐 부인은 자신의 무기력함에 몸서리를 쳤다.

"아이들만 아니었다면 오래전에 내 발로 나갔을 거예요. 내가 당신 때문에 이 집에 붙어 있는 줄 알아요?"

"이런 건방진 여편네를 봤나!"

화가 머리끝까지 오른 모렐은 아내의 어깨를 붙잡아 마구 흔들어 댔다. 모렐 부인은 비명을 지르면서 남편의 손아귀에서 벗어나려 애썼다. 하지만 광부 일로 다져진 그의 힘을 당해 낼 수는 없었다.

"그렇게 싫으면 나가면 될 거 아니냐고!"

모렐은 아내를 문 앞으로 끌고 가 밖으로 밀어낸 다음, 문을 닫고 잠가 버렸다. 그러고는 다시 거실로 돌아와서 의자에 털썩 주저앉아 코를 골기 시작했다.

밖으로 쫓겨난 모렐 부인은 자신의 인생이 너무나 비참하게 느껴졌다. 밤하늘을 수놓은 별들을 바라보니 하염없이 눈물이 흘러내렸다. 그러다 문득 몸에 한기가 느껴지자 배 속의 아기가 생각났다.

현관문 손잡이를 돌려 보았다. 여전히 잠겨 있었다. 창문 너머로 팔을 뻗은 채 식탁에 엎드려 자고 있는 남편의 모습이 보였다. 창문을 세차게 두드려 보았지만 깨어날 것 같지 않았다.

모렐 부인은 배 속의 아기가 잘못될까 무서워서 몸을 계속 움직였다. 어떻게든 체온을 유지하는 게 좋을 듯싶었기 때문이다. 그러다가 또 창문을 두드렸다. 한참 만에 잠에서 깨어난 남편이 고개를 흔들었다. 술기운이 어느 정도 사라진 모양이었다.

"문 열어요, 월터! 배 속의 아기가 위험하단 말이에요!"

가까스로 정신을 차린 모렐은 그제야 자신이 무슨 짓을 했는지 깨달은 듯했다. 추위 때문에 파랗게 질린 아내가 집 안으로 들어서자, 모렐은 멋쩍은 듯 뒤통수를 긁적이며 아이들이 자고 있는 2층으로 사라져 버렸다.

세 번째 아이, 폴

 푸딩 재료를 섞고 있던 커크 부인은 벽난로가 '쿵쿵쿵' 하고 세 번 울리는 소리를 들었다. 하던 일을 그대로 내던진 커크 부인이 부리나케 옆집으로 내달렸다. 모렐 부인에게 급박한 일이 생겼다는 신호를 받았기 때문이다.

 그곳에 사는 여자들은 대부분 불쏘시개로 벽난로를 두드려 옆집과 신호를 주고받았다. 벽난로가 옆집과 붙어 있어서 가능한 신호 방법이었다. '쿵쿵' 하고 두 번 두드리면 함께 차를 마시자는 얘기였고, 세 번 두드리면 급한 일이 생겼으니 도와달라는 신호였다.

 "모렐 부인, 무슨 일이 있나요?"

손에 물기도 닦지 않은 채 달려온 커크 부인이 물었다.

"아기, 아기가……. 어서 바우어 부인을……."

"아기? 아, 알았어요, 모렐 부인!"

출산이 임박한 것을 알아차린 커크 부인이 산파 일을 하고 있는 바우어 부인을 부르러 갔다. 이미 두 번의 출산 경험이 있는 모렐 부인은 최대한 마음을 차분하게 가라앉히면서 심호흡을 하기 시작했다.

아내가 산통을 호소하고 있을 즈음, 모렐은 탄광에서 일을 하고 있었다. 그런데 이상하게 일이 손에 잡히지 않아 자꾸만 시계를 보았다. 퇴근 시간이 가까워지자 동료들이 하나둘 작업장을 빠져나갔다.

"모렐, 우리도 이제 그만 가자고!"

밖으로 나오자 동료들은 여느 때와 마찬가지로 어떤 술집으로 갈 것인지 생각하고 있었다. 하지만 모렐은 고개를 가로저었다. 웬일인지는 모르지만 곧장 집으로 가야 한다는 생각이 들었기 때문이다.

모렐이 집에 도착했을 때는 이미 셋째 아이가 태어난 후였다. 아내가 늘 서 있던 부엌을 바우어 부인이 차지하고 있었다.

'종일토록 안절부절못한 이유가 아이 때문이었구나.'

모렐은 그렇게 생각했다.

"축하드려요. 둘째 아들이 태어났네요. 그런데 부인 몸 상태가 많이 좋지 않아 신경 좀 쓰셔야 할 것 같아요."

하지만 모렐은 아무 생각이 없었다. 그저 피곤하다는 생각뿐이었다.

"혹시 술 있던가요?"

모렐의 질문에 바우어 부인이 화들짝 놀랐다. 아내는 아이를 낳느라 죽을 고비를 넘겼는데, 남편이라는 작자의 첫마디가 술이라니 충분히 놀라고도 남을 일이었다.

바우어 부인은 말없이 술 한 병과 함께 저녁상을 차려 주고는 2층으로 올라가 버렸다. 하지만 모렐은 아무것도 하지 않았다. 술도 식사도 하고 싶은 생각이 없었다.

게다가 아이를 낳은 아내가 힘겨울 것이라거나 아들이 생겼다는 사실도 가슴에 와 닿지 않았다. 마치 남의 일처럼 멀게만 느껴지는 것이었다. 잠시 후, 모렐은 어쩔 수 없이 2층으로 올라가 누워 있는 아내를 멀건 눈으로 쳐다보았다. 그리고 한참 만에 입을 열었다.

"몸이 많이 안 좋다면서?"

"시간이 지나면 괜찮아지겠지요."

"아들이 태어났다고?"

아내가 담요를 들춰 아이를 보여 주었다. 모렐이 고개를 끄덕이며 입가에 억지 미소를 지었다. 모렐 부인은 남편이 아이에게 별 관심이 없다는 사실을 금세 알아차렸다.

예전의 모렐 부인 같으면 남편이 고생했다며 입을 맞춰 주기를 학수고대했을 것이다. 하지만 지금은 아니었다. 비록 원하지 않았던 아기였지만, 그래도 품에 안고 있으니 가슴이 찡하게 아려 왔다.

교회 목사인 히튼이 날마다 모렐 부인을 찾아와 기도를 해 주었다. 히튼은 젊고 가난했는데, 아내가 아이를 낳다가 저세상으로 떠난 후 목사관에서 혼자 살고 있었다.

모렐 부인은 목사를 존경했다. 마을에서 유일하게 말이 통하는 사람이었기 때문이다. 모렐 부인은 또한 그의 기도를 통해 심리적인 안정을 얻기도 했다. 게다가 히튼은 태어난 아이의 대부가 되어 주었다.

모렐 부인은 목사와 차를 마실 때마다 하얀 식탁보를 깐 다음, 연녹색 테두리가 있는 컵을 꺼내 놓았다. 그것이 집에서 가장 좋은 것이기 때문이었다. 그리고 이야기가 시작되면 마음속으로 남편이 일찍 돌아오지 않기를 빌었다.

그날도 마찬가지였다. 윌리엄과 애니는 버터 바른 빵을 들고 대문 밖으로 나가 노느라 정신이 없었다. 모렐 부인은 히튼과 마주 앉아 차를 마시면서 모처럼의 행복감에 젖어들었다.

그런데 얼마 지나지 않아 문밖에서 남편의 발소리가 들려왔다. 그날따라 남편은 술집으로 가지 않고 집으로 곧장 들어온 것이었다. 모렐 부인의 입에서 저도 모르게 '이런……!' 하는 말이 튀어나왔다. 히튼 역시 예기치 않은 상황에 곤혹스러운 표정을 지었다.

모렐이 곧 집 안으로 들어왔다. 탄광에서 무슨 일이 있었는지 오만 인상을 다 쓰고 있었다. 모렐이 목사에게 인사를 하자, 목사가 악수를 하기 위해 손을 내밀었다.

그러자 모렐이 손바닥을 펼쳐 보이며 말했다.

"댁이 아무리 목사라도 이런 손과 악수하고 싶지는 않을 거요."

목사가 얼굴을 붉혔다. 하지만 모렐은 아무렇지도 않다는 듯 웃옷을 벗어 거실 구석으로 던져 버린 다음, 안락의자를 식탁 앞으로 거칠게 끌어당겨 털썩 주저앉았다.

"몹시 피곤하신 모양이군요."

"피곤? 목사 양반, 그걸 말이라고 하쇼? 여기를 만져 봐요. 아직도 땀에 축축하게 젖어 있잖소?"

목사의 말에 모렐은 내의를 보여 주었다. 그 모습을 지켜보고 있던 모렐 부인이 목소리를 높였다.

"히튼 씨는 당신의 지저분한 옷을 만지고 싶어 하지 않아요!"

그러자 모렐이 비웃듯 지껄였다.

"암, 그렇겠지. 당연히 그럴 거야. 그런데 당신은 탄광에서 숨통이 막히도록 일하고 온 남편에게 마실 것 하나 주지 않는구려."

모렐 부인이 서둘러 물을 한 잔 가져다주었다.

"석탄 때문에 막힌 목구멍을 청소하려면 물로는 어림도 없어!"

긴 한숨을 내쉰 모렐은 석탄 먼지로 얼룩진 팔을 새하얀 식탁보 위에 올려놓았다. 그 모습을 본 모렐 부인이 소리쳤다.

"씻지도 않고 도대체 무슨 짓이에요? 이 깨끗한 식탁보에다……."

"그러면 당신은 내가 개처럼 바닥에 엎드려 물을 마셔야 한다고 생각하는 거요? 탄광 속에서 하루 종일 곡괭이질을 하다 보면 팔이 저려 가누지도 못 할 지경이 되곤 한답니다, 히튼 씨!"

"그러시겠지요."

목사가 대답했다.

모렐 부인은 그 순간 자신도 노예처럼 혹사당하고 있다는 말을 하고 싶었다. 하지만 목사 앞에서 그런 말까지 하고 싶지 않아 애써 입을 다물었다. 목사가 돌아가고 난 뒤 모렐 부인은 식탁보를 치우며 말했다.

"당신이 식탁보를 엉망으로 만들어 버렸군요!"

"빨면 될 거 아니오? 당신이 그 고상한 목사님하고 차를 마시고 있어서 내가 일부러 그랬다고 생각하는 거요?"

모렐이 버럭 고함을 질렀다. 그녀는 남편의 억지 행동을 더 이상 견딜 수 없었다. 그래서 아기를 안고 밖으로 나왔다. 해가 기울고 있었다. 서쪽 하늘이 온통 황금빛으로 물들어 있었다. 모렐 부인은 아름다운 노을을 보면서 잠시 마음의 평화를 느꼈다.

난생처음 노을을 본 아기가 품속에서 버둥거렸다. 모렐 부인은 혼신의 힘을 다해 팔다리를 꼼지락거리고 있는 아기를 물끄러미 바라보았다. 남편에 대한 감정 때문에 재앙처럼 여겼던 아이에게 미안한 마음이 들었다.

그렇게 아기와 눈을 마주치는 과정에서 가슴에 가득했던 답답함이 뜨거운 슬픔으로 바뀌었다. 그녀는 아기 위로 얼굴을 갖다 댔다. 눈물 몇 방울이 아기의 얼굴로 떨어져 내렸다. 그녀는 부드럽게 속삭였다.

"엄마가 너무나 큰 잘못을 저질렀구나, 내 어린 양아!"

아기가 엄마를 올려다보았다. 아기의 깊고 푸른 눈은 엄마의 가슴속에 들어 있는 생각을 밖으로 끄집어내려 하고 있었다. 그녀는 더 이상 남편을 사랑하지 않았다. 그래서 이 아이가 태어나지 않기를 바란 적도 있었다. 하지만 아기는 엄마의 팔에 안겨 이 세상에서 가장 순박한 미소를 짓고 있었다.

모렐 부인은 자신과 아기를 잇고 있던 탯줄이 아직 끊어지지 않은 것 같은 느낌이 들었다. 그녀는 서쪽 하늘을 아름답게 물들이고 있는 노을을 향해 아기를 번쩍 들어 올렸다.

"아가야, 아름답지 않니? 하지만 너의 그 해맑은 미소에 비하면 저녁놀은 아무것도 아니란다."

모렐 부인은 아기가 하늘을 향해 작은 주먹을 들어 올리는 것을 보았다. 모렐 부인은 자신도 모르게 외쳤다.

"그래, 네 이름을 '폴'이라고 지어야겠구나. 폴이라고 말이다!"

모렐 부인이 다시 집으로 돌아왔을 때 남편은 보이지 않았다. 그는 11시가 넘어서야 비틀거리며 집에 돌아왔다. 마치 저녁때 일어났던 일에 대한 복수라도 하려는 듯싶었다.

외투와 모자를 벗은 모렐이 거칠게 물었다.

"뭐, 먹을 것 좀 없나?"

모렐 부인 역시 차갑게 대꾸했다.

"우리 집에 뭐가 있고 없는지는 당신이 더 잘 알잖아요."

모렐은 아내를 한참 동안 쏘아보다가 식탁에 비스듬히 몸을 기댄 채 서랍 손잡이를 잡아당겼다. 하지만 서랍은 빠지지 않았다. 그렇지 않아도 화가 난 모렐이 있는 힘껏 서랍을 당겼다.

그와 동시에 서랍이 통째로 빠지면서 포크와 숟가락을 비롯한 내용물이 와장창 마룻바닥으로 쏟아져 내렸다. 가까스로 잠들었던 아기가 그 소리에 깜짝 놀라 울어 대기 시작했다.

화가 난 모렐 부인이 소리쳤다.

"지금 뭐 하는 거예요? 술까지 잔뜩 취한 사람이……."

모렐 역시 느닷없는 상황에 정신이 빠져 서랍을 놓치고 말았다. 서랍은 그의 정강이를 내려친 다음 바닥으로 떨어졌다. 순간적으로 화가 난 모렐이 바닥에 떨어진 서랍을 집어 들어 아내에게 사정없이 던져 버렸다.

날카로운 서랍 모서리가 모렐 부인의 이마를 스치고 지나갔다. 그녀는 순간적인 충격으로 머리가 빙빙 도는 어지럼증을 느끼며 아기를 내려다보았다. 빨간 핏방울이 아기를 감싼 담요 위로 떨어지고 있었다.

"정말로 맞은 거요?"

모렐이 비틀거리며 아내에게 다가갔다.

"맞으라고 겨냥해서 던진 게 아니었던가요?"

"어쨌든 한번 보자니까 그러네!"

남편의 입에서 술 냄새가 확 풍겼다. 모렐 부인은 있는 힘껏 그를 떠밀어 버렸다. 모렐은 멍하니 선 채 아내의 얼굴을 쳐다보았다. 모렐 부인은 혼신의 힘을 다해 아기를 안은 채 자리에서 일어섰다. 그리고 부엌으로 나가 찬물로 상처 부위를 닦아 냈다.

모렐은 얼떨떨한 표정으로 서랍을 다시 끼워 넣은 다음, 사방으로 흩어진 내용물을 줍기 시작했다. 모렐 부인의 이마에서는 여전히 피가 흐르고 있었다.

"내가 어떻게 한 거지? 내가 당신을 때린 거야?"

남자다운 호기라고는 찾아볼 수 없는 목소리와 표정이었다. 모렐은 고개를 깊이 숙인 채 아내의 상처 부위를 뚫어지게 바라보았다.

"중간 서랍에 솜이 있어요."

아내의 목소리에 힘이 빠진 것을 확인한 모렐은 재빨리 솜을 가져다주었다. 하지만 모렐 부인의 온몸은 여전히 떨리고 있었다. 그녀는 가까스로 상처 부위를 소독했다. 그리고 남편에게 문을 잠그라고 말한 뒤 2층으로 올라갔다.

그로부터 며칠이 지난 어느 날이었다.

외출을 하려던 모렐은 자기 주머니가 텅 비어 있다는 사실을 깨달았다. 잠시 고민을 하던 모렐은, 아내가 아기와 함께 뜰에 나가 볕을 쬐고 있는 사이에 지갑을 열어 6펜스를 꺼냈다.

이튿날, 모렐 부인은 채소 값을 계산하기 위해 지갑을 열어 본 다음에야 지갑이 비어 있다는 사실을 알아차렸다. 집으로 돌아온 그녀는 온 집 안을 샅샅이 뒤졌다. 하지만 돈은 어디에도 없었다.

그날 저녁, 그녀는 남편에게 단호한 어조로 물었다.

"당신이 내 지갑에서 6펜스를 꺼내 갔지요?"

"6펜스라니, 그게 무슨 말이야?"

모렐은 완강하게 부인했다. 하지만 그녀는 가늘게 떨리는 남편의 목소리를 들으며, 그가 거짓말을 하고 있다는 사실을 확신했다.

"내가 설명해 줄까요? 아기랑 내가 뜰에 나가 있을 때 당신이 내 지갑에서 6펜스를 꺼냈어요. 그리고 바람같이 사라진 거라고요!"

모렐이 발끈했다.

"지금 날 도둑놈 취급하는 거야?"

"사실이잖아요!"

"좋아! 나를 함부로 모함하면 어떤 일이 벌어지는지 오늘 똑똑히 보여 주지. 나중에 후회하지나 말라고!"

벌떡 일어난 모렐이 2층으로 뛰어 올라갔다. 그러고는 곧 외출복으로 갈아입고 다시 내려왔다. 그의 손에는 파란 보따리 하나가 들려 있었다.

"앞으로 나 보기 힘들 테니 그리 아시오!"

모렐이 큰 소리로 말했다.

"제발 그렇게 되었으면 좋겠네요!"

모렐 부인 역시 지지 않고 맞받아쳤다.

모렐은 곧 콧바람을 씩씩거리며 밖으로 나가 버렸다. 모렐 부인은 화가 난 남편이 밖에서 사고라도 치면 어쩌나 하는 걱정이 되었다. 하지만 곧 고개를 가로저었다. 그럴 만한 위인도 못 된다는 생각 때문이었다.

한참 동안 밖에서 뛰어놀다 들어온 윌리엄이 물었다.

"아빠는 집에 안 계세요?"

"조금 전에 보따리 하나 들고 나갔단다."

"그럼 우린 이제 어떻게 먹고살아요?"

화들짝 놀란 윌리엄의 눈동자가 더욱 커졌다.

"오늘 밤이 지나기 전에 돌아오실 테니 걱정하지 마."

겉으로는 아무렇지 않은 척했지만 모렐 부인 역시 속으로는 불안했다. 한편으로는 오히려 마음 편하게 살 수 있을 것 같기도 하고, 다른 한편으로는 아이들 때문에라도 남편이 아직은 필요하다는 생각이 들었던 것이다.

해가 기울면서 날이 추워지자 모렐 부인은 석탄을 가져오기 위해 뒤뜰에 있는 창고로 갔다. 그런데 창고 문 뒤에 남편이 가지고 나간 파란 보따리가 있었다. 어이가 없어서 헛웃음이 흘러나왔다.

집 안으로 들어온 그녀는 남편이 돌아오기를 기다렸다. 그는 분명히 술집에 있을 것이었다. 결국 그 일을 핑계 삼아 늦은 시간까지 빚을 늘리고 있는 셈이다. 빚에 대한 생각이 떠오르자 온몸에 힘이 다 빠졌다.

남편은 10시가 넘어서야 잔뜩 부은 표정으로 돌아왔다. 그녀는 아무 말도 하지 않았다. 아내의 눈치를 힐끔 살핀 모렐이 안락의자에 엉덩이를 대고 앉아 웃옷과 장화를 벗었다.

"신발을 벗기 전에 보따리부터 챙겨 와야 되는 거 아닌가요?"
"오늘은 내가 봐준 줄이나 아시오!"
모렐은 애써 퉁명스럽게 말했다.
"그러셔요? 작은 보따리 하나 집 밖으로 가져갈 재주도 없으면서……."

모렐 부인은 남편이 너무나 어수룩해 화조차 나지 않았다. 그는 슬그머니 밖으로 나가더니 파란 보따리를 들고 들어왔다. 모렐 부인은 그런 남편의 모습을 보면서 다시 한 번 피식 웃었다. 하지만 마음 한구석은 견딜 수 없을 만큼 쓰라렸다.

아들에게 쏟는 정성

 대부분의 광부들이 그런 것처럼 모렐 역시 뇌염을 심하게 앓았다. 그는 머리가 아플 때마다 무조건 약을 찾았다.
 "여보, 황산염정 좀 사다 줘요. 집에 한 알도 없어!"
 모렐 부인은 남편이 가장 신뢰하는 황산염정을 사다 주었다. 모렐은 쑥차를 손수 끓인 뒤, 황산염정과 함께 벌컥벌컥 들이마셨다. 하지만 이번에는 황산염정이나 쑥차도 머릿속의 통증을 덜어 주지 못한 모양이었다.
 모렐 부인은 병석에 누워 있는 남편을 지극정성으로 간호했다. 단지 그가 가정의 생계를 책임지고 있기 때문만은 아니었다. 그녀는 진심으로 남편이 죽지 않기를 빌었다. 그녀의 간절한 기도 덕분인지, 모렐은 자리에 누운 지 보름이 지나면서부터 조금씩 차도를 보이기 시작했다.

오랜만에 집에 평화가 찾아들었다. 모렐 부인은 남편에게 너그럽게 대했고, 그는 어린아이처럼 아내에게 매달렸다. 하지만 그는 아내가 자신에게 관대할 수 있는 것은 그만큼 덜 사랑하기 때문이라는 사실을 까맣게 모르고 있었다. 자신에 대한 아내의 사랑은 이미 오래전에 쇠퇴해 버렸다는 사실을 짐작조차 하지 못하고 있었던 것이다.

셋째 아이가 태어나면서부터 모렐 부인은 더 이상 무력하게 남편을 바라보지 않게 되었다. 남편에게서 그 어떤 감정이나 욕망도 느끼지 않았다. 미워하는 것이 아니라 관심이 없었다. 그 대신 오로지 아이들에게서만 사랑과 생명을 추구할 뿐이었다.

그즈음부터 모렐은 단순한 껍데기에 불과했다. 하지만 남편의 몸이 회복되어 가던 며칠 동안은 잠시 신혼 초와 같은 기분을 맛보기도 했다. 아이들이 잠자리에 들고 그녀가 바느질을 시작하면 모렐은 곁에 앉아 신문을 읽어 주곤 했다.

하지만 모렐 부인의 생각은 온통 윌리엄에게 가 있었다. 윌리엄은 어느새 어엿한 소년이 되어 있었다. 게다가 공부도 잘했다. 담임 선생이 학교에서 가장 똑똑한 학생은 윌리엄이라고 자신 있게 말할 정도였다.

모렐 부인은 장남 윌리엄이 자신의 인생을 다시 빛나게 해 줄 것이라고 믿었다. 그럴 때마다 모렐은 멍하게 앉아 막연한 불안을 느끼곤 했다. 그의 영혼은 손을 내밀어 아내를 애타게 찾았지만, 그녀가 서 있던 자리는 이미 텅 비어 있었다.

모렐의 가슴에 공허감이 스며들었다. 그러면 그는 슬그머니 일어나 잠자리에 들었고, 아내는 기다리던 혼자만의 시간을 즐겼다. 모렐 역시 자신의 존재가 무시당하고 있다는 사실을 알고 있었다. 그래서 그는 광산 친구들에게로 돌아갈 수밖에 없었다.

모렐 부인은 마음속으로 그가 다시 제자리를 찾아간 것에 안도감을 느꼈다. 그런데 두 사람 사이에 잠시 찾아왔던 신혼 같은 분위기가 새로운 아기를 태어나게 했다. 그때 폴은 세상에 나온 지 겨우 17개월째였다.

막내도 남자아이여서 이름을 '아서'라고 지었다. 아서는 황금빛 곱슬머리를 가진 아주 예쁜 아기였다. 그런데 특이하게도 처음부터 아버지를 따르며 좋아했다. 모렐 부인은 내심 다행스럽게 생각했다.

모렐 부인은 남편이 퇴근하고 옷을 갈아입자마자 아기를 앞치마로 둘러싸 넘겨주곤 했다. 그러면 아기는 아버지와 함께 눈을 마주치며 함박웃음을 짓고는 했다. 그럴 때마다 모렐 역시 즐겁게 웃었다.

윌리엄은 매우 활동적인 청년으로 자라고 있었다. 윌리엄이 열세 살이 되자 모렐 부인은 그를 광산 조합 사무실에 취직시켰다. 모렐은 윌리엄이 자기처럼 광부가 되기를 원했기 때문에 아내의 행동이 몹시 못마땅했다.

"그 아이를 딱딱한 사무실 의자에 앉혀 놓은 이유가 뭐요? 나랑 같이 탄광에 들어가면 지금보다 일주일에 4~5실링은 더 벌 텐데 말이오."

하지만 모렐 부인은 매우 단호했다.

"당신이 당신 어머니 손에 이끌려 열두 살에 탄광으로 들어갔다고 해서, 나까지 내 아들에게 그렇게 하라고 강요하지 말아요! 그리고 처음에 얼마를 받느냐 하는 것은 그다지 중요하지 않아요."

모렐 부인은 아들이 한없이 자랑스러웠다. 활달한 성격의 윌리엄은 반짝이는 파란 눈이 유난히 매력적이었다. 게다가 그는 야간 학교에 다니면서 속기와 장부 정리를 배웠는데, 얼마 지나지도 않아 마을에서 두 번째로 잘하는 사람이 되었다.

윌리엄은 또한 몸동작이 매우 날렵했다. 열두 살 때 달리기 경주에서 1등을 할 정도였다. 또한 윌리엄은 월급을 받으면 꼬박꼬박 어머니에게 내놓았다. 모렐 부인은 아들이 일주일에 14실링을 벌면 용돈으로 2실링을 주었다.

윌리엄은 사교성도 뛰어난 아이였다. 그래서 약사와 교사의 자녀들과 어울리기 시작했다. 그들과 함께 노동자 회관에서 당구를 치기도 하고, 어머니가 반대하는 줄을 알면서도 춤을 추러 가기도 했다.

윌리엄은 베스트우드에서 누릴 수 있는 모든 것을 마음껏 누렸다. 무도회장에 갔다 온 날이면 동생 폴과 나란히 누워 그날 만난 여자아이들에 대한 이야기를 들려주곤 했다.

"하얀 얼굴에 하얀 옷을 입은 아가씨가 나한테 완전히 반해 버렸어. 아마도 서턴에 살고 있는 모양인데……. 내일은 아무래도 그 아가씨와 파트너가 될 것 같다."

보름이 지난 뒤, 폴의 질문에 대한 대답은 더 걸작이었다.

"형, 하얀 옷을 입은 아가씨하고는 어떻게 됐어?"

"야, 그 친구는 별거 아니야. 그보다 리플리에서 온 백합처럼 아름다운 여자가 있는데 말이다. 그 아가씨 옆에 가면 벚꽃 향기가 은은하게 풍긴다, 무지 신기하지?"

그렇게 해서 폴은 형을 통해 꽃같이 아름다운 여자들에 대한 이야기를 듣게 되었고, 그 여자들은 대부분 보름 정도 윌리엄의 마음속에 머물다가 사라져 버렸다.

어떤 아가씨는 천하의 바람둥이 청년을 만나기 위해 집으로 찾아오기도 했다.

"혹시, 모렐 씨 집에 있나요?"

모렐 부인은 뻔히 알면서도 딴청을 부렸다.

"내 남편은 지금 직장에서 한창 일하는 중이랍니다."

그러자 아가씨가 당혹스러운 표정을 지으며 말했다.

"저, 그게 아니라……. 저는 젊은 모렐 씨를 찾아왔는데요."

그제야 모렐 부인은 알은체를 했다.

"아, 무도회장에서 만난 아가씨인 모양이군요?"

"예."

"그렇다면 나도 솔직히 말할게요. 나는 내 아들이 춤추는 곳에서 만난 여자들을 달갑게 생각하지 않아요. 그리고 그 아이는 지금 집에 없어요."

모렐 부인의 일갈에 아가씨의 얼굴이 발갛게 상기되었다. 실제로 모렐 부인은 아들이 다니는 싸구려 무도회장을 몹시 혐오했다. 저녁이 되어 윌리엄이 돌아오자 모렐 부인이 꾸짖듯 말했다.

"넌 도대체 언제까지 그렇게 살 거니? 무도회장에 나가는 형편없는 아가씨들과 어울려 다니면서 말이야."

하지만 윌리엄은 당당하기만 했다.

"제가 형편없는 녀석이 아니라는 건 어머니도 잘 아시잖아요. 저는 그저 그 애들과 재미있게 시간을 보내는 것뿐이에요."

"하지만 그 아이들은 너랑 단순히 재미있게 놀려고 만나는 것은 아닌 것 같던데? 그건 옳은 일이 아니야."

"어쨌든 초조해 하지 마세요. 저는 어머니 같은 여자를 만나기 전까진 절대 결혼하지 않을 테니까요."

그러나 다음 날, 윌리엄은 자신을 찾아온 아가씨를 어머니가 매몰차게 돌려보낸 사실을 알고 몹시 언짢아했다.

"어머니, 어제 어떤 숙녀가 저를 찾아왔었어요?"

"글쎄다. 숙녀인지 아닌지는 모르겠다만, 어떤 여자애가 찾아오긴 했지."

"그 아가씨에게 뭐라고 말씀하셨어요?"

"춤추는 데서 알게 된 아가씨가 집까지 찾아오는 것이 달갑지 않다고 말해 줬지."

"그런 말씀까지 하실 필요는 없었잖아요."

"난 그저 내 생각을 솔직하게 말했을 뿐이란다."

"그 아가씨 아버지가 얼마나 부자인지 아세요? 하인을 두 명이나 두고 있는 수의사란 말이에요."

"나는 그런 것에 관심 없다. 하여간 앞으로는 그런 여자애들이 너를 찾아 집까지 오는 일은 없었으면 좋겠구나."

하지만 그 이후로도 춤 때문에 빚어지는 어머니와 아들의 불화는 계속되었다. 모렐 부인의 악착같은 만류에도 불구하고 윌리엄이 계속 무도회장을 찾았던 것이다. 그럴 때마다 어머니와 아들 사이에는 약간의 서먹함이 생기곤 했다. 그러나 윌리엄은 여전히 너무나 사랑스러운 아들이었다.

약간의 의견 충돌을 벌인 이후 윌리엄은 다시 공부를 하기 시작했다. 직장에서 퇴근하면 친구 한 명과 함께 프랑스 어와 라틴 어를 비롯한 다양한 과목을 공부하는 것이었다. 어머니가 건강에 신경을 쓰라고 타이를 만큼 윌리엄은 공부에 열중했다.

공부에 집중을 한다고 해서 무도회장 출입을 포기한 것은 아니었다. 공부에 열중하면서도 틈나는 대로 무도회장을 드나들었다. 그런 아들을 지켜보는 어머니의 마음속에는 서늘한 냉기가 일었다.

그녀로서는 아들 윌리엄이 무엇을 원하고 있는지 알 수가 없었다. 그녀는 자식들의 가슴속에 심어 둔 씨앗들이 제대로 자라 결실을 맺기만을 바랄 뿐이었다.

그런데 지금 윌리엄은 분명한 목적 없이 허우적거리고 있는 것처럼 보였다. 때로는 바른길을 벗어나기도 하는 듯했다. 그런 모습은 제 아버지와 너무나 똑같아 보였다. 그럴 때마다 모렐 부인은 모든 것이 땅속으로 꺼져 들어가는 것만 같았다.

열아홉 살이 된 윌리엄은 갑자기 광산 조합 사무실을 그만두더니 노팅엄에 새 일자리를 구했다. 새 직장에서는 일주일에 30실링을 받았다. 급료로 치자면 두 배 이상 더 받게 된 셈이었다.

사람들은 입을 모아 윌리엄을 칭찬했다. 모렐 부부 역시 그런 큰아들이 자랑스러웠다. 모렐 부인은 윌리엄이 집안의 장남으로서 동생들의 미래를 위해 도움이 되어 줄 수 있기를 간절히 희망했다.

그 무렵 애니는 교사가 되기 위한 공부를 하고 있었다. 폴 역시 자신의 대부이자 목사인 히튼에게 프랑스 어와 독일어를 배우는 중이었다. 그리고 아직 응석받이인 아서는 초등학생이었는데, 노팅엄에 있는 중학교에 장학생으로 입학하기 위해 열심히 노력하고 있었다.

윌리엄은 노팅엄의 직장에서 1년 동안 일했다. 그는 무척 열심히 공부했고, 그만큼 성숙해갔다. 여전히 무도회장 출입은 계속했지만 술은 마시지 않았다. 무도회장에서 밤늦게 돌아온 뒤에도 그는 책상 앞에 앉아 공부를 했다.

모렐 부인은 어느 것이든 한 가지만 하라고 당부했다.

"아들아, 정말로 춤을 추고 싶다면 굳이 말리지 않으련다. 직장에서 열심히 일하고 나면 무도회장에 가서 마음껏 놀고……. 그런데 더 나아가 공부까지 하고 싶은 만큼 할 수 있다고는 생각지 말거라. 그렇게 할 수는 없어. 네 체력이 견딜 수 없기 때문이야. 그러니 공부를 하거나 춤을 추거나, 한 가지만 했으면 좋겠구나."

하지만 윌리엄은 자신의 의지를 꺾지 않았다. 그리고 런던으로 옮겨 가 새 직장을 구했다. 연봉이 자그마치 120파운드나 되는 고급 일자리였다. 아들은 두 눈을 반짝이며 외쳤다.

"월요일 아침에 런던의 라임 스트리트로 곧장 오면 된답니다. 면접도 보지 않았는데, 제가 잘 해낼 거라고 믿는다지 뭐예요. 어머니, 런던에 있는 이 아들을 떠올려 보세요. 우린 이제 돈방석에 앉게 되는 거라고요."

윌리엄의 성공은 모렐 부인에게 크나큰 기쁨이 아닐 수 없었다. 하지만 아들과 헤어져야 한다는 사실 앞에서는 기쁨의 크기도 절반으로 줄어들고 말았다. 그래서 기뻐해야 할지 슬퍼해야 할지 갈피를 잡을 수가 없었다.

윌리엄이 떠날 날이 가까워질수록 모렐 부인의 가슴은 절망감으로 까맣게 타들어 갔다. 모렐 부인은 지금까지 아들이 잘되기만을 바라며 하루하루를 살아왔다. 아들을 위해 차를 끓이고, 아들의 셔츠를 다림질하면서 행복해 했다.

그런데 이제는 아들을 위해 그 소중한 일들을 할 수 없게 되고 말았다. 그녀는 아들이 자신의 마음속에 계속 머물러 있는 것을 허락하지 않는 것처럼 보였다. 그것은 크나큰 슬픔이자 고통이었다.

며칠 후, 윌리엄은 새로운 인생을 위해 런던행 기차에 올랐다.

소년이 된 폴

 둘째 아들 폴은 어머니를 닮아 몸집이 작은 편이었다. 바싹 말랐고 얼굴도 늘 창백했다. 말수가 적은 폴은 또래 아이들에 비해 조숙한 편이었다. 폴은 어머니의 감정 변화에 무척 민감했다. 그래서 모렐 부인이 불안해 하는 기색을 보이면 안절부절못했다.

 런던으로 떠나 버린 형 윌리엄은 더 이상 폴의 친구가 되어 줄 수 없었다. 그래서 폴은 대부분의 시간을 누나 애니와 함께 보냈다. 애니는 못 말리는 말괄량이였지만 동생 폴을 무척 아꼈다. 폴 역시 누나를 좋아해 애니를 따라다니며 노는 것을 최고로 여겼다.

아이들은 하나같이 아버지를 싫어했다. 그중에서도 내성적인 폴이 가장 심했다. 그 무렵 모렐은 술을 마시지 않는 날이 거의 없을 지경이었다. 게다가 술에 취하면 말도 안 되는 이유를 들어 가족을 귀찮게 했다.

어느 월요일 저녁, 장남 윌리엄이 집에 들렀다. 아버지는 술에 취해 엉망이 된 모습으로 난로 앞에 널브러져 있고, 어머니는 눈두덩이 시퍼렇게 멍이 들어 있었다. 젊은이들의 모임에 참석한 폴은 적어도 한 시간은 지나야 돌아올 터였다. 윌리엄은 경악을 금치 못했다.

분노와 증오심이 폭발한 윌리엄이 몸을 부르르 떨었다.

"아버지는 남자도 아니에요. 정말 비겁하다고요. 만약 내가 집에 있었다면 어머니한테 이렇게까지 하지는 못 했을 거예요!"

모렐이 윌리엄을 향해 몸을 돌렸다. 그 역시 화가 난 상태였다.

"이 자식이 누구 앞에서 주둥이를 함부로 놀리고 있어? 건방진 놈 같으니라고! 또 한 번 지껄여 봐. 죽지 않을 만큼 두들겨 패 줄 테니까!"

모렐은 정신 나간 사람처럼 소리를 지르며 주먹을 휘둘렀다. 분노로 얼굴이 벌겋게 달아오른 윌리엄 역시 인내의 한계를 느끼고 있었다.

"그래요? 그렇다면 어디 때려 보세요!"

"아니, 이 자식이 정말?"

"어디 한번 때려 보라고요! 내게 주먹을 날리는 순간, 아버지 인생은 끝장이 난다는 사실을 명심하세요!"

모렐은 비틀거리며 아들에게 다가가더니 곧 주먹을 휘두를 듯한 자세를 취했다. 주먹을 움켜쥔 윌리엄 역시 즉각 반격할 태세를 갖추었다. 동생들은 얼굴이 하얗게 질린 채 그 모습을 지켜보았다.

"둘 다 당장 그만둬!"

모렐 부인의 날카로운 목소리가 집 안 가득 퍼졌다.

"당신 눈에는 자식들이 안 보여요?"

모렐은 고개를 돌려 두려움에 떠는 아이들을 보았다.

"자식들? 저 아이들은 언제나 당신 편이 아니었던가? 내가 어떻게 하든 당신 편을 들지 않았냐고?"

모렐 부인은 할 말을 잃고 말았다. 대답할 가치조차 없는 말이기 때문이었다. 한참을 씩씩거리며 서 있던 모렐은 장화를 벗어 집어 던지고는 2층으로 올라가 버렸다.

아버지가 사라지자 윌리엄이 소리쳤다.

"어째서 말리셨어요? 한 방이면 모든 것이 정리되었을 텐데……."

모렐 부인은 어처구니가 없었다.

"네 아버지야. 어쩌면 아버지한테 그런 생각을 할 수가 있니?"

"아버지니까요! 저 주정뱅이가 바로 제 아버지니까요!"

"윌리엄!"

"거울 앞에 가서 어머니 얼굴을 살펴본 다음에 말씀하세요. 이참에 끝장을 내 버렸으면 좋았잖아요!"

"그건 절대로 안 되는 일이야!"

"어머니!"

"그런 생각은 꿈에도 하지 말거라. 어서 올라가서 자렴."

어머니의 말에 아이들은 힘없이 각자의 방으로 향했다. 거실에 혼자 남겨진 모렐 부인은 암담했다. 자신의 삶이 어쩌다 이 지경에 이르게 되었는지 알 수가 없었다.

그해 겨울, 모렐 일가는 보텀스를 벗어나 언덕 위에 자리 잡은 이웃 마을로 이사를 했다. 새로 이사한 집 역시 높은 곳에 자리 잡고 있어서 창문만 열어도 마을 전체를 한눈에 바라볼 수 있었다.

하지만 계곡에서 밀려드는 바람을 고스란히 마주하는 곳이었다. 서풍이 몰아치면 집 앞의 물푸레나무 가지들이 흔들리면서 괴기스러운 소리를 내곤 했다. 모렐은 그 소리가 좋다고 했지만 아이들은 손사래를 칠 만큼 질색을 했다.

폴은 깊은 잠에 빠져 있다가도 아래층에서 쿵쿵거리는 소리가 들리면 소스라치게 놀라 잠에서 깨어나곤 했다. 그 대부분이 술에 취해 들어온 아버지가 어머니와 말다툼을 하면서 식탁을 내려치는 소리이기 때문이었다.

모렐 부부의 싸움 소리는 어느 순간부터 집 앞의 물푸레나무가 내지르는 비명과 뒤섞여 엄청난 공포로 다가왔다. 그럴 때마다 아이들은 몸을 옹송그리며 긴장하기 시작했다. 아버지가 언제 어머니에게 폭력을 행사할지 모른다는 공포 때문이었다.

그러다가 어떨 때는 순간적인 정적이 찾아들기도 했다. 하지만 그 역시 무섭기는 마찬가지였다. 어쩌면 아버지가 어머니에게 엄청난 일을 저질러 버린 건 아닌지 걱정이 되었던 것이다.

아이들은 공포에 휩싸인 채 침대 위에 누워 쉼 없이 어둠을 들이마셨다. 그러다가 아버지가 장화를 벗어 던지고 2층으로 올라가는 소리가 들리면 적이 마음을 놓고는 했다.

하지만 아이들이 완전히 마음을 놓은 것은 아니었다. 아침을 준비하는 어머니의 손놀림 소리가 남아 있기 때문이었다. 아이들은 수도꼭지에서 물이 나오고 그릇 부딪치는 소리를 들어야만 안심하고 잠을 청할 수 있었다.

모렐은 여전히 매일 밤 퇴근길에 술을 마셨다. 해가 일찍 저무는 겨울이 되면 모렐 부인은 가스를 절약하기 위해 놋쇠 촛대를 꺼내 양초에 불을 붙였다. 아이들은 버터나 고기 기름에 빵을 찍어 먹고 나가서 놀았다.

모렐 부인은 남편의 술타령에 진저리가 났다. 탄광의 시커먼 먼지를 온몸에 뒤집어쓴 채 술집에 앉아 취해 가고 있을 남편을 생각하면 견딜 수가 없었다. 모렐 부인의 그런 고통은 아이들에게로 고스란히 전해졌다.

골목길에서 아이들과 놀던 폴은 광부 몇 명이 들판을 걸어오고 있는 것을 보았다. 아이는 쏜살같이 집으로 달려 들어왔다. 식탁 위에 놓인 촛불이 집 안을 밝히고 있었다. 어머니는 식탁 위에 음식을 차려 놓은 채 멍한 표정으로 앉아 있었다.

"어머니, 아버지 들어왔어요?"

"아니, 오늘도 술타령인 모양이구나."

특별하게 할 일도 없으면서 폴은 어머니 옆에서 얼쩡거렸다. 그때부터 두 사람은 똑같은 걱정을 시작한 것이었다. 그녀의 이런 기다림 때문에 해 질 무렵이 되면 집 안에는 묘한 긴장감이 어김없이 감돌곤 했다.

시간이 흘러 9시가 되어도 식탁은 여전히 그대로였다. 아이들은 그런 상황을 몹시 힘겨워했다. 밤이 너무 깊어 더 이상 나가 놀 수도 없었다. 모렐은 어김없이 술에 잔뜩 취해 돌아왔다.

모렐 부인이 비아냥거리며 말했다.

"시간을 잘 맞추어 들어오는군요!"

"내가 언제 들어오든 당신이 무슨 상관이야?"

모렐 역시 지지 않고 받아쳤다.

집 안에는 순식간에 정적이 찾아들었다. 폭풍 전야와 같은 고요함, 아이들에게 그 시간은 고문과도 같았다. 종종 평화스러운 날도 있기는 했는데, 대부분 배가 몹시 고픈 모렐이 게걸스럽게 음식을 먹어 치우고 곧바로 잠자리에 드는 날이었다.

아이들은 어머니에게 그날 벌어진 일을 남김없이 들려주었다. 하지만 아버지만 있으면 모두들 입을 다물어 버렸다. 모렐은 쉼 없이 돌아가는 가정이라는 섬세한 기계를 한순간에 정지시켜 버리는 고장 난 부속 같은 존재였다.

그가 들어서는 순간부터 집 안에는 갑자기 활력이 사라짐과 동시에 침묵이 흐르기 시작했다. 모렐 역시 그런 사실을 너무나 잘 알고 있었다. 하지만 그런 상태는 이미 돌이킬 수 없을 만큼 굳어졌기 때문에 가장인 그로서도 어쩔 수 없는 노릇이었다.

모렐 부인이 중간에서 애를 쓴 적이 없는 것은 아니었다. 폴이 어린이 신문에서 주최한 글짓기 대회에서 상을 받아 한껏 기분이 좋았을 때도 그랬었다.

"아버지한테도 자랑을 했으면 좋겠구나. 네가 상을 받았다고 하면 아마도 오늘 하루 쌓였던 피로가 씻은 듯이 사라져 버릴 거야."

폴은 고개를 끄덕였다. 하지만 속으로는 아버지한테 자랑을 하느니, 차라리 상을 반납하는 편이 낫겠다는 생각이 들었다.

아버지가 들어오자 폴이 건성으로 말했다.

"글짓기 대회에서 상을 받았어요."

모렐이 아들을 쳐다보며 대꾸했다.

"그래? 잘했구나. 뭣에 대해 쓴 거냐?"

"그냥 여자들에 대한 이야기를 썼어요."

"상품은 뭘 받았는데?"

"책이었어요. 한 권."

"음, 그랬구나."

그것으로 끝이었다. 아버지와 가족 사이의 대화는 지극히 형식적인 것에 불과했다. 모렐은 철저한 이방인이었다. 가장인 그가 가족에게 존재감을 안겨 주는 순간은 고작 낡은 구두를 수선하거나 주전자를 고칠 때뿐이었다. 그런 것을 수리할 때는 옆에서 잡아 줄 사람이 필요했는데, 그나마 아이들은 그 일을 마다하지 않았다.

폴은 기관지염을 자주 앓았다. 그래서 폴에게 기울이는 모렐 부인의 정성은 지극할 수밖에 없었다. 어느 날, 동구 밖에 나가 놀던 폴이 얼굴이 핼쑥해져서 돌아왔다. 모렐 부인은 와락 겁이 났다.

"폴! 어디가 아픈 거야, 응?"

폴은 애써 고개를 저었다.

"괜찮아요. 심하게 장난을 쳤더니 기운이 좀 빠졌을 뿐이에요."

하지만 폴은 점심을 걸렀다. 오후 내내 소파에 앉아 졸기만 했다. 폴 옆에서 다림질을 하고 있던 모렐 부인은 아들의 목에서 계속 '끼룩끼룩' 하는 소리가 나고 있다는 사실을 알았다. 기관지염이었다.

폴은 결국 기관지염이 악화되어 자리에 눕고 말았다. 폴이 앓아누웠다는 소식을 들은 모렐이 일찍 들어왔다. 가족 중에서 누군가 아플 때는 괴팍스러운 그의 성격도 한결 부드러워졌다.

아들의 이마를 짚어 보던 모렐이 물었다.

"폴, 잠든 거니?"

"아니요. 그런데 어머니는 왜 안 보여요?"

"아마도 설거지를 하고 있는 모양이다. 필요한 거 있어?"

"없어요. 그런데 설거지하는 시간이 많이 걸릴까요?"

"아니, 금방 끝날 거야."

모렐은 아들 옆에 서서 어쩔 줄을 몰랐다. 앓아누워 있으면서도 폴이 자신을 불편해한다는 사실을 눈치챘기 때문이다. 모렐은 아래층으로 내려가서 아내에게 말했다.

"폴이 당신을 찾는데, 얼마나 걸릴 것 같소?"

"서두르고 있어요. 기다리지 말고 먼저 자라고 하세요."

모렐은 아들에게 가서 부드러운 목소리로 말했다.

"어머니가 먼저 자라는구나."

"어머니가 없으면 불안해서 잠이 안 와요."

폴이 고집을 부리자 모렐은 짜증 섞인 목소리로 소리쳤다.

"당신이 올 때까지 자지 않겠다는데?"

"곧 간다고요! 그리고 제발 아래층에 대고 소리 좀 지르지 마세요. 다른 아이들이 자고 있잖아요!"

모렐은 난로 옆에 쪼그리고 앉아 힘없이 말했다.

"조금만 더 기다려라. 곧 오신다는구나."

폴의 몸이 불덩이처럼 뜨거워졌다. 폴은 아버지가 곁에 있어서 병이 더 악화되는 것은 아닌가 하고 생각했다. 모렐은 힘들어 하는 아들을 지켜보다 자리에서 일어나며 말했다.

"잘 자거라, 폴. 나도 이제 자야겠구나."

"안녕히 주무세요."

아버지가 방에서 나가자 폴은 혼자 있게 되었다는 사실에 오히려 안도감을 느꼈다. 폴은 어머니와 함께 있을 때가 가장 좋았다. 어머니 옆에 누워 있으면 아픈 것도 금세 나을 것만 같았다.

집이 가난하다는 사실을 절감하는 세 아이는 어머니에게 경제적인 도움을 줄 수 있을 때 가장 큰 행복감을 맛보았다. 애니와 폴, 그리고 아서는 여름철이 되면 아침 일찍 일어나 버섯을 따러 다녔다. 그들은 버섯을 반 파운드가량 모아 콧노래를 부르며 집으로 돌아오곤 했다.

모렐 부인은 토요일마다 푸딩을 만들었다. 푸딩을 만들려면 과일이 필요했는데, 그녀는 과일 중에서도 잘 익어 빛깔이 검붉은 먹딸기를 유난히 좋아했다. 그래서 아이들은 주말마다 숲으로 가 나무 덤불을 헤치며 먹딸기를 찾았다.

아이들은 걸음을 옮기기 힘들 만큼 지치고 허기가 지면 집으로 돌아왔다. 아무것도 모르는 모렐 부인은 늦도록 쏘다니다 돌아온 아이들을 나무랐다.

"이 시간까지 도대체 어디 있다가 온 거니?"

"어머니, 이것 좀 보세요!"

폴은 자랑스러운 표정을 지으며 바구니를 어머니에게 내밀었다. 모렐 부인은 바구니를 들여다보며 함박웃음을 지었다.

"세상에! 먹딸기가 아주 잘 익었구나."

"오후 내내 딴 거예요. 엄청 많지요?"

모렐 부인은 기쁜 표정으로 고개를 끄덕였다. 폴은 어머니가 기뻐하는 모습에 가슴이 벅차올랐다. 어머니에게 기쁨을 줄 수만 있다면 종일토록 숲 속을 헤맨다 해도 괜찮을 것 같았다.

모렐 부인은 여전히 큰아들 윌리엄에 대한 걱정으로 마음 편할 날이 없었다. 윌리엄이 직장 생활을 하기 시작한 뒤에는 폴이 대신 말동무가 되어 주었다. 그 바람에 윌리엄과 폴은 무의식적으로 서로를 질투하게 되었다. 하지만 서로에 대한 사랑은 어느 형제 못지않게 깊었다.

모렐 부인이 둘째 아들에게 느끼는 친밀감은 윌리엄에게 느끼는 그것과 사뭇 달랐다. 섬세하고 미묘하기는 하나, 윌리엄에게 하듯 열정적이지는 않았다.

금요일 오후가 되면 폴은 광산 조합 사무실에 가서 아버지의 급료를 받아 오곤 했다. 광부들은 매주 금요일에 급료를 받았는데, 모렐의 집에서는 폴이 그 일을 맡고 있었다.

광산 조합 사무실은 비교적 근사한 편이었다. 그린힐 끄트머리에 택지 정리를 하고 새로 지은 붉은색 건물이었는데, 마치 개인 별장처럼 그럴듯했다.

급료를 받으러 온 아이들은 마당에서 한참 동안 서성거렸다. 그리고 얼마쯤 시간이 흐르고 나면 안에서 "스피니 파크, 스피니 파크!" 하고 외치는 소리가 들려왔다. 그러면 스피니 파크에서 온 사람들이 떼를 지어 안으로 들어가는 것이었다.

모렐 가족이 살고 있는 브레티 사람들 차례가 되었을 때, 폴 역시 다른 사람들과 함께 안으로 들어갔다. 급료를 지불하는 방은 작은 편이었다. 방 가운데 책상이 하나 놓여 있는데, 그 책상을 기준으로 방이 둘로 나누어졌다.

책상 앞에는 브레이스웨이트와 그의 서기인 윈터보텀이 서 있었다. 체구가 큰 브레이스웨이트는 언제나 실크 스카프로 목을 감싸고 있었다. 이상한 건 몹시 더운 여름날에도 꼭 벽난로에 불을 활활 피운다는 점이었다.

윈터보텀은 조금 작고 뚱뚱한 체격으로, 머리카락이 거의 없는 대머리였다. 그는 말투가 어눌해 재치 있는 말을 하지는 못했지만, 광부들에게 시시때때로 잔소리를 퍼붓곤 했다. 급료는 갱의 번호순으로 지급되었다.

브레이스웨이트의 목소리가 방 안에 울려 퍼졌다.

"홀러데이!"

곧 홀러데이 부인이 앞으로 나와 돈을 받고는 옆으로 비켜섰다.

"바우어, 존 바우어!"

한 소년이 책상 앞으로 나갔다. 성미가 급한 브레이스웨이트는 안경 너머로 그 아이를 노려보면서 다시 한 번 이름을 외쳤다.

"존 바우어, 없어?"

"저예요!"

소년이 대답했다.

"지난번에는 코가 다르게 생겼던 것 같은데?"

"……!"

윈터보텀이 번들번들한 머리를 손바닥으로 쓸며 소년을 응시했다. 사람들은 그의 아버지 존 바우어의 얼굴을 떠올리며 킥킥거렸다.

"왜 아버지가 오지 않았지?"

브레이스웨이트가 위압적인 목소리로 물었다.

"몸이 많이 편찮으세요."

소년이 작은 소리로 대답했다.

"돌아가서 아버지한테 제발 술 좀 끊으라고 해라. 술만 끊으면 병이 나지 않을 테니까. 알았어?"

방 안에서 차례를 기다리고 있던 남자들이 다시 웃음을 터뜨렸다. 폴은 이제 자기 차례라는 것을 알고 있었다. 까닭 없이 심장이 두근거리기 시작했다. 이윽고 목소리가 울렸다.

"월터 모렐!"

"여기예요……."

폴은 작은 목소리로 대답했다.

"모렐, 월터 모렐!"

경리과 직원은 폴의 목소리를 듣지 못했다. 그래서 장부를 다음 장으로 넘기려고 했다. 그때 윈터보텀이 말했다.

"이상하다? 조금 전까지 여기 있었는데……. 갑자기 어디로 사라져 버렸지? 모렐의 둘째 아들 말이야!"

짜리몽땅한 대머리 남자가 주위를 둘러보았다. 그러다 난롯가에 서 있는 폴을 발견하고는 광부들을 밀치고 앞으로 끌어냈다. 윈터보텀이 말했다.

"월터 모렐, 여기 있어!"

"17파운드 11실링 5펜스. 그런데 네 대답 소리는 왜 그렇게 작냐?"

브레이스웨이트가 짜증 섞인 목소리로 말했다. 그는 청구서 위에 5파운드짜리 은화와 1파운드짜리 금화를 쌓아 놓았다. 폴은 그 돈을 모아 가방에 넣었다. 그러자 윈터보텀이 말했다.

"16실링 6펜스야."

집세는 물론 작업할 때 쓰는 연장 등을 구입하는 데 쓴 비용을 그 자리에서 공제했다. 폴은 괜스레 떨려서 돈을 셀 수가 없었다. 폴은 은화 몇 개와 반 파운드짜리 금화를 그 앞으로 밀어 주었다.

윈터보텀이 물었다.

"나한테 도대체 얼마를 준 거야? 너희 학교에서는 돈 세는 법도 가르쳐 주지 않더냐?"

차례를 기다리고 있던 광부가 얼른 대답했다.

"대수와 프랑스 어만 가르치지."

폴 때문에 다른 사람들이 더 많이 기다리게 되었다. 폴은 도망치듯 그 자리를 빠져나왔다. 그리고 몹시 언짢은 표정을 하고는 집으로 돌아왔다. 그러고도 한참 동안 말을 하지 않았다.

모렐 부인은 빵을 굽고 있었다. 아들이 돌아오자, 방금 구운 따끈한 빵을 내밀었다. 폴이 갑자기 화난 목소리로 말했다.

"다시는 사무실에 가지 않을 거예요!"

모렐 부인이 화들짝 놀라며 물었다.

"왜? 거기서 무슨 일이라도 있었니?"

"이제는 돈을 받으러 사무실에 가지 않을 거라고요!"

"그래? 그럼 이웃집 아이들에게 갔다 오라고 그러지, 뭐."

"……!"

"그 애들한테 수고비로 6펜스를 주면 무척 좋아할걸?"

모렐 부인이 아들의 표정을 살피며 말했다. 사실 6펜스는 폴에게 거금이었다. 하지만 폴은 여전히 볼멘 목소리로 또박또박 말했다.

"그냥 가지라고 하세요. 저는 돈이 싫어요."

"그러자꾸나. 하지만 나한테 화를 낼 것까진 없잖니?"

"저는 그 사람들이 싫어요. 브레이스웨이트 씨는 발음도 이상하고요. 언제나 문법에 맞지 않게 말해요."

"그것 때문에 그러는 거야?"

모렐 부인이 입가에 미소를 머금으며 물었다. 하지만 폴은 아무 말도 하지 않았다. 다만 어깨를 들썩이며 숨을 몰아쉬는 모습이 아직 화가 가라앉지 않은 모양이었다.

"어른들이 가로막고 있어서 앞으로 나갈 수가 없었어요. 윈터보텀 씨는 학교에서 돈 세는 법도 안 가르쳐 주냐고 하면서 화를 냈고요."

"그 사람이 학교에서 뭘 가르치는지 어떻게 알겠니? 학교에 다녀 본 적이 없는 사람이니 말이다. 사람들이 무슨 말을 하든 그렇게 흥분할 필요 없단다. 일일이 반응을 보이는 건 꼬맹이들이나 하는 짓이야!"

"하지만 어머니……!"

폴의 눈가에는 어느새 눈물이 번져 있었다. 분노와 수치심 때문이었다. 아들이 눈물을 보이자 모렐 부인이 말했다.

"자기 차례라고 당당하게 말하지 못하고 화를 내는 건 옳지 않아."

모렐 부인은 애써 아들을 이해시켰다. 지나치게 예민한 성격의 아들이 그녀의 마음을 종종 아프게 만들었다.

"그래서 얼마를 받아 왔니?"

"17파운드 11실링 5펜스요. 16실링 6펜스는 공제됐어요."

모렐 부인은 가족을 통해서 급료를 주는 방식이 마음에 들었다. 예전에는 남편의 수입을 알 수가 없었는데, 지금은 얼마를 벌고 있는지 정확하게 알 수 있어서 좋았다. 공제액이 많을 때도 그 이유가 명확하기 때문에 남편한테 당당하게 따져 물을 수 있었다.

모렐 부인은 장 보는 것을 좋아했다. 노팅엄과 더비, 그리고 일크스턴과 맨스필드로 가는 네 갈래 언덕 위에 조그만 시장이 있었다. 시장은 언제나 사람들로 북적거렸다.

모렐 부인은 여러 가게를 기웃거리면서 필요한 물건이 있는지 살펴보았다. 그러다 레이스 가게 주인과 실랑이를 벌이기도 하고, 못된 아내를 둔 과일 장수를 동정하기도 했다. 그리고 익살스러운 생선 장수와 마주 서서는 웃음을 터뜨리기도 했다.

잠시 후, 그녀는 그릇을 파는 가게 앞에서 걸음을 멈추었다. 국화꽃이 그려진 접시에 마음을 빼앗긴 것이었다.

"이 접시 얼마예요?"

"7펜스, 7펜스만 주세요."

모렐 부인은 접시를 내려놓고 다른 곳으로 갔다. 하지만 그 접시가 자꾸만 눈앞에 아른거려 시장을 쉽게 벗어날 수 없었다. 그녀는 결국 그릇 가게 근처를 얼쩡거리면서 그 접시를 연신 힐끔거렸다. 그릇 장수도 그녀의 행동을 유심히 살펴보다가 선심 쓰듯 이렇게 말했다.

"5펜스면 되겠소?"

모렐 부인은 속으로 쾌재를 불렀다.

"정말로요? 그렇다면 살게요."

그러자 그릇 장수가 말했다.

"그 대신 내 부탁 하나만 들어주시겠소?"

"무슨 부탁인데요?"

"공짜로 무엇을 받을 때 하는 것처럼 그 접시에다 침을 한번 뱉어 주면 좋겠소!"

모렐 부인의 표정이 싸늘하게 변했다. 그녀는 그릇 장수에게 5펜스를 내밀며 당당하게 말했다.

"하지만 이건 아저씨가 공짜로 주는 게 아니잖아요!"

"이 더위에 거리에 앉아서 물건을 팔고 있는 내 입장도 생각해 주시오. 거저 줄 수 있다면 나야말로 얼마나 좋겠소?"

그가 투덜거리자 모렐 부인이 말했다.

"장사를 하다 보면 좋을 때도 있고 나쁠 때도 있는 법이지요."

모렐 부인은 그릇 장수의 말을 마음에 담아 두지 않았다. 원하던 접시를 싼 가격에 구입했다는 사실이 기뻤기 때문이다. 폴은 집에서 그림을 그리며 어머니를 기다리고 있었다.

폴은 어머니가 시장에 다녀오는 것을 무척 좋아했다. 갖가지 꾸러미들을 한 아름 안은 어머니의 표정이 행복해 보였기 때문이다. 문밖에서 어머니의 발소리가 들려오자 폴은 그림 그리던 손을 멈추고 고개를 들었다.

"우아! 짐이 되게 많네요."

"그래, 이것저것 살 게 많았단다."

모렐 부인이 거친 숨을 몰아쉬며 말했다.

"애니랑 시장에서 만나기로 했는데 나오지 않았지 뭐니? 덕분에 이걸 혼자서 들고 오느라 무거워 죽는 줄 알았다."

모렐 부인은 실로 짠 장바구니를 식탁 위에 올려놓았다.

"시장에서 그릇 파는 아저씨 있지? 조금 비열해 보이기는 하지만 나쁜 사람은 아닌 듯싶더구나. 장사해서 먹고살기가 힘든가 봐. 이거, 얼마 줬을 것 같니?"

모렐 부인이 신문지에 싼 접시를 꺼내 보였다.

"국화 그림은 언제 봐도 예뻐요. 혹시 1실링 3펜스?"

"그럴 줄 알았어. 하지만 단돈 5펜스란다."

"우아! 진짜 싸네요, 어머니!"

"거의 공짜나 다름없지. 사실 돈을 다 써 버려서 더 이상은 줄 수가 없었어. 그릇 장수 역시 그 가격에라도 팔고 싶었던 모양이고……."

"거기에다 과일 스튜를 담으면 좋겠네요."

"커스터드나 젤리도 담을 수 있지!"

모렐 부인은 장바구니를 열어서 이것저것 살펴보면서 말했다.

"아무리 생각해도 나는 낭비벽이 너무 심한 것 같구나."

폴은 어머니가 무엇 때문에 그런 말을 하는지 궁금해서 가까이 다가가 보았다. 어머니가 장바구니 안에서 꺼낸 것은 팬지와 진홍색 데이지였다.

"이걸 사려고 4펜스나 줬어. 사실 이번 주에는 여유가 없는데 말이다."

"그런데 무척 예쁘네요!"

"그렇지, 폴! 이 노란 꽃은 나이 든 여자 얼굴 같구나!"

폴은 몸을 굽혀 냄새를 맡아 보았다.

"향기도 아주 좋아요!"

폴은 창고에서 쓰다 남은 천을 가져와 꽃잎을 정성스럽게 닦았다. 모렐 부인의 얼굴에 모처럼 환한 미소가 번졌다.

비가 많이 내리는 여름철에는 광산이 정상적으로 가동되지 않았다. 모렐 부인은 아이들의 이불을 털기 위해 울타리 밖으로 나갔다가, 정오도 되지 않은 이른 시간에 언덕을 올라오고 있는 광부 무리를 보았다.

모렐도 그 무리에 끼어 있었다. 모렐은 집으로 들어가기가 싫었다. 이렇게 이른 시간에 집으로 들어간다는 것을 치욕이라고 여겼기 때문이다. 아니나 다를까, 집으로 들어서는 그를 보고 아내가 말했다.

"맙소사! 아직 점심 준비도 못 했는데……."

모렐이 퉁명스러운 목소리로 대꾸했다.

"흥! 나도 일찍 들어오고 싶다는 생각은 털끝만큼도 안 했다고!"

"……!"

"점심이 없다면 아침에 가져간 도시락이나 먹지, 뭐!"

모렐이 굴욕감을 느끼며 말했다. 곧 학교에서 돌아온 막내아들 아서가 식탁에 앉아 도시락을 먹고 있는 아버지를 보고는 고개를 갸웃거리며 물었다.

"아버지, 왜 집에서 도시락을 먹고 있어요?"

여전히 심기가 불편한 모렐이 짜증스럽게 대답했다.

"내가 이걸 먹지 않으면 네 어머니가 강제로 내 입에 처넣을 것 같아서……."

모렐 부인이 버럭 소리를 질렀다.

"아이한테 그게 무슨 소리예요?"

모렐 역시 물러서지 않았다.

"그럼 도시락을 버리란 얘기요? 난 당신처럼 버리기 좋아하는 사람이 아니야. 탄광의 흙먼지 속에서도 빵을 떨어뜨리면 주워서 한 번 털어 내고 그냥 먹는 사람이란 말이오!"

"바닥에 떨어진 빵은 쥐들의 식량이 되어 줄 거예요."

어머니 대신 폴이 말했다.

"버터 바른 빵은 쥐가 먹을 음식이 아니야! 그건 적어도 사람이 먹어야 하는 음식이란 말이다!"

모렐의 반박에 폴은 입을 다물어 버렸다. 어찌 생각해 보면 아버지의 말이 옳은 것도 같았기 때문이다.

그해 가을, 모렐 가족은 몹시 쪼들리는 생활을 했다. 런던으로 간 윌리엄이 돈을 보내지 않았기 때문이다. 처음에 모렐 부인은 이것저것 살림살이를 장만하느라 그러겠지 하고 생각했다.

윌리엄은 일주일에 한 번씩 편지를 보냈다. 편지에는 자신이 런던에서 어떻게 생활하고 있는지 자세하게 적혀 있었다. 그 편지 덕분에 모렐 부인은 윌리엄이 집에 있을 때처럼 자신에 속해 있다고 생각했다.

모렐 부인은 집안일을 하면서도 큰아들을 생각하곤 했다. 윌리엄은 크리스마스에 집에 들르겠다고 전했다. 폴과 아서는 트리를 장식하기 위해 하루 종일 숲 속을 헤매고 다녔다. 애니는 색종이로 예쁜 고리를 만들었다. 모렐 부인 역시 멋진 케이크를 준비했다.

윌리엄은 크리스마스이브에 올 예정이었다. 찬장은 온갖 음식으로 가득했다. 커다란 케이크는 물론, 갖가지 재료를 사용해서 만든 파이가 가득 들어 있었다.

집 안은 여러 장식으로 예쁘게 꾸몄다. 과자 굽는 냄새가 온 집 안에 진동했다. 그날만큼은 모렐도 일찍 집에 왔다.

"윌리엄이 몇 시에 도착한다고 했지?"

모렐이 물었다. 똑같은 질문을 다섯 번째 하고 있었다.

"기차가 6시 반에 도착한대요."

모렐 부인이 힘주어 대답했다.

"그럼 7시 10분이면 집에 올 수 있을 거야!"

모렐은 혹시 아들이 더 빨리 도착할 수도 있다는 생각에 현관으로 나갔다. 그러더니 금세 제자리로 돌아와 안절부절못했다. 그 모습을 보고 있던 모렐 부인이 혼잣말로 중얼거렸다.

"뭐 마려운 강아지 같긴……."

세 아이는 이미 기차역에 나와 윌리엄을 기다리고 있었다. 한

시간이 지나자 기차가 도착했다. 하지만 윌리엄은 내리지 않았다. 한겨울이니만큼 날씨가 몹시 추웠다.

"벌써 한 시간 반이 지났어!"

아서가 기어들어 가는 목소리로 말했다.

"크리스마스이브잖아. 그러니까 평소보다 조금 늦을 수도 있어."

애니가 막내를 안심시켜 주었다.

세 남매는 한참 동안 아무 말도 하지 않았다. 그 대신 칠흑같이 어두운 철로 끝을 하염없이 바라보고 있었다. 아이들은 점점 불안과 걱정에 사로잡히기 시작했다.

그렇게 두 시간이 지났다. 멀리 어둠 속에서 기차의 불빛이 방향을 바꾸는 것이 보였다. 그와 동시에 짐꾼들이 달려 나왔다. 이윽고 기차가 플랫폼에 멈추었다. 문이 열렸다. 그리고 윌리엄이 내렸다. 아이들은 윌리엄에게 쏜살같이 달려갔다. 그는 손에 들고 있던 꾸러미를 동생들에게 건네주며 왜 이렇게 늦었는지 설명해 주었다.

그사이 모렐 부부는 걱정을 거듭하고 있었다. 그런 가운데서도 모렐 부인은 모든 준비를 완벽하게 끝낸 뒤 가장 좋은 옷을 꺼내 입었다. 그녀에게는 초침 소리가 고문과도 같았다.

모렐이 말했다.

"벌써 한 시간 반이 지났어!"

"오늘 같은 날은 몇 시간씩 연착되기도 하잖아요."

마음은 새까맣게 타들어 가고 있었지만, 모렐 부인은 아무렇지도 않은 듯이 대답했다. 집 밖의 물푸레나무가 바람결에 으스스한 신음 소리를 냈다. 마침내 아이들의 발걸음 소리가 들려왔다.

"윌리엄이 도착했어!"

모렐이 벌떡 일어나며 소리쳤다. 모렐 부인은 현관 입구를 향해 몇 걸음 더 달려 나갔다. 문이 활짝 열리면서 윌리엄이 들어왔다. 그는 여행 가방을 바닥에 떨어뜨리며 양팔로 어머니를 힘껏 안았다.

"저 왔어요, 어머니!"

"오, 내 아들 윌리엄!"

모렐 부인은 아들을 끌어안고 쉼 없이 입맞춤을 했다.

"왜 이렇게 늦었니?"

모렐이 끼어들었다.

"그러게 말예요!"

윌리엄이 아버지 쪽으로 몸을 돌리면서 말했다.

"아버지!"

두 사람은 악수를 했다.

"오냐, 내 아들아!"

모렐의 눈언저리는 어느새 촉촉하게 젖어 있었다.

"우린 네가 못 오는 줄 알았다. 건강해 보이는구나."

윌리엄은 그동안 훌륭한 청년으로 변해 있었다. 그는 주위를 둘러보았다. 그러고는 한결 여유로운 표정으로 말했다.

"조금도 달라지지 않았네요."

윌리엄은 가족에게 줄 선물을 꺼냈다. 그는 어머니를 위해 손잡이에 금장식이 달린 양산을 사 왔다. 모렐 부인은 그것을 죽는 날까지 간직하리라 다짐했다. 동생들은 런던에서나 맛볼 수 있는 과자를 받았다. 그날은 모두들 행복에 겨웠다.

윌리엄이 다시 런던으로 돌아가 버리자, 동생들은 저마다 구석에 처박혀 눈물을 흘렸다. 모렐은 비참한 표정을 한 채 침대에 누워 있었고, 모렐 부인은 자신의 모든 감정이 마비되어 버린 것 같은 허허로움 속에 빠져 있었다.

새로운 폴의 인생

 모렐은 그다지 조심성이 없는 사람이었다. 게다가 느긋한 천성을 갖고 있었기 때문에 위험한 상황에 부닥쳐도 크게 신경 쓰지 않았다. 그래서 사고가 끊이지 않았다.

 대문 밖에서 덜컹거리는 수레 소리가 나면 모렐 부인은 하던 일을 멈추고 밖으로 달려 나가곤 했다. 그러면 짐작했던 대로 상처투성이가 된 남편이 수레에 실려 있었다.

 윌리엄이 런던으로 간 지 1년이 지났다. 그동안 학교를 마친 폴은 취직 준비를 하고 있었다. 그러던 어느 날, 대문을 세차게 두드리는 소리가 들려왔다. 모렐 부인은 2층에서 아이들 잠자리를 손보고 있었고, 폴은 거실에서 그림을 그리는 중이었다.

모렐 부인은 2층 창문을 열어 대문 밖을 살펴보았다. 광산에서 일하는 사환이 대문 앞에 서 있었다.

"아줌마, 여기가 월터 모렐 씨 집 맞지요?"

"응, 그런데 무슨 일이지?"

모렐 부인의 머릿속에 불길한 예감이 스치고 지나갔다.

"월터 모렐 아저씨가 다쳤어요!"

"세상에! 또 사고가 났어? 이번에는 어디를 다쳤니?"

"저도 자세히는 모르는데요, 얼핏 보기에 다리를 다친 것 같아요. 아저씨들이 지금 병원으로 옮기는 중이에요."

"정말이지 말릴 수 없는 사람이야. 단 한 순간도 나를 편하게 놓아두질 않으니……."

"아저씨는 갱 안에 죽은 듯이 기절해 있었대요. 프레이저 의사 선생님이 병원으로 가자고 하니까, 정신을 차리고는 마구 욕설을 퍼부으면서 집으로 가겠다고 우기더래요."

"아마도 그랬을 거다. 내가 잠시라도 편하게 있는 꼴을 보지 못하는 사람이니까……. 어쨌든 소식 알려 줘서 고맙구나."

아래층으로 내려온 모렐 부인은 폴에게 아버지의 사고 소식을 전했다.

"바로 병원으로 옮길 정도라면 상태가 상당히 심각하다는 얘기야. 사람이 어쩌면 그렇게 조심성이 없는지……. 기차는 몇 시에 있지?"

모렐 부인은 한참 동안 불평을 늘어놓았다. 그러면서도 병원에서 간호를 할 준비를 하고 있었다. 그동안 폴은 음식을 차렸다.

"4시 20분까지는 기차가 없어요. 아직은 여유가 있으니 우선 진정하시고 차를 한 잔 마셔요. 참, 제가 함께 가 드릴까요?"

"아니야, 그럴 필요 없다! 그런데 뭘 가져가지? 셔츠, 그리고 양말. 아, 수건도 필요하겠구나. 그리고 또 뭐가 있어야 할까?"

"빗이랑 칼, 그리고 스푼과 포크도 챙겨 가세요."

모렐 부인은 계속 혼잣말을 하면서 머리를 빗었다. 그녀의 긴 갈색 머리는 본래 비단처럼 가늘었다. 그런데 언제인가부터 흰머리가 하나둘씩 섞이기 시작했다. 폴이 얇게 자른 빵에 버터를 발라서 내밀었다.

"그런 걸 먹을 경황이 없구나."

하지만 걱정을 앞세운 폴이 고집을 부리자 모렐 부인은 의자에 걸터앉아 겨우 차를 한 모금 마셨다. 그리고 역을 향해 떠났다. 폴은 어머니의 뒷모습을 한참 동안 바라보았다. 어머니가 근심과 고통에 휩싸일 생각을 하니 한쪽 가슴이 저려 왔다.

병원에서 눈으로 확인한 남편의 부상은 생각보다 훨씬 더 심각했다. 모렐 부인은 집으로 걸어가면서 아이들에게 어떻게 설명해야 할지 고민스러웠다. 어머니가 집으로 들어서자마자 폴이 물었다.

"아버지는 어떻던가요? 심각한 상황이에요?"

"그래, 예상했던 것보다 훨씬 좋질 않구나."

긴 한숨을 내쉰 모렐 부인이 의자에 털썩 주저앉았다.

"하지만 목숨이 위험한 건 아니니까 크게 걱정하지 말거라. 네 아버지 다리 위로 큰 바위가 떨어졌다는구나. 그래서 뼈가 부러진 모양이야."

"세상에!"

"네 아버지는 고래고래 소리를 질러 대고……. 네 아버지는 원래 그런 사람 아니냐. 어쨌든 시간이 좀 걸릴 것 같구나."

모렐 부인의 얼굴은 그 어느 때보다 창백했다. 그리고 집 안은 깊은 침묵 속에 잠겼다. 침묵을 견디지 못한 폴은 붓을 들고 그림을 그렸다. 아서는 석탄을 가져오기 위해 창고로 갔고, 애니는 금방이라도 눈물을 흘릴 듯한 표정으로 거실 구석에 앉아 있었다.

모렐 부인은 첫아이 윌리엄이 태어났을 때 남편이 만들어 준 흔들의자에 앉아 깊은 생각에 잠겼다. 그녀는 몹시 슬펐다. 뼈가 부러질 정도로 심하게 다친 남편이 불쌍했다. 게다가 그를 진정으로 사랑할 수 없다는 사실이 그녀의 마음을 더욱 쓰라리게 했다.

사고가 난 지 일주일이 지나서야 모렐의 상태는 조금씩 나아지기 시작했다. 하지만 그의 부재는 가족에게 평화를 제공했다. 광산에서 급여가 계속 지급되고 있었기 때문에 생활에도 큰 어려움은 없었다.

폴은 종종 모렐 부인에게 말하곤 했다.

"어머니, 이젠 제가 이 집의 가장이에요."

차마 입 밖으로 낼 수는 없었지만, 아이들은 아버지의 몸이 완쾌되어 곧 집으로 돌아온다는 사실이 못마땅했다. 폴은 열네 살이었다. 비록 체구는 작은 편이었지만 모든 면에서 어린아이의 모습을 찾아보기 힘들었다.

폴은 무척 예민한 성격에 자의식이 누구보다 강한 아이였다. 그런 까닭인지 무슨 일이든 처음에 적응하는 시간이 많이 필요했다. 초등학교에 입학할 때도 마찬가지였다.

폴에게 있어서 학교에 가는 일은 악몽이자 고문이었다. 세상과 부딪치는 것에 대한 막연한 두려움 때문이었다. 하지만 폴은 또래 아이들에 비해 영리한 편이었으며 그림을 잘 그렸다. 그리고 히튼으로부터 프랑스 어와 독어, 수학 등을 배워 기본 소양이 높았다.

하지만 앞으로 어떤 일을 해야 할지에 대해서는 그저 막막할 뿐이었다. 험한 일을 하기에는 체력이 너무 약했다. 게다가 손

재주도 좋은 편이 아니었다. 잘하는 것이라고는 오직 산이나 들을 돌아다니면서 그림을 그리는 것뿐이었다.

어느 날, 모렐 부인이 폴에게 물었다.

"폴, 너는 앞으로 무엇이 되고 싶은지 궁금하구나."

폴은 그때까지 자신의 장래에 대해서 생각해 본 적이 없었다. 계속 그림을 그리고 싶었지만 평생 그렇게 살 수 없다는 것 정도는 알고 있었다. 어쨌든 이제는 당장 돈을 벌어야 하는 상황이었다. 하지만 폴은 그림을 제외한 이 세상 어떤 일에도 매력을 느끼지 못했다.

폴이 대답했다.

"그냥 아무거나 할래요."

모렐 부인이 말했다.

"폴, 그건 내 질문에 마땅한 대답이 아니야."

하지만 폴의 입장에서는 자신이 할 수 있는 유일하고 정직한 대답이었다. 폴이 진심으로 바라는 일은 매주 30실링이나 35실링 정도 받을 수 있는 곳에서 일을 하며 지내다가, 아버지가 죽고 나면 작은 집을 마련해 어머니와 함께 살면서 그림을 그리는 것이었다.

"이제 신문에서 구인 공고라도 살펴봐야 되겠구나."

폴은 어머니를 바라보았다.

남들과 똑같이 그런 과정을 겪어야 한다는 생각을 하자 처참한 기분이 들었다. 그러나 폴은 아무 말도 하지 않았다. 어떻게든 일자리를 찾아야 하기 때문이었다.

폴은 창밖을 내다보며 생각에 잠겼다. 자신은 이미 산업 사회의 포로가 되어 있었다. 그래서 자신도 모르는 사이에 직장이라는 멍에를 짊어질 수밖에 없었다. 학교를 마친 순간, 고향에서의 자유는 사라져 버리는 것이었다.

폴은 자기가 바보였으면 좋겠다고 생각했다.

런던에서 자리를 잡은 윌리엄은 상당한 멋쟁이로 변신해 있었다. 그는 런던에서 생활하면서 베스트우드의 친구들보다 훨씬 더 사회적 지위가 높은 사람들과 어울릴 수 있다는 사실을 깨닫게 되었다.

윌리엄은 어디에서든 친구를 잘 사귀었다. 그의 호방한 성격 때문이었다. 또한 친구들에게 그는 매우 유쾌한 존재로 인식되고 있었다. 세월이 흐르면서 윌리엄은 자신이 꽤 대단한 존재라고 여기기 시작했다.

윌리엄은 종종 어머니에게 편지를 보냈다.

사랑하는 어머니, 새벽 1시가 지나고 있어요.
어머니의 아들이 최신식 전기 램프가 놓여 있는 탁자에

서 편지를 쓴다고 상상해 보세요. 금 단추가 달린 화려한 야회복을 입은 모습도 떠올려 보시고요. 솔로몬이 세상의 모든 영화를 누렸다고 하지만, 앞으로 제가 누릴 그것에 비하면 분명 초라하게 느껴질 거예요.

모렐 부인은 아들이 만족스러워하는 것 같아 마음이 놓였다. 그런 아들이 대견스러웠지만, 다른 한편으로는 염려스러운 부분도 없지 않았다. 저러다가 혹시 자기 자신을 잃어버리지나 않을지 걱정이 되는 것이었다.

윌리엄은 세상의 흐름에 신속하게 적응하지 않으면 도태되어 버리고 말 거라고 생각했다. 그래서 틈만 나면 친구들과 어울려 극장에도 가고, 춤을 추고, 강으로 나가 배를 타고 놀았다. 또 오로지 성공을 위해 늦은 밤까지 공부에 몰두하곤 했다.

그리고 이제는 어머니에게 돈을 보내지도 않았다. 모든 수입을 자신의 삶을 위해 썼다. 모렐 부인도 아들의 수입을 기대하지 않았다. 오로지 아들이 성공하기만을 기원했다.

윌리엄은 여전히 무도회장에서 만난 여자들에 관한 이야기를 많이 써서 편지를 보내곤 했다. 그는 지금 갈색 머리카락의 예쁜 숙녀에게 반해 한창 열을 올리는 중이었다.

만약 어머니께서 그녀를 보신다면 제가 왜 마음을 빼앗겼는지 단번에 아실 거예요. 그녀는 아주 밝고 투명한 올리브색 피부를 가졌어요. 그리고 깊은 밤 호수 위에 비친 불빛처럼 도도하게 빛나는 회색 눈을 갖고 있고요. 게다가 그녀는 대단한 멋쟁이랍니다. 런던에서 그녀보다 옷을 잘 입는 여자는 아직까지 보지 못했어요. 어머니, 이상하지요? 그녀와 함께 길을 걸을 때면 눈이 부셔 고개를 제대로 들 수조차 없어요.

모렐 부인은 윌리엄이 혹시 허영심 많은 여자와 어울려 다니는 것은 아닌지 걱정이 되었다. 그래서 그녀만이 갖고 있는 특유의 회의적인 어투로 답장을 보내곤 했다.

모렐 부인은 집안일을 하다가도 문득문득 윌리엄에 대한 생각에 잠겼다. 아들이 화려함을 좇는 아가씨와 결혼을 한 뒤, 교외에 작고 누추한 집을 얻어 근근이 살아가는 모습이 자꾸만 떠올랐다.

그럴 때마다 모렐 부인은 화들짝 놀라 고개를 저었다.

'내가 괜한 생각을 하고 있는 거야.'

그즈음 폴은 노팅엄에 있는 외과 의료 기구 제조 회사인 '토머스 조던 사'로부터 면접 통지를 받았다. 모렐 부인은 무척 기뻐했다.

"폴, 축하한다. 넌 행운이 따르는 아이야. 이력서를 겨우 네

번밖에 보내지 않았는데 벌써 좋은 소식이 오잖니?"

그러나 폴은 그다지 달갑지 않은 표정이었다. 면접 통지서와 동봉된 회사 소개 팸플릿에 여러 가지 재료로 만든 의족이 나열되어 있었기 때문이다.

그로부터 며칠이 지난 어느 날, 폴은 다소 답답한 마음으로 어머니와 함께 집을 나섰다. 면접을 보기 위해서였다. 아들의 속마음을 알 리 없는 모렐 부인은 기분이 들떠 있었다.

"나는 모든 일이 잘 풀릴 거라는 생각이 든다. 어쩐지 일자리를 바로 얻을 것 같은 예감이 들어."

하지만 폴은 아무 말도 하지 않았다.

노팅엄 역에서 내린 두 사람은 주소지를 향해 걸음을 옮겼다. 폴은 엄청난 모험을 시작하는 듯한 기분이었다. 길을 걷던 두 사람의 시선이 운하에 떠 있는 나룻배를 향했다.

"어머니, 이 도시의 풍경은 책에서 보았던 베네치아와 비슷한 거 같아요."

"나도 지금 그 생각을 하고 있었단다."

모렐 부인이 소녀 같은 미소를 지으며 대답했다.

약속된 시간이 되려면 아직 많이 기다려야 했다. 마땅한 기차가 없어 일찍 도착한 것이었다. 그래서 두 사람은 차분하게 시내 구경을 하기로 했다. 모렐 가족이 살고 있는 시골과는 달리,

노팅엄은 어디를 쳐다봐야 할지 모를 정도로 신기한 것이 많았다. 하지만 폴은 불안하고 답답했다. 면접을 하겠다는 토머스 조던과의 만남이 두려웠다.

그러는 사이에 약속된 11시가 다가왔다. 두 사람은 좁은 골목길로 들어섰다. 모렐 부인과 폴은 토머스 조던 사를 찾기 위해 골목길을 두리번거렸다. 폴은 자신이 드넓은 벌판으로 나선 초보 사냥꾼 같다는 생각을 했다. 모렐 부인이 면접 통지서에 설명된 아치형 통로를 발견했다.

통로 안쪽에 토머스 조던 사가 자리하고 있었다. 복도 가장 안쪽에 있는 유리창에 '토머스 조던 사'라는 큰 글씨가 쓰여 있었다. 그리고 그 아래에는 '외과 의료 기구 제작'이라는 작은 글자가 있었다.

폴은 마음이 무거웠다. 하지만 돌아갈 수도 없는 처지였다. 토머스 조던은 완전한 백발에 얼굴이 유난히 붉은 노인이었다. 비교적 작은 키에 뚱뚱한 몸매였다.

조던이 두 사람을 자신이 쓰는 사무실로 데리고 들어갔다.

"폴 모렐, 이거 자네가 직접 쓴 건가?"

조던은 폴이 우편으로 접수시킨 서류를 불쑥 내밀며 물었다.

"네."

폴이 고개를 끄덕이며 대답했다.

그 순간 폴의 머릿속에는 두 가지 생각이 동시에 떠올랐다. 그 하나는 형 윌리엄의 자기 소개서를 살짝 베꼈다는 데 대한 죄의식이었고, 다른 하나는 자신의 신상 내역이 노인의 손안에 들어 있다는 사실이 너무나 이상하게 느껴진다는 것이었다.

"글 쓰는 법은 어디서 배웠나?"

조던이 건조한 목소리로 물었다. 폴이 잠시 망설이는 사이, 모렐 부인이 조심스럽게 대답했다.

"이 아이는 글을 잘 쓰지 못한답니다."

"그래요? 그런데 프랑스 어는 자신 있게 할 수 있다고?"

"네."

이번에는 폴이 대답했다.

"학교는 어디까지 다녔나?"

"초등학교를 졸업했어요."

"그렇다면 초등학교에서 프랑스 어를 배웠단 말인가?"

"아닙니다. 대부님께 배웠어요."

폴이 모기만한 목소리로 대답했다. 그러자 조던이 주머니에서 종이를 한 장 꺼내 펼치더니 말했다.

"이걸 한번 읽어 보게."

조던이 건네준 것은 프랑스 어로 쓴 쪽지였다. 폴은 가늘고 희미한 외국어 필체를 제대로 읽어 낼 수가 없었다. 그래서 더

듬거리며 읽기 시작했다. 하지만 지나치게 긴장한 나머지 한 줄도 채 읽지 못하고 막히고 말았다.

"안녕하십니까. 그리고……."

폴은 도무지 알아볼 수 없는 필체에 절망적인 심정이 되었다.

"귀하의…… 그러니까, 회색 스타킹 두 켤레를…… 이 부분은 잘 못 알아보겠어요. 음, 손가락…… 없이…… 보내 주시기 바랍니다."

폴은 도무지 필체를 알아볼 수 없다고 말하고 싶었다. 하지만 부끄러운 나머지 그 말이 입 밖으로 나오지 않았다. 그러자 조던이 그 쪽지를 빼앗듯 낚아채면서 말했다.

"이건 말이지, '발가락이 없는 회색 스타킹 두 켤레를 보내 주세요'라고 해석하는 거야!"

그 순간 폴은 얼굴이 화끈 달아올랐다.

"그 단어는 손가락이라는 뜻이에요. 프랑스 사람들이 일반적으로 그렇게 쓰고 있기도 하고요."

조던이 폴의 얼굴을 빤히 쳐다보았다. 그 단어가 다른 뜻을 갖고 있다고 할지라도 아무런 문제는 없었다. 의료기 사업에서 그 단어는 발가락이라는 의미로 통용되고 있었기 때문이다. 조던이 조금은 짜증스러운 목소리로 말했다.

"스타킹을 손가락에 뒤집어씌우다니, 자넨 그런 사람도 봤나?"

폴이 고개를 저었다.

"하지만 그 단어는 분명히 손가락이라는 뜻이에요."

그는 어머니 앞에서 자신을 어수룩한 사람으로 몰아붙이는 조던이 원망스러웠다. 조던은 숫기 없어 보이던 처음과는 달리 도전적인 눈빛을 하고 있는 폴을 바라보며 중얼거렸다.

"음, 그래? 그럴 수도 있겠지."

조던의 시선이 모렐 부인을 향했다. 그녀는 초조함을 애써 감춘 무표정한 얼굴로 두 사람의 이야기에 귀를 기울이고 있었다.

조던이 말했다.

"이 친구가 언제부터 일을 할 수 있나요?"

두 사람의 대화가 심상치 않은 방향으로 흘러가자 마음속으로 실망하고 있던 모렐 부인이 화들짝 놀랐다.

"예?"

"그러니까 언제부터 출근을 할 수 있느냐는 말입니다."

"언제든 괜찮습니다."

"그렇다면 다음 주 월요일부터 출근하는 걸로 하지요."

"아, 예."

그렇게 해서 폴은 주급 8실링에 나선과의 초급 직원으로 채용되었다.

"진심으로 축하한다, 폴. 처음에는 모든 것이 낯설겠지만 시간이 지나면 익숙해질 거야. 일도 그렇고 같이 일하는 사람들도……."

모렐 부인이 뿌듯한 표정으로 아들의 얼굴을 바라보았다. 그러나 폴은 자신에게 망신을 준 조던이 마음에 들지 않았다. 그렇다고 은근히 기뻐하는 어머니 앞에서 그런 속내를 말하고 싶지는 않았다.

월요일 아침, 첫 출근을 하기 위해 폴은 6시에 일어났다. 어머니가 정성껏 준비한 도시락을 작은 바구니에 넣어 주었다. 폴은 7시 15분 기차를 타기 위해 6시 45분에 집에서 나왔다. 모렐 부인은 문 앞까지 나와 출근을 하는 둘째 아들을 배웅했다. 기분 좋은 아침이었다.

물푸레나무가 스쳐 지나가는 바람에 흔들리고 있었다. 계곡에서는 짙은 안개가 피어올랐고, 안개 속으로 노랗게 익어 가는 밀밭이 보였다. 바람이 사랑하는 사람의 입김처럼 부드러운 그런 날이었다.

모렐 부인은 폴의 뒷모습을 오래도록 바라보았다. 폴은 비록 몸집은 작았지만 탄탄했다. 그런 아들의 뒷모습이 생명력으로 가득해 보였다. 그녀는 들판을 가로질러 역으로 향하고 있는 폴을 보면서 그 아이만큼은 자신이 하고자 하는 일을 할 수 있으리라 여겼다.

'다 잘될 거야, 폴! 너는 행운을 가진 아이니까.'

모렐 부인은 그렇게 중얼거리면서 윌리엄을 떠올렸다.

윌리엄 역시 특별한 문제 없이 잘 지내고 있었다. 그녀는 이제 두 명의 아들을 세상에 내보냈다. 영국이라는 거대한 나라의 산업 중심지에 두 아들을 각각 보낸 것이다. 모렐 부인은 자신이 원하는 것을 두 아들이 이루어 주리라 굳게 믿고 있었다.

두 아들은 자신을 통해 세상에 나왔기 때문에 그녀로서는 자신의 일부나 다름이 없었다. 따라서 두 아들의 일 또한 그녀의 일이나 마찬가지였다. 모렐 부인은 그렇게 생각했다. 그래서 그들의 성공이 더욱 절실했다.

토머스 조던 사에 도착한 폴은 기존에 근무하던 사원의 안내를 받아 한 사무실로 들어갔다. 폴에게 일을 가르칠 선배 직원은 '패플워스'라는 이름을 가진 30대 중반의 남자였다.

패플워스는 몸집이 날씬하고 누르스름한 피부에 코가 빨간 사람이었다. 그는 몸집에서 짐작할 수 있는 것처럼 동작이 매우 빨랐는데, 말을 한 문장씩 끊어서 하는 버릇을 갖고 있었다.

"오늘 첫 출근이지?"

"네."

"넌 내 조수로 일하게 될 거다."

폴을 흘끔 쳐다본 패플워스가 말했다.

"폴 모렐이에요."

"폴?"

"네."

"앉아라, 폴."

폴이 의자에 앉자 패플워스가 편지 한 통을 들고 바싹 다가앉았다. 그러고는 책상 앞에 세워진 서류꽂이에서 장부 하나를 끄집어냈다. 그리고 폴에게 펜 하나를 주더니 말을 이었다.

"편지를 이 장부에 옮기는 거야."

패플워스가 시범을 보이기 위해 펜을 들었다. 그리고 편지를 한참 동안 바라보더니 멋들어진 글씨체로 장부에 베끼는 것이었다. 패플워스는 그것을 다 쓰고 나서 폴을 바라보았다.

"할 수 있겠냐?"

"네."

"특히 숫자가 중요해!"

"네."

"별거 없지?"

"네."

"그럼 시작해 보자고!"

폴이 패플워스와 함께 해야 할 일은 물품을 주문하는 편지를 읽고, 주문 품목을 장부에 꼼꼼하게 기입하는 것이었다. 또 그 내용을 노란색 작업 지시서에 정확하게 적어서 물품을 만드는 부서에 접수시켜야 했다.

주문품은 대부분 탄력 스타킹과 붕대였다. 폴은 제품을 생산하는 부서에서 일하는 여직원들과도 인사를 나누었다. 오전이 그렇게 지나가고 점심시간이 되자 폴은 어머니가 정성 들여 싸준 도시락을 먹었다.

패플워스의 말에 따르면 주말이 머지않은 금요일과 토요일을 제외하면 오후에는 그다지 바쁘지 않은 모양이었다. 보통 오후 5시가 되면 직원들은 지하에 있는 창고로 내려가서 네모난 판자에 둘러앉아 차를 마시거나 간식을 먹으며 수다를 떨었다.

그러고 나서 가스등에 불이 켜지기 시작하면 작업은 훨씬 더 빠르게 진행되었다. 먼 지방으로 배달되는 우편물을 저녁에 보내기 때문이었다. 작업실에서 방금 다림질한 따뜻한 제품이 올라오면 폴은 청구서를 작성한 뒤 포장을 하고, 그 위에 주소를 기입했다. 그다음에는 발송할 우편물들을 저울로 가져가 무게를 달았다.

폴은 정신이 없었다. 여기저기서 펜을 찾는 소리, 무게를 말하는 소리, 바쁘게 오가는 사람들끼리 부딪치는 소리, 포장지 자르는 소리 등으로 어수선하기 짝이 없었다. 그리고 잠시 후,

우체국 직원이 들어와 포장해 놓은 제품들을 자루에 넣어 가져갔다.

꼬박 열두 시간을 일한 폴은 기차역으로 향했다. 8시 20분 기차를 타고 집으로 가야 하기 때문이었다. 집에 도착한 폴의 얼굴에는 지친 표정이 역력했다. 하지만 둘째 아들 역시 노동의 기쁨을 알아야 할 나이가 되었다고 생각한 모렐 부인은 뿌듯하기만 했다.

"일은 어땠니? 힘들지 않았어?"

모렐 부인이 물었다.

"그런대로 재미있었어요, 어머니."

"다행이구나."

"사람들도 친절하고, 저녁때 잠깐 빼고는 바쁘지도 않았어요."

"그래, 고마운 일이야."

폴은 회사에서 있었던 모든 일을 어머니에게 말해 주었다. 모렐 부인은 매사에 예민한 폴이 무난하게 적응할 것 같은 예감이 들어 마음이 놓였다.

얼마 지나지 않아 폴은 자신이 다니는 회사를 좋아하게 되었다. 면접을 볼 때 폴을 당혹스럽게 했던 조던 역시 평소의 말투가 그럴 뿐 친절한 사람이었다.

폴은 오후 간식 시간이 되면 회사의 여공들과 대화하는 것을 즐겼다. 하지만 동료 남자 직원들은 하나같이 재미가 없었다. 대부분 아버지뻘 되는 사람들이기 때문에 세대 차이가 느껴지는 것이었다.

퇴근길에 기차 안에서 바라보는 바깥 풍경은 일상의 소소한 즐거움 중 하나였다. 언덕 위에 촘촘히 박힌 불빛을 바라볼 때마다 폴은 삶의 여유를 느낄 수 있었다. 모렐 부인은 퇴근하는 폴을 항상 반갑게 맞이했다.

폴은 자신이 열심히 일해 지급 받은 주급 8실링을 자랑스럽게 식탁에 올려놓은 뒤, 자신의 생각을 어머니에게 자세하게 들려주었다. 모렐 부인은 아들의 말을 항상 진지하게 들어 주었다. 아들의 일과를 듣고 있으면 마치 자신이 그 회사에서 일하는 것 같은 착각이 들 정도였다.

윌리엄의 사랑

막내인 아서 모렐은 하루가 다르게 성장했다. 아서의 갈색 머리카락과 푸른 눈동자, 그리고 활력 넘쳐 보이는 얼굴은 영락없이 아버지 월터 모렐의 젊은 시절 판박이였다.

아서는 그처럼 잘생긴 외모 덕분에 어디를 가든 많은 인기를 얻었다. 게다가 세 형제 가운데 아버지의 기질을 가장 많이 이어받았다. 그래서 매사에 조심성이 없고 충동적이었다.

나아가 그런 그의 기질은 성장해 가면서 점점 더 변덕스러워졌다. 그는 아무것도 아닌 일에 자주 화를 냈는데, 성격이 얼마나 거친지 모렐 부인조차도 머리를 절레절레 흔들 지경이었다.

아이들이 성장하는 동시에 아버지 월터 모렐은 서서히 늙어

가고 있었다. 돌처럼 단단했던 근육은 자꾸만 늘어지기 시작했고, 선 굵은 얼굴은 중후함보다는 궁색 맞은 방향으로 변모해 갔다.

나이를 먹을수록 모렐의 행동은 점점 더 안하무인이 되었다. 따라서 식구들은 세월이 흐른 만큼 외곬으로 변해 가는 그의 못된 습관들을 혐오했다. 막내 아서가 아버지를 가장 미워했다.

어렸을 때만 해도 아버지를 그 누구보다 좋아하고 따랐지만, 세월이 흐르면서 상황은 완전히 역전되고 말았다. 아서는 아버지가 가족에게 행패를 부리면 '성가신 인간!' 하고 소리를 지르며 집 밖으로 뛰쳐나가곤 했다.

그런데 모렐은 아이들이 싫어할수록 더욱더 자기 방식을 고집했다. 그 역시 때때로 냉담한 자식들에게 증오심 비슷한 감정을 느끼는 듯했다.

"가족을 위해서 나만큼 몸 바쳐 일한 사람 있으면 당장 나와 보라고 해! 그런 나한테 이게 뭐야? 뭐 하는 짓들이냐고! 존경은커녕 개만도 못한 취급을 받으니, 난 더 이상 참을 수가 없어!"

자식들을 향해 모렐은 그렇게 고함을 질러 댔다. 그런 환경에서도 아서는 노팅엄 중학교에 장학생으로 입학하게 되었다. 모렐 부인은 막내아들을 시내에 사는 이모에게 맡기기로 했다. 사춘기에 접어든 아서를 도저히 감당할 자신이 없었기 때문이다.

그즈음 애니는 주급 4실링을 받고 초등학교 보조 교사로 일하고 있었다. 그런데 승급 시험에 합격하여 급여가 15실링으로 올랐다. 덕분에 모렐 가족의 살림살이는 한결 나아졌다.

모렐 부인의 집착은 윌리엄에게서 폴로 향했다. 폴은 비록 윌리엄처럼 재기가 넘치지는 않았지만 말수가 적었고 사려가 깊었다. 언제나 그림 그리기를 좋아하는 폴은 여전히 어머니인 모렐 부인에게 의존했다.

폴이 하는 모든 일은 어머니를 위한 것이었다. 모렐 부인은 매일 저녁 아들이 집에 돌아오기를 기다렸다가 낮 동안에 일어났던 일들을 소상하게 들려주었다. 그러면 폴은 진지한 표정으로 어머니의 말을 끝까지 들었다. 어머니와 아들은 그렇게 서로의 삶을 공유하고 있었다.

한편 윌리엄은 런던 생활에 완전히 적응한 듯했다. 그는 이따금 어머니에게 편지를 보내곤 했는데, 편지에는 온통 갈색 머리의 아가씨 이야기뿐이었다. 모렐 부인은 그런 윌리엄이 매우 걱정스러웠다. 하지만 말없이 지켜볼 수밖에 없었다.

그러던 어느 날, 윌리엄은 갈색 머리의 아가씨와 약혼식을 올렸다는 소식을 전해 왔다. 모렐 부인은 너무나 갑작스러운 소식에 무척 혼란스러웠다. 윌리엄은 약혼녀를 집에 데려오고 싶어

했다. 하지만 모렐 부인은 영 내키지 않았다. 그래서 서너 차례 미룬 끝에 아들의 성화에 못 이겨 크리스마스에 만나기로 약속을 하고 말았다.

크리스마스가 되자 윌리엄은 약혼녀와 함께 집을 찾았다. 그러나 선물을 잔뜩 사 왔던 작년과 달리 빈손이었다. 윌리엄은 어머니의 뺨에 입을 맞춘 뒤 함께 온 아가씨를 소개했다.

윌리엄의 약혼녀는 흑백 체크무늬 옷 위에 모피 외투를 걸치고 있었다. 윌리엄이 누누이 자랑했던 것처럼 키가 늘씬하게 컸으며, 시골에서는 좀처럼 만나 볼 수 없는 미인이었다.

"제가 편지로 말씀드렸던 릴리예요!"

"처음 뵙겠습니다, 모렐 부인!"

릴리는 한쪽 손을 살짝 내밀며 가볍게 미소를 지었다.

"먼 길 오느라 수고했어요. 참, 배가 고플 시간이지요?"

"괜찮아요. 기차 안에서 뭘 좀 먹었거든요."

"아, 그래요?"

"그런데 윌리엄, 혹시 내 장갑 가지고 있어?"

릴리의 물음에 윌리엄이 고개를 저으며 말했다.

"그걸 왜 나한테 물어?"

"그러면 기차에서 잃어버렸나?"

윌리엄이 짜증스럽다는 듯 얼굴을 찡그렸다. 하지만 아무 말도 하지 않았다. 그때, 일을 마친 월터 모렐이 집 안으로 들어왔다.

"아버지, 저 왔어요!"

"오냐, 그래. 아들아! 어디 얼굴 좀 보자."

아버지와 아들은 악수를 했다. 윌리엄은 곧 릴리를 소개했다.

"안녕하세요, 모렐 씨."

모렐이 아첨이라도 하듯이 고개를 조아렸다.

"환영합니다. 당신도 이곳이 마음에 들면 좋겠군요."

"고맙습니다."

인사가 끝나자 모렐 부인이 말했다.

"윌리엄과 아가씨는 아무래도 위층으로 올라가는 것이 편하겠지요?"

"불편을 끼쳐 드리고 싶지는 않은데……. 폐가 되지 않는다면 그냥 여기에 있을게요."

"신경 쓰지 말고 올라가요. 애니가 안내할 거예요."

윌리엄이 2층으로 올라가는 약혼녀 등에 대고 외쳤다.

"설마 오늘도 옷 갈아입는 데 한 시간이나 걸리지는 않겠지?"

애니가 릴리를 침실로 안내했다. 평소에 모렐 부부가 쓰는 방이었다.

"짐을 풀어 드릴까요?"

애니가 인사치레로 물었다.

"그래 주면 고맙죠!"

하지만 릴리는 기다렸다는 듯 대답했다.

졸지에 하녀가 되어 버린 애니는 릴리의 짐을 모두 풀어 정리했다. 그리고 30분쯤 지나자 릴리가 아름다운 드레스로 갈아입고 내려왔다. 광부의 집에 전혀 어울리지 않는 옷이었다.

릴리는 양해도 구하지 않고 모렐의 안락의자에 앉았다. 그러고는 윌리엄의 귀에 입술을 바짝 갖다 대고 속삭였다.

"내 손수건 좀 갖다 줘요, 사랑스러운 윌리엄!"

두 사람의 행동거지를 본 식구들은 마치 둘만의 공간에 눈치 없이 끼어든 불청객이라도 된 듯한 기분이 들었다.

"내가 갔다 오지요, 뭐."

애니가 자리에서 벌떡 일어나며 말했다. 릴리는 마치 궁궐에서 살다 나온 공주처럼 행세했다. 그런 까닭에 집 안에 있는 가장 좋은 물건들이 그녀를 위해 동원되었다.

그녀는 모렐 가족의 극진한 대접을 받았다. 그러면서 그녀는 기차 안에서 먹은 형편없는 음식 이야기라든가 런던의 풍경, 또는 무도회의 분위기 등에 대해 쉴 새 없이 조잘거렸다.

10시가 되자 윌리엄이 물었다.

"릴리, 피곤하지 않아?"

"조금 피곤해요, 윌리엄."

릴리가 머리를 한쪽으로 갸웃 기울이면서 코맹맹이 소리를 냈다.

"제가 방에 불을 밝혀 주고 올게요."

윌리엄이 일어서며 모렐 부인에게 말했다.

"그렇게 하려무나."

릴리는 윌리엄의 모든 식구들과 악수를 나눈 뒤, 그를 앞세우고 2층으로 올라갔다. 그리고 윌리엄은 5분 뒤에 아래층으로 다시 내려왔다. 그는 얼굴을 잔뜩 찡그리고 있었다.

"어머니, 릴리가 마음에 드세요?"

"글쎄, 아직은 잘 모르겠구나."

"어머니가 널리 이해해 주세요. 릴리는 이곳이 익숙하지 않을 거예요. 이곳은 릴리가 살고 있는 런던의 집과는 다르잖아요."

"어쨌든 성급하게 판단하지 않으마."

모렐 부인은 아들을 배려해 그렇게 대답했다. 하지만 윌리엄은 마음이 불편했다.

이튿날도 릴리는 집 안을 누비며 고상한 숙녀처럼 굴었다. 손가락 하나 까딱하지 않고 애니나 폴을 하인처럼 부려 댔다. 하지만 릴리는 어떤 면에서도 특별한 구석이 없는 여자였다. 런던의 작은 사무실에서 1년 남짓 사무원으로 일한 평범한 아가씨였다.

윌리엄은 부활절에 다시 집을 찾아왔다. 하지만 이번에는 혼자였다.

윌리엄은 어머니에게 릴리에 대한 많은 이야기를 했다.

"저 자신도 이해할 수 없는 점이 있어요."

"그건 또 무슨 얘기니?"

"릴리가 옆에 있지 않아도 전혀 그립지가 않아요. 제가 정말로 릴리를 좋아하는지 의심이 될 만큼 말이에요."

"그래?"

"심지어 어느 정도냐 하면, 릴리를 영원히 만날 수 없다고 하더라도 전혀 슬플 것 같지 않아요."

"그 아가씨를 사랑한다면서?"

"저녁에 릴리를 만나면 미치도록 좋거든요."

"내 입장에서는 이해할 수 없는 사랑이구나."

"그렇지요?"

"그런데도 그 아가씨랑 결혼할 셈이냐?"

"잘 모르겠어요."

"그건 어른으로서 할 대답이 아닌 것 같구나."

"릴리와 저는 그동안 너무 많은 것을 공유했어요."

"……!"

"그래서 그녀와 헤어질 수 없는 거예요."

"그 문제에 대해서는 네가 가장 잘 알고 있겠지. 어쨌든 윌리엄, 유감스럽게도 네가 오늘 한 말이 모두 진실이라면 나는 그걸 사랑이라 생각하고 싶지 않구나."

"솔직히 말씀드리자면, 저도 뭐가 뭔지 모르겠어요. 그런데 중요한 건 그녀에게 가족이 단 한 명도 없다는 사실이에요. 그래서 릴리와 헤어질 수 없는 거란 말이에요."

두 사람은 결국 어떤 결론도 얻지 못했다. 모렐 부인이 생각하기에 윌리엄은 아직 릴리에 대한 확신이 없는 것 같았다. 그리고 릴리 쪽에서 윌리엄의 전반적인 조건을 살피는 모양이었다.

어쨌든 윌리엄은 릴리의 마음을 얻기 위해 많은 시간과 돈을 소비했다. 런던에서의 엄청난 수입과 쾌적한 환경을 그토록 자랑하던 윌리엄이, 어머니를 모시고 폴이 일하고 있는 노팅엄까지 갈 여비조차 마련할 수 없을 정도였다.

그런 한편, 폴은 따로 걱정을 하지 않아도 될 만큼 안정적으로 자리를 잡아 가고 있었다. 회사 생활도 어느 정도 적응이 되었고, 크리스마스를 기준으로 임금도 10실링으로 인상되었다.

하지만 밀폐된 공간에서 아침부터 저녁까지 생활한 탓인지 건강은 점점 나빠지고 있었다. 모렐 부인은 그 점이 무척 걱정스러웠다. 모렐 부인에게 둘째 아들 폴은 그렇게 중요한 존재로 자리 잡고 있었다.

5월의 어느 월요일, 폴은 어머니와 둘이서 점심을 먹었다. 월요일은 오전 근무만 하기 때문에 일찌감치 집에 들어와 어머니와 오붓한 시간을 보낼 수 있었다. 식사를 하다 말고 모렐 부인이 말했다.

"레이버스 씨 가족이 말이다, 윌리 농장으로 이사를 했다는구나."

"그래요?"

"지난주에 놀러 오라고 연락이 왔는데, 월요일에 날씨가 좋으면 너와 함께 가겠다고 했어. 같이 갈 수 있겠니?"

"그럼요. 갈 수 있지요."

"고맙구나."

"그런데 저는 레이버스 부인이 누군지 잘 몰라요."

"응, 그럴 수도 있겠구나. 주일마다 예배드릴 때 우리 맞은편에 앉곤 했던 아줌마인데, 조금 슬퍼 보이는 갈색 눈을 가진 여자야."

"그러고 보니 얼굴을 본다면 기억이 날 것도 같네요. 기왕에 가실 거면 어서 준비하세요. 식탁은 제가 치울게요."

잠시 후, 옷을 갈아입은 모렐 부인이 폴 앞에 모습을 드러냈다. 그녀는 새로 산 블라우스를 입고 있었다. 폴은 벌떡 일어나 어머니 앞으로 다가갔다.

"우아! 웬 아가씨가 왔나 하고 깜짝 놀랐잖아요!"

"괜찮아 보이니?"

"그럼요! 당장 데이트 신청을 하고 싶을 만큼 예뻐요!"

"너무 젊어 보이지 않니?"

모렐 부인이 걱정스러운 눈빛으로 물었다.

"천만에, 어머니는 아직 젊어요!"

"하지만 주책없다는 소리를 들을 것만 같구나."

"그럼 차라리 할머니들처럼 흰 가발을 쓰고 다니시지 그래요?"

"가발을 살 필요도 없을 거다. 머지않아 백발이 될 테니까 말이야."

모렐 부인과 폴은 즐거운 마음으로 집을 나섰다. 5월의 햇살은 생각보다 뜨거웠다. 모렐 부인은 윌리엄이 선물한 양산을 받쳐 들었다. 두 사람은 마치 다정한 연인처럼 어깨를 나란히 하고 들길을 걸었다.

얼마 후 그들은 윌리 농장에 도착했다. 모렐 부인과 폴은 울타리가 쳐진 작은 정원이 있는 곳으로 걸음을 옮겼다. 건물 현관 앞에 앞치마를 두른 소녀 하나가 나타났다.

열서너 살쯤 되어 보이는 그녀는 검은 눈동자가 매력적인 예쁜 소녀였다. 낯선 사람들을 발견한 소녀는 잠시 쭈뼛거리더니 곧 집 안으로 들어가 버렸다. 그리고 잠시 후 레이버스 부인이 모습을 드러냈다.

"모렐 부인, 오셨군요! 이렇게 와 주셔서 고마워요."

"레이버스 부인, 괜히 번거롭게 하는 건 아닌지 모르겠네요."

모렐 부인이 고개를 약간 숙여 인사를 하며 말했다.

"천만에요. 그저 반갑기만 한데요."

"고맙습니다."

"여기는 너무 외진 곳이라 사람 만나기가 힘들어요."

"그런 것 같군요."

레이버스 부인은 조금 전에 현관 앞에서 보았던 검은 눈의 소녀가 자신의 딸이라고 했다. 소녀의 이름은 미리엄이었다. 네 사람은 식탁에 둘러앉아 차를 마셨다.

모렐 부인과 레이버스 부인이 거실에서 이야기를 나누는 동안 폴은 미리엄과 밖으로 나가 정원을 둘러보았다.

"이건 겹장미 같은데, 그렇지?"

폴이 울타리를 따라 자라난 덤불을 가리키며 미리엄에게 말했다. 하지만 미리엄은 그것이 무슨 꽃인지 모르는 듯, 그녀의 큰 눈에 잠시 당황하는 빛이 어렸다.

"난 그 꽃 이름을 아직 몰라."

"그렇구나. 하지만 이건 겹장미야. 너도 꽃이 피면 곧 알게 될 거야."

폴이 자신 있는 목소리로 말했다. 그러자 미리엄이 약간 주저하는 듯하더니 입을 열었다.

"이름은 잘 몰라. 그런데 가운데 부분만 분홍색인 흰색 꽃이 피어."

"그러면 이 겹장미의 이름을 '수줍은 소녀 장미'라고 지을까?"

폴의 농담에 미리엄의 두 뺨이 금세 발갛게 달아올랐다. 잠시 후, 미리엄의 남자 형제들이 학교에서 돌아오자 폴은 그들과 인사를 나눈 뒤 함께 과수원으로 갔다.

그곳에는 소년들이 만들어 놓은 평행봉이 있었다. 그들은 폴 앞에서 힘을 과시하고 싶었는지 앞다투어 평행봉 묘기를 보여주었다. 하지만 폴의 눈에는 그들의 모습이 아직 어린아이처럼 보였다. 폴은 그곳에서 좀 더 시간을 보낸 뒤 어머니와 함께 집으로 돌아왔다.

윌리엄은 성령 강림절을 맞아 릴리와 함께 베스트우드에 왔다. 릴리로서는 두 번째 방문이었다. 그들 두 사람이 머무는 동안 모렐의 집 안에는 심상치 않은 분위기가 감돌았다.

특히 윌리엄이 짜증을 자주 냈는데, 거기에는 그럴 만한 이유가 충분히 있었다. 그들이 머물 8일 동안 입을 옷으로, 릴리가 드레스 다섯 벌과 블라우스 여섯 벌을 가져왔기 때문이다. 그것도 모자라 릴리는 가방 속에서 블라우스를 꺼내 애니에게 내밀며 하인을 부리듯 스스럼없이 말했다.

"애니, 이것 좀 빨아 주겠니?"

모렐 부인은 애니가 릴리의 옷을 빨고 있는 것을 보고는 화가 머리끝까지 났다. 윌리엄도 마찬가지였다. 릴리가 매번 자신의 여동생을 함부로 대하자 증오스러운 마음까지 생겼다.

윌리엄은 어머니와 단둘만의 시간을 갖게 되자 조심스럽게 말했다.

"이런 말씀을 드려도 괜찮을지 모르겠지만······."

"곤란한 얘기라면 하지 않아도 괜찮다."

"아니에요, 말씀드릴게요. 릴리는 돈에 대한 개념이 전혀 없어요. 월급을 받으면 아무 생각 없이 설탕으로 절인 밤 과자 같은 걸 잔뜩 사요."

"그만큼 수입이 충분하다는 얘기겠지."

"그렇지 않아요. 정기 승차권을 비롯한 생활필수품, 심지어 속옷까지 제가 사 줘야 하거든요."

"그렇다면 매우 심각한 일이구나."

"그래서 말씀드리는 거예요. 게다가 무슨 생각을 하고 있는지는 모르겠지만, 릴리는 지금 당장 결혼을 하고 싶어 해요."

"당장 말이냐?"

"예, 사실은 저도 내년쯤에는 결혼을 하고 싶은데……."

"윌리엄……!"

"하지만 이런 상태로 결혼한다는 건……."

"내가 너라면 모든 것을 처음부터 진지하게 고려해 보겠구나."

모렐 부인이 단호하게 말했다.

"하지만 우리는 헤어지기엔 너무나 관계가 깊어졌어요. 그래서 가능하면 빨리 결혼해야겠다는 생각을 하게 되었고요."

"어차피 결정은 네 몫이다. 그러니 굳이 하겠다면 하게 되겠지. 누구도 널 막을 수는 없을 테니까 말이다."

"죄송해요, 어머니."

"어쨌든 그 문제만 생각하면 잠이 오지 않는구나."

"릴리는 차츰 나아질 거예요. 그리고 어떻게든 살게 되겠지요."

"심각하게 생각해 보거라, 윌리엄. 세상을 살다 보면 약혼을 파기하는 것보다 더한 잘못도 얼마든지 할 수 있다는 걸 명심해야 한다."

윌리엄은 꼼짝도 하지 않고 앉아서 한곳만 응시하고 있었다.

"이제 와서 릴리를 버릴 수는 없어요."

어머니와 아들은 한참 동안 아무 말도 하지 않았다. 두 사람 사이에는 그렇게 팽팽한 긴장감만 흐르고 있었다. 결국 답답함을 견디지 못한 모렐 부인이 먼저 입을 열었다.

"그만 자거라, 아들아……. 어쨌든 내일 아침에는 기분이 한결 나아졌으면 좋겠구나."

"네, 어머니. 안녕히 주무세요."

윌리엄이 모렐 부인에게 입을 맞추고는 방으로 돌아갔다. 거실에 혼자 남은 모렐 부인은 불쏘시개로 난롯불을 헤집었다. 그녀의 마음은 물먹은 솜보다 더 무거웠다. 숨조차 쉬기 힘들 정도였다.

남편과의 갈등이 깊었을 때도 이렇게 답답하지는 않았다. 그때도 하루에 몇 번씩 가슴이 무너져 내렸지만, 그렇다고 살아갈 이유를 무너뜨리지는 못 했다. 그런데 지금은 아니었다. 그녀의 영혼은 절름발이가 되고 말았다. 소중한 희망이 뒤통수를 때린 듯한 기분이었다.

윌리엄은 10월 첫 번째 주말에 다시 어머니를 찾아왔다. 크리스마스 때까지 기다리기에는 너무 멀어 축제 기간을 이용해 잠깐 들른 것이었다.

"얼굴이 많이 상했구나, 아들아."

모렐 부인이 윌리엄의 얼굴을 쓰다듬으며 말했다. 그녀의 목소리에는 물기가 촉촉이 배어 있었다.

"지난달 내내 감기가 떨어지지 않았어요. 하지만 이젠 괜찮아요."

윌리엄은 아무런 일도 없는 것처럼 유쾌한 척했지만 눈빛에는 짙은 그늘이 드리워져 있었다. 무엇보다 얼굴이 많이 수척해 보였다. 모렐 부인은 그런 아들을 보자 가슴이 아팠다.

"윌리엄, 넌 지금 너무 많은 일을 하고 있어."

모렐 부인이 원망스러운 눈초리로 아들을 바라보며 말했다. 윌리엄은 결혼 자금을 마련하기 위해 저녁이 되면 시간을 쪼개 다른 일을 하고 있었다.

"어머니, 제가 이렇게 고생을 하다가 죽으면 그 여자는 딱 두 달 동안만 힘들어 할 거예요."

"도대체 왜 그런 말을 하는 거냐?"

"두 달이 지나면 저를 까맣게 잊어버릴 겁니다. 두고 보세요. 제 무덤을 찾아오거나, 부모 형제가 사는 이 집을 찾는 일도 없을 거예요."

"윌리엄, 넌 죽지 않을 거야. 그리고 네가 그 아이를 선택한 이상 불평을 하면 안 되는 거야."

말은 그렇게 했지만, 모렐 부인은 아들의 건강이 몹시 걱정되었다.

일요일 저녁, 런던으로 돌아갈 준비를 하던 윌리엄이 양복에 칼라를 끼우다가 턱을 들어 올리면서 말했다.

"어머니, 잠깐만 봐 주세요. 칼라에 긁혀 턱 밑에 상처가 난 거 같아요."

모렐 부인이 다가가 살펴보았다. 그의 말처럼 턱과 목 경계에 어제까지 없었던 붉은 상처가 보였다.

"우선 연고를 발라야겠다. 그리고 내가 다른 칼라를 끼워 주마."

윌리엄은 일요일 자정에 런던을 향해 길을 나섰다. 이틀 동안 집에 머물면서 표정이 많이 안정된 것 같았다. 모렐 부인은 다소 안심이 되었다. 그런데 화요일 아침에 윌리엄이 아프다는 내용의 전보가 왔다.

모렐 부인은 급하게 이웃집에 가서 1파운드를 빌린 다음 옷을 갈아입고 런던으로 향했다. 그녀가 윌리엄의 숙소에 도착했을 때는 6시였다. 모렐 부인은 집주인을 보자마자 물었다.

"아이 상태는 어때요?"

주인 여자가 걱정스러운 표정으로 대답했다.

"똑같아요. 조금도 나아지지 않았어요."

모렐 부인은 여자를 따라 윌리엄이 있는 위층으로 올라갔다. 윌리엄은 지그시 눈을 감은 채 꼼짝도 하지 않고 침대에 누워 있었다. 두 눈 주변에는 검은 그림자가 넓게 퍼져 있었다.

"세상에, 내 아들 윌리엄!"

모렐 부인은 터져 나오려는 울음을 꾸역꾸역 삼키며 가까스로 아들의 이름을 불렀다. 하지만 윌리엄은 아무 대답도 하지 않았다. 어머니를 알아보지 못할 만큼 의식이 가물거리는 것이었다.

잠시 후, 윌리엄이 어물거리는 소리로 무언가를 중얼거렸다.

"선박 화물칸이 새는 바람에 설탕이 완전히 굳어 돌로 변했음. 잘게 조각낼 필요가 있으며……."

런던 항구에서 화물을 검사하는 것이 그가 하는 주 업무였다. 윌리엄의 건강 상태는 그야말로 최악인 듯싶었다.

"언제부터 이렇게 앓아누웠나요?"

모렐 부인이 주인 여자에게 물었다.

"월요일 아침 6시쯤 도착해서 하루 종일 자는 것 같았어요. 그리고 밤에 무언가 말하는 것을 들었고, 오늘 아침에는 어머니를 찾았어요. 그래서 전보를 치고 의사를 불렀답니다."

잠시 후 의사가 도착했다. 윌리엄의 병명은 폐렴이었다. 그리고 동상이나 상처를 입었을 때 생기는 피부 질환인 단독이 턱 밑에서 시작해 얼굴 전체로 퍼지고 있다고 했다. 의사는 단독이 뇌까지 퍼지지 않기를 기도하는 수밖에 다른 방법이 없다고 했다.

모렐 부인은 윌리엄의 머리맡에 앉아 간호를 하기 시작했다. 그리고 아들의 쾌유를 위해 온 마음을 다해 기도를 드렸다. 하지만 윌리엄의 얼굴색은 눈에 보일 만큼 빠르게 변했다.

날이 어두워지자 윌리엄의 헛소리는 더욱 심해졌다. 의식 상태가 자꾸만 오락가락하더니 새벽 2시 무렵이 되자 무섭게 발작을 일으키기 시작했다. 그러다가는 어느 순간 모든 것이 조용해졌다.

멀건 눈을 깜박이고 있던 모렐 부인은 아들의 코 밑에 손가락을 대 보았다. 어떤 느낌도 없었다. 윌리엄의 숨이 멎은 것이었다. 모렐 부인의 가느다란 손가락이 심하게 떨렸다.

모렐 부인은 꼼짝도 할 수 없었다. 눈물도 나오지 않았다. 그녀는 한 시간이 넘도록 윌리엄의 머리맡에 주저앉아 있었다. 그러고는 조용히 그 집 식구들을 깨웠다. 새벽 6시가 되자 날품팔이 여자의 도움을 받아 입관 준비를 했다. 그리고 집으로 전보를 보냈다.

윌리엄 사망. 아버지 서둘러 런던으로 올 것.

그 시간에 모렐은 광산에 나가 일을 하고 있었다. 집에 있던 애니와 폴, 그리고 아서가 전보를 받았다. 도무지 믿을 수 없는 일이었다. 윌리엄의 세 동생은 한마디도 할 수 없었다.

한참 만에 애니가 훌쩍거리기 시작했다. 폴은 조용히 일어나 아버지가 일하고 있는 탄광을 향해 걸음을 옮겼다. 참으로 맑은 날이었다. 브레티 광산에서 피어오르는 증기가 푸른 하늘의 눈부신 햇빛 속으로 스며들고 있었다.

탄광 입구에 선 폴은 석탄을 가득 실은 탄차가 승강기를 타고 올라오는 모습을 멍한 눈으로 바라보고 있었다. 윌리엄은 죽었지만 세상은 아무런 일도 일어나지 않은 것처럼 태연하게 돌아가고 있었다. 그래서 폴은 형이 죽었다는 사실을 실감할 수 없었다.

폴은 계속해서 승강기가 올라오는 모습을 지켜보았다. 한참 만에 탄차 옆에 서 있는 낯익은 남자의 모습이 눈에 들어왔다. 잠시 뒤 승강기가 멈추고 아버지가 걸어 나왔다.

그는 사고를 당한 이후, 한쪽 다리를 약간 절룩거렸다.

"아버지!"

"아니, 폴 아니냐? 무슨 일로 여기까지 올라왔냐?"

"빨리 가셔야 해요."

"왜? 윌리엄이 더 나빠졌다더냐?"

"지금 당장 런던으로 가셔야 한다고요!"

폴과 모렐은 천천히 걸음을 옮겨 탄광 입구를 벗어났다. 탄광 옆에는 수많은 탄차가 일렬로 늘어서 있었고, 그 건너편에는 아름다운 가을 들판이 추수를 기다리고 있는 중이었다.

모렐이 잔뜩 겁에 질린 목소리로 물었다.

"설마 죽지는 않았겠지?"

"형이 죽었대요, 아버지!"

"언제? 내 아들이 언제……."

모렐은 사지가 너무 떨려 제대로 말을 잇지 못했다.

"어젯밤이었대요. 어머니가 전보를 보내셨어요."

모렐은 더 이상 발걸음을 옮기지 못하고 버려진 탄차에 몸을 기댔다. 시커먼 두 손으로 얼굴을 가렸지만 눈물을 흘리지는 않았다. 폴은 조용히 서서 그런 아버지를 기다렸다.

모렐은 반쯤 넋이 나간 상태에서 런던으로 떠났다. 세 아이는 집에 남기로 했다. 폴은 평상시처럼 출근을 했고, 아서는 학교에 갔다. 그리고 애니는 혼자 있는 것이 무서워 친구를 집으로 불러들였다.

모렐 부부가 집으로 돌아오고 얼마 지나지 않아 윌리엄의 관이 도착했다. 식구들은 유난히 빛나는 윌리엄의 관을 오랫동안 망연히 바라보았다. 모렐 부인은 사랑하는 아들이 잠들어 있는 관을 쓰다듬고 또 쓰다듬었다.

윌리엄은 들판 너머 언덕 위에 있는 공동묘지에 묻혔다. 끔찍하게 사랑했던 아들을 먼저 보낸 뒤, 모렐 부인은 급속도로 시들어 갔다. 그녀는 한동안 아무 말도 하지 않았다. 어떤 일에도 관심이 없었다.

그녀는 혼자 중얼거렸다.

"차라리 내가 죽었어야 해. 윌리엄 대신 내가 죽을 수 있었다면……. 그럴 수 있었더라면 얼마나 좋았을까?"

릴리에 대한 윌리엄의 예견은 정확했다. 모렐 부인은 크리스마스를 얼마 남겨 두지 않은 어느 날, 릴리로부터 작은 선물과 함께 편지 한 통을 받았다.

어젯밤에 무도회장에 갔었어요. 유쾌한 사람들과 어울렸는데, 덕분에 매우 즐거운 시간을 보낼 수 있었답니다. 저는 매 시간마다 춤을 한 번도 빠뜨리지 않았어요. 수많은 멋진 남자가 저한테 쉴 시간을 주려 하지 않았기 때문이지요.

그 이후 모렐 부인은 더 이상 릴리의 소식을 들을 수 없었다. 윌리엄이 죽고 나서 모렐 부부는 얼마 동안 서로에게 한없이 너그러웠다. 모렐은 하루에도 몇 번씩 망연자실한 표정을 짓곤 했는데, 그럴 때마다 술을 마시기 위해 밖으로 나갔다.

다시 크리스마스가 다가왔다. 폴은 어머니에게 상여금을 내밀었다. 모렐 부인은 무표정한 얼굴로 그것을 받아서 탁자 위에 올려놓았다.

"이제는 전혀 기뻐하지 않으시는군요. 형이 떠나고 나서 어머니는 너무 많이 변했어요!"

폴이 무척 불만스러운 눈빛으로 모렐 부인을 바라보며 말했다. 그의 몸은 심하게 떨리고 있었다.

"폴, 너 어디 아프니?"

화들짝 놀란 모렐 부인이 아들의 외투 단추를 풀어 주며 물었다.

"몸이 많이 안 좋아요. 아주 많이……."

모렐 부인은 서둘러 의사를 불렀다.

폐렴이었다. 의사는 폴이 아주 위험한 상태라고 했다. 모렐 부인은 윌리엄을 보내고 나서 다른 자식들에게 어미 노릇을 못 한 자신이 벌을 받고 있는 거라고 생각했다. 그래서 최선을 다해 기도하고 간호했다.

두 달 가까이 침대에 누워 있던 폴이 조금씩 차도를 보이기 시작했다. 모렐 부인의 극진한 간호가 아들의 건강을 되찾게 한 것이었다. 그때부터 두 사람의 관계는 더욱 밀착되었다.

모렐 부인이 둘째 아들 폴을 통해 세상을 바라보기 시작한 것이었다.

소녀를 사랑한 폴

 가을이 되면서부터 폴은 윌리 농장을 자주 드나들었다. 폴은 그 집의 두 아들과 곧 친구가 되었다. 그러나 까만 눈이 예쁜 미리엄과 가까워지기까지는 상당히 많은 시간이 걸렸다.

 처음부터 미리엄은 폴의 접근을 두려워하는 듯싶었다. 하지만 그녀는 혹시 폴에게 무시당할 수도 있다는 생각에서 멀리하려 했던 것이다. 미리엄은 종종 스스로를 마법에 걸려 시골구석에 떨어진 공주라고 생각하곤 했다.

 그런 미리엄이 보기에 그림을 잘 그리고, 프랑스 어를 알고 있으며, 날마다 노팅엄으로 출퇴근하는 폴은 상당히 매력적이었다. 그래서 폴이 자신을 농장의 돼지치기 소녀로만 여기고,

그 속에 감추어진 공주라는 본질을 알아차리지 못할까 봐 걱정스러웠다.

그런 걱정이 커질수록 미리엄은 더욱 도도하게 굴었다. 나아가 돼지치기 소녀라는 자신의 처지를 증오하기 시작했다. 그녀는 폴을 비롯한 모든 사람에게 높이 평가받기를 원했고, 무엇이든 끊임없이 배우고 싶어 했다.

다른 사람들과 차별되기 위해 그녀가 할 수 있는 유일한 방법은 지식을 쌓는 것뿐이었다. 그런 미리엄에게 폴은 백마를 타고 온 왕자처럼 보였다. 폴이 윌리 농장을 찾는 횟수가 늘어나면서 미리엄과 보내는 시간도 많아졌다.

그들 두 사람에게는 공통의 관심사가 있었다. 그것은 자연이었다. 꽃이나 나무, 또는 새 같은 것에 관심이 많았다. 나아가 폴은 미리엄의 순수함을 좋아했고, 미리엄은 폴의 그림을 사랑했다. 그러한 동질감은 시간이 흐르면서 조금씩 사랑의 감정으로 변하기 시작했다.

어느 주말 오후, 폴은 약속이나 한 것처럼 윌리 농장으로 향했다. 농장의 남자들은 모두 들에 나가 일을 하고 있었고, 집에는 미리엄과 어머니만 있었다. 미리엄이 폴에게 조심스럽게 말했다.

"폴, 우리 그네 타러 가지 않을래?"

수없이 윌리 농장을 드나들었던 폴이지만, 그는 아직까지 그네를 본 적이 없었다. 그래서 물었다.

"이 농장에 그네가 있었어?"

"아직 못 보았구나. 외양간에 있어."

"그렇다면 한번 가 보자."

흥미를 느낀 폴이 자리에서 일어나며 말했다. 햇빛이 내리쬐는 대낮이었지만 외양간은 비교적 어둠침침했다. 굵은 그넷줄을 움켜쥔 폴이 미리엄에게 말했다.

"네가 먼저 타. 내가 뒤에서 밀어 줄게."

하지만 미리엄이 고개를 저었다.

"아니야, 네가 먼저 타는 게 좋겠어."

미리엄은 폴이 그네를 탈 수 있도록 뒤로 살짝 물러섰다. 미리엄은 누군가에게 자신의 차례를 양보한다는 것이 얼마나 기분 좋은 일인지 처음으로 알게 되었다.

"알았어, 그럼 내가 먼저 탈게."

그네 위에 올라선 폴이 힘차게 발을 굴렀다. 그네가 공중 위로 높게 날아올랐다. 폴은 외양간 천장 가까이에 나 있는 틈새 사이로 윌리 농장의 뜰과 거의 움직이지 않은 채 되새김질을 하고 있는 소들, 그리고 들판 너머의 숲을 볼 수 있었다.

폴은 하늘을 나는 새처럼 자유롭게 그네를 탔다. 미리엄은 그런 폴을 말없이 바라보고 있었다. 폴 역시 미리엄의 까만 눈이 유난히 반짝이는 것을 보았고, 심장 박동이 평소에 비해 빨라지고 있음을 느꼈다.

폴이 그네에서 내려오자 미리엄이 다가왔다. 폴이 나무판을 잡아 주자 미리엄은 조심스럽게 판자 위에 앉았다. 폴이 그네를 천천히 밀어 주며 말했다.

"다리를 너무 곧게 뻗으면 앞에 있는 벽에 부딪힐 수도 있어. 그러니까 그네가 높이 올라가면 다리를 약간 구부리는 게 좋을 거야."

미리엄은 오래전부터 그네를 타곤 했다. 따라서 어떻게 하는 것이 안전한지는 폴보다 더 잘 알고 있었다. 하지만 미리엄은 내색하지 않았다.

폴이 서서히 그네를 밀었다.

"너무 세게 밀지 마."

미리엄의 몸이 허공으로 올라갔다. 그리고 내려올 때는 아랫배에서 짜릿한 전류가 흐르는 것 같은 느낌이 일었다. 지금까지 한 번도 겪어 보지 못한 낯선 경험이었다.

"그네가 중간까지도 올라가지 않았어."

"어쨌든 더 세게 밀지 마. 무섭단 말이야!"

"알았어."

폴은 그네를 밀고 있던 팔의 힘을 풀었다. 그네는 한동안 외양간 중간쯤을 오락가락하고 있었다. 그네를 미는 폴의 힘이 느껴질 때마다 미리엄의 가슴에는 깊이를 알 수 없는 흥분이 전해지곤 했다.

폴과 미리엄은 네더미어 호수까지 산책을 하기도 했다. 몸이 날렵한 폴은 산책을 할 때마다 다람쥐처럼 빠른 속도로 이리저리 헤집고 다녔다. 하지만 미리엄은 절대로 길을 벗어나지 않았다.

그날도 두 사람은 산책을 나갔다. 호수 가장자리에 백조 깃털이 어지럽게 흩어져 있었다. 두 사람은 자갈이 깔린 둑 위에 자리를 잡았다. 폴이 납작한 돌 하나를 찾아내 물수제비를 떴다.

"미리엄, 수영할 줄 알아?"

물을 튕기며 날아가는 돌에 시선을 고정시킨 채 폴이 물었다.

"해 본 적은 있지만, 잘하지는 못 해."

미리엄이 작은 목소리로 대답했다. 그녀는 여전히 물수제비를 뜨고 있는 폴의 뒷모습을 바라보고 있었다.

"우아, 이번에는 셀 수 없을 만큼 많이 튀었어!"

"그래, 이번이 가장 멋졌어."

미리엄이 웃으며 말했다.

몇 차례 더 돌을 던진 폴이 미리엄 옆에 앉았다.

"이건 나 혼자만의 생각인지도 모르지만, 넌 어떤 일에도 크게 흥미를 갖지 않는 거 같아."

폴이 말했다.

"그래, 너도 알고 있는 것처럼 나는 집안일을 돕는 것만으로도 충분히 바빠. 그래서 다른 데 신경 쓸 겨를이 없어."

미리엄의 대답에 고개를 끄덕이며 폴이 다시 말했다.

"난 네가 집에서 부모님을 도와드리는 걸 좋아하는 줄 알았는데?"

그러자 미리엄이 미간을 찌푸리며 단정적으로 대답했다.

"집안일을 좋아하는 사람은 아무도 없어!"

"그래?"

"집 안에서 하는 일은 모두 지긋지긋해. 아무리 깨끗이 청소를 해도 5분만 지나면 오빠나 동생들이 엉망으로 만들어 버리거든."

"응, 그렇구나."

"난 정말 집에 있고 싶지 않아!"

"그렇다면 뭘 하고 싶은데?"

"뭔가 중요한 일을 하고 싶어. 의미를 부여할 수 있다거나 보람을 느낄 수 있는 일 말이야."

"의미와 보람……."

"나도 다른 사람들처럼 기회를 갖고 싶어. 여자라는 이유 때문에 어쩔 수 없이 집안일을 돕고 있는 내가 싫어. 나도 기회를 얻고 싶다고!"

"어떤 기회를 말하는 거야?"

"무엇이든 익힐 수 있고, 배울 수 있는 기회……. 그리고 무엇이든 내가 원하는 것을 할 수 있는 기회."

"그렇구나."

"세상은 정말이지 불공평해. 이게 다 내가 여자이기 때문이야."

"……!"

갑자기 불만을 토로하는 미리엄을 지켜보던 폴은 무척 놀랐다. 누나 애니는 미리엄과는 달리 자신이 여자라는 사실을 지극히 당연한 일로 받아들이고 있었기 때문이다.

사실 애니가 집 안에서 하는 일은 어떤 책임을 질 만큼 비중 있는 일이 아니었다. 따라서 그녀는 어머니를 돕는 정도의 가벼운 일을 하곤 했다. 그래서 자신이 여자로 태어났다는 사실에 대해 큰 불만이 없는지도 몰랐다.

하지만 미리엄은 달랐다. 집 안에서 하고 있는 일의 비중도 차이가 있었지만, 그녀는 남자처럼 치열하게 살고 싶어 했다. 그래서 남자들에 대한 경쟁심을 버릴 수가 없었던 것이다.

폴이 물었다.

"그렇다면 구체적으로 뭘 하고 싶은 거야?"

"나는 배우고 싶어. 그런데 어른들은 왜 내게 처음부터 배울 기회를 주지 않는 거지?"

"어떤 것을 배우고 싶은데?"

"내가 배울 수 있는 모든 것……."

"거기에 프랑스 어나 수학도 포함되어 있어?"

"당연하지. 나는 왜 수학을 몰라야 해? 프랑스 어를 알면 왜 안 되는 거냐고? 나도 알고 싶어. 나도 다른 사람들처럼 배우고 싶다고!"

미리엄은 마치 폴이 그 모든 것을 못하게 하는 사람인 듯 두 눈을 크게 뜨고 절규했다.

"아직까지 난 네 생각을 몰랐어. 그런데 지금 네 얘기를 듣고 보니 내가 도움이 될 수도 있겠네."

"네가 뭘 도와줘?"

"네가 그렇게 원한다면 내가 가르쳐 줄게."

폴의 말에 미리엄의 두 눈이 동그랗게 커졌다.

"정말? 진심이야?"

"지금 우린 농담을 하고 있는 게 아니잖아."

"고마워. 그렇게 해 줘. 열심히 배울게."

미리엄의 얼굴이 환하게 밝아졌다. 그런 미리엄을 보면서 폴은 기분이 좋았다. 그렇게 해서 두 사람은 요일을 정해 공부를 시작하기로 했다.

폴은 월요일 저녁에 다시 윌리 농장으로 갔다. 그가 집 안에 들어섰을 때 부엌 정리를 끝낸 미리엄은 벽난로 청소를 하고 있었다. 저녁을 먹고 나서 모두들 밖으로 나갔는지, 집 안에는 미리엄 혼자 있었다.

미리엄이 얼굴을 들며 말했다.

"네가 온 줄 알았어."

"보지도 않고 어떻게 알아?"

"너처럼 빠르면서도 또박또박 걷는 사람은 많지 않아. 그리고 난 네 발소리만 들어도 알 수가 있어."

주머니에서 책을 꺼낸 폴이 의자에 앉으며 말했다.

"공부할 준비는 되었을 테지?"

"오늘 밤부터 공부를 시작하자고?"

미리엄이 예상하지 못하고 있었다는 듯 대답했다.

"월요일 저녁부터 시작하기로 했었잖아? 그래서 퇴근을 하자마자 저녁도 먹는 둥 마는 둥 하고 이렇게 바로 달려온 건데……."

미리엄이 벽난로에서 나온 재를 담은 뒤 미소를 지으며 말했다.

"난 다음 주 월요일부터라고 생각했어."

폴과 미리엄은 당장 공부를 시작했다. 미리엄은 폴이 내준 숙제를 열심히 했고, 한번 배운 것은 거의 잊어버리지 않았다. 다만 한 가지 흠이 있다면 이해력이 빠르지 않아 문제를 설명하는 데 많은 시간이 걸렸다.

폴은 미리엄을 가르치면서도 그림 그리는 일에 소홀하지 않았다. 그는 주로 집에서 그림을 그렸는데, 아들이 그림을 그리고 있으면 어머니는 옆에서 바느질을 하거나 책을 읽었다.

폴은 그림을 그리다 말고 어머니의 얼굴을 한참 동안 바라보고는 했다. 그러다가 다시 그림 속으로 빠져드는 것이었다.

모렐 부인이 물었다.

"왜 그렇게 날 쳐다보곤 하니?"

폴이 부끄러운 듯 수줍은 미소를 띠며 대답했다.

"어머니가 지금처럼 흔들의자에 앉아 계실 때 마음이 제일 편해요. 그래서 그림도 잘 그려지는 것 같고요."

"그래?"

폴의 말에 모렐 부인은 가슴 뿌듯한 행복을 느꼈다.

폴은 언제나 자극을 필요로 했다. 자극은 그에게 그림을 열심히 그리게 하는 활력소였다. 그래서 폴은 스케치가 끝나면 미리엄에게 보여 주곤 했다.

폴의 그림을 진심으로 좋아하고 있는 미리엄은 날카로운 비판 또한 망설이지 않았다. 폴이 어머니로부터 예술적인 영감을 얻었다면, 미리엄은 그것을 치열함으로 완성시켜 주었다.

베스트우드에는 도서관이 하나 있었다. 수많은 책을 보유하고 있는 도서관이었는데, 대여비는 1년에 4실링 6센트에 불과했다. 폴은 어머니를 위해 언제나 그곳에서 책을 빌리곤 했고, 미리엄 역시 그 도서관을 즐겨 찾았다.

그래서 폴과 미리엄이 도서관에서 만나는 것은 일상과도 같았다. 도서관에서 볼일이 끝나면 폴이 미리엄을 집 근처까지 바래다주고는 했다. 두 사람은 그렇게 가까워지고 있었다.

그런데 모렐 부인은 미리엄을 만난 폴이 늦게 들어올 때마다 지나칠 만큼 화를 내곤 했다. 폴은 그런 어머니를 이해할 수가 없었다.

"오늘도 미리엄을 바래다주고 온 거니?"

느지막이 들어온 폴에게 모렐 부인이 물었다.

"도서관에서 늦게 나왔어요."

폴이 잦아드는 목소리로 대답했다.

"그 아이도 도서관에 왔던 모양이지?"

모렐 부인의 목소리는 그 어느 때보다 싸늘하게 식어 있었다. 폴은 마치 죄를 지은 것만 같은 기분이 들어 목소리가 더욱 작아졌다.

"도서관에서 책을 빌리지 않으면 미리엄은 일주일 내내 읽을 것이 하나도 없어요. 그리고 늦은 시간에 여자아이를 혼자 보낼 수는 없잖아요."

"그 아이 어머니는 도대체 뭘 하는지 모르겠구나. 이렇게 비까지 내리는 날 여자애가 외출하도록 가만히 두고 있으니 말이다."

"앞으로는 제가 주의할 테니 빌려 온 책 좀 보세요."

이해가 되지는 않았지만 폴은 흥분한 어머니를 진정시키기 위해 최선을 다했다. 하지만 모렐 부인은 화를 쉽게 가라앉히지 못했다.

어느 여름날의 해 질 무렵, 그날도 도서관에 들른 두 사람은 미리엄의 집으로 가기 위해 헤롯 농장 근처의 들판을 지났다. 들판에는 완전히 영근 밀이 노랗게 빛나고 있었고, 괭이밥 진홍색 꽃은 주변을 온통 붉게 물들이고 있었다.

폴과 미리엄이 들판을 가로지르는 동안 서쪽 하늘에 황금빛 노을이 드리우기 시작했다. 두 사람은 알프레턴으로 가는 큰길로 나왔다. 어두워지는 들판 가운데 그 길이 희미하게 나 있었다.

폴은 잠시 망설였다. 그곳에서 폴의 집까지는 2마일이었고, 미리엄은 1마일을 더 가야 했다. 두 사람의 시선은 약속이나 한

듯 땅거미가 지고 있는 북서쪽 길을 향했다.

폴이 시계를 보았다.

"벌써 9시가 되었네!"

두 사람은 헤어지기가 싫었다.

"숲이 가장 아름다운 시간이야, 바로 지금이……. 오늘은 너랑 같이 그걸 보고 싶어."

미리엄이 작은 목소리로 말했다.

"내가 늦으면 어머니가 몹시 싫어하셔."

폴이 변명하듯 말했다.

"넌 지금까지 나쁜 짓을 한 적이 단 한 번도 없잖아?"

미리엄이 조바심을 내며 말했다.

폴은 풀밭을 가로질러 앞서 가는 미리엄의 뒤를 따랐다. 숲은 들에 비해 훨씬 더 시원한 바람이 일렁이고 있었다. 나뭇잎과 풀 냄새가 콧속을 간질였다. 두 사람은 말없이 걸음을 옮겼다. 밤이 빠르게 스며들고 있었다.

미리엄은 얼마 전에 발견한 들장미 덤불을 폴에게 보여 주고 싶었다. 그녀는 그것이 아름답다고 생각했고, 폴 역시 그렇게 느끼리라 확신하고 있었다.

길모퉁이를 돌아선 미리엄이 걸음을 멈추었다. 그러고는 소나무 사이로 난 넓은 길에서 주위를 두리번거렸다. 해가 기울면

서 세상은 점점 회색으로 변해 사물들의 본디 색깔을 빼앗아 가고 있었다.

미리엄이 들장미 덤불을 발견했다.

"아, 예쁘다!"

미리엄의 입에서 낮은 탄성이 터져 나왔다.

주위는 더없이 고요했다. 키 큰 장미나무가 줄기를 제멋대로 뻗어 나가고 있었다. 긴 가지들이 풀밭까지 나와 순백의 커다란 꽃들을 밤하늘의 별처럼 흩뿌려 놓고 있었다.

폴과 미리엄은 가까이 다가가서 말없이 들장미를 바라보았다. 장미꽃 한 송이 한 송이가 두 사람의 마음속에서 별처럼 빛났다. 그리고 그 별은 각각의 영혼에 스며들어 불을 지피려 하고 있었다.

석양은 안개처럼 빠르게 주변을 잠식했지만 하얀 장미꽃까지 점령하지는 못 했다. 폴은 미리엄의 눈을 찬찬히 바라보았다. 그녀의 표정은 기대로 가득 차 있었다. 붉은 입술과 검은 눈은 오직 그에게로만 열려 있었다.

폴의 눈길이 그녀의 내부 깊숙한 곳에 이르는 동안 미리엄의 영혼은 떨고 있었다. 그것은 그녀가 원했던 고결한 소통이었다. 하지만 폴은 괴로운 듯 돌아서서 덤불만 하염없이 바라보았다.

한참 만에 폴이 입을 열었다.

"이제 그만 가자."

두 사람은 말없이 숲을 빠져나왔다.

"돌아오는 일요일에 보자."

폴은 도망치듯 그녀 곁을 떠났다. 미리엄은 자신의 영혼이 밤의 신성함으로 충족되었다고 느끼면서 천천히 집을 향해 걸음을 옮겼다. 폴은 들판으로 나오자마자 있는 힘껏 달리기 시작했다. 그의 핏줄에 감미로운 희열이 흐르는 것 같았다.

폴은 미리엄을 만나고 늦게 들어올 때면 유난히 화를 내는 어머니를 이해할 수 없었다. 모렐 부인은 폴이 미리엄에게 끌리고 있다는 것을 알고 있었다. 하지만 왠지 미리엄이 마음에 들지 않았다.

'미리엄은 남자의 영혼이 말라비틀어질 때까지 빨아들일 아이야. 그런데 폴은 너무 순수해. 자신의 영혼을 빼앗기면서도 아무것도 모를 만큼 지나치게 순진한 게 문제야.'

모렐 부인은 그렇게 생각했다.

폴이 도착하자 모렐 부인이 차갑게 말했다.

"이렇게 늦도록 함께 있다 오는 걸 보니 미리엄은 상당히 매력적인 아이인가 보구나."

이번에 폴은 아무 말도 하지 않을 작정이었다. 하지만 폴은 어머니를 무시할 만큼 냉정한 아들이 아니었다.

"저는 미리엄과 함께 이야기를 나누는 게 좋아요."

"다른 친구들은 또 없니? 서로 대화가 통할 만한 친구 말이다."

"제가 동성 친구랑 지금까지 얘기를 나누다 들어왔다면 아무 말씀도 하지 않으셨을까요?"

"물론 했겠지. 네가 누구랑 같이 있든, 노팅엄에서 하루 종일 일하고 돌아와서 이렇게 밤늦게까지 밖에서 시간을 보내는 건 너 자신을 너무 혹사시키는 거니까."

폴이 뭐라 대답하기도 전에 모렐 부인이 갑자기 목소리를 높여 소리를 질렀다.

"너는 남자고 미리엄은 여자야! 어린애들이 연애질하는 건 아무리 생각해도 역겨워 못 견디겠어!"

견디다 못한 폴이 애처로운 목소리로 외쳤다.

"저는 연애하는 게 아니에요!"

"연애질이 아니면 뭐니? 한번 들어 보자꾸나!"

"어머니는 왜 그렇게 화를 내시는 건데요? 그 애가 싫어서 그러세요?"

하지만 모렐 부인은 솔직한 속마음을 얘기하지 않았다. 아니, 솔직하게 말할 수가 없었다.

"그 아이가 싫어서 그러는 게 아니야. 나는 지금 어린애들이 밤늦도록 어울려 다니는 게 옳지 않다는 말을 하고 있는 거야."

며칠 후, 미리엄을 만난 폴은 어머니가 한 말을 그대로 전했다.

"오늘은 늦지 않도록 하자. 적어도 10시까지는 집에 들어가야 해. 어머니가 화를 내면 견딜 수가 없어."

고개를 깊이 숙이고 있던 미리엄이 중얼거리듯 말했다.

"왜 그토록 화를 내실까?"

"내가 아침 일찍 출근을 해야 하니까 그렇대. 그래서 밤늦도록 돌아다니는 건 건강을 해치는 일이라는 거지."

"그런 이유라면 괜찮아!"

말은 그렇게 했지만 미리엄의 한쪽 입꼬리는 비웃는 것처럼 바싹 올라가 있었다. 폴은 그런 미리엄의 반응에 자존심이 상했다. 그래서 그날은 더 늦게 들어갔다.

폴은 이제 열아홉 살이었다. 주급이 20실링에 불과했지만 큰 불만을 갖지는 않았다. 심리적인 압박이 없어서 그림이 잘 그려졌고, 스스로 행복감이 느껴지기도 했다.

미리엄은 매주 목요일 저녁에 도서관 가는 것을 포기하고 말았다. 비록 간접적인 방법이기는 했지만 폴의 어머니에게 모욕을 당한 뒤, 그 집 식구들이 자신을 어떻게 생각하고 있는지 깨달았기 때문이다. 그렇게 해서 두 사람의 소중한 목요일 저녁은 없어지고 말았다.

그 후로 폴은 일에만 몰두했다. 모렐 부인은 자신이 원하던 방향으로 상황이 흘러가자 크게 만족스러웠다. 게다가 폴은 자신과 미리엄은 절대로 연인이 아니라고 했다. 그 역시 모렐 부인을 흡족하게 했다.

폴은 미리엄과의 관계를 영혼이나 사상 같은 추상적인 만남으로 규정하고 있었다. 따라서 두 사람 사이에는 우정만이 존재한다는 것이었다. 폴은 미리엄과의 사이에 그 이외의 다른 무엇이 있다는 것을 조금도 인정할 수 없었다.

"미리엄, 우리는 연인이 아니야. 그저 좋은 친구일 뿐이라고. 그렇지 않니?"

폴은 종종 미리엄에게 그렇게 말하곤 했다. 그럴 때마다 미리엄은 입을 굳게 다물고 아무 말도 하지 않았다. 폴은 그것이 암묵적인 동의라고 생각했다.

하루는 미리엄이 폴의 집을 방문했다. 후텁지근한 저녁이었다. 폴은 부엌에 혼자 있었고, 위층에서 모렐 부인이 바삐 움직이는 소리가 들렸다.

"완두꽃 보러 가지 않을래?"

폴의 제의로 두 사람은 정원으로 나갔다. 교회 뒤로 보이는 하늘이 붉은 오렌지색으로 물들어 가고 있었다. 폴은 화단으로 난 좁은 길을 따라 천천히 걸어가면서 옅은 푸른색을 띤 완두꽃을 땄다. 미리엄이 꽃향기를 맡으며 그의 뒤를 따랐다.

잠시 후, 폴과 미리엄은 집 안으로 돌아왔다. 폴은 위층에서 나는 소리에 잠시 귀를 기울이더니, 미리엄에게 나직이 말했다.

"이리 와, 내가 꽃을 달아 줄게."

그러고는 그녀의 가슴에 꽃을 꽂은 다음, 한 발짝 뒤로 물러나 흐뭇한 표정으로 바라보았다. 그때 계단을 내려오는 모렐 부인의 발소리가 들렸다. 폴은 다급한 목소리로 그녀에게 이렇게 말했다.

"어머니한테 내가 달아 줬다고 말하지 마."

미리엄은 굳은 표정으로 석양을 바라보았다. 그리고 앞으로는 절대로 폴의 집에 오지 않겠다고 다짐했다.

"안녕하세요, 모렐 부인."

미리엄이 모렐 부인에게 공손하게 인사했다.

"오, 미리엄이구나!"

모렐 부인 역시 진절한 미소를 지어 보였다. 모렐 부인은 미리엄에 대한 감정을 전혀 드러내지 않았다.

어느 날 저녁, 폴과 미리엄은 넓게 펼쳐진 모래톱을 따라 세들소프 쪽으로 산책을 나갔다. 파도가 해변으로 밀려와 거품을 내뿜으며 하늘 높이 치솟았다. 포근한 저녁이었다.

모래톱에는 그들 두 사람밖에 없었다. 파도 소리 이외에는 아무엇도 들리지 않았다. 그들이 발길을 돌렸을 때는 이미 날이 어두워져 있었다.

집으로 돌아가려면 모래 언덕을 넘고 풀밭 길을 지나가야 했다. 주위는 캄캄하고 고요하기만 했다. 뒤쪽 모래 언덕에서 바다의 속삭임이 들려왔다. 폴과 미리엄은 말없이 걸었다.

그러던 어느 순간 폴은 화들짝 놀랐다. 자신의 피가 몸속에서 불꽃처럼 펑펑 터지는 것 같았기 때문이다. 그는 숨조차 제대로 쉴 수 없을 지경이었다.

거대한 달이 모래 언덕 위에서 그들을 내려다보고 있었다. 폴은 꼼짝도 하지 않고 서서 달을 쳐다보았다.

"아, 맑고 밝다!"

미리엄이 달을 보며 감탄했다. 폴은 여전히 움직이지 않았다. 심장이 너무 심하게 두근거려 꼼짝을 할 수가 없었던 것이다.

"폴, 왜 그래?"

미리엄이 작은 소리로 물었다. 폴은 아무 말 없이 미리엄을 바라보았다. 그는 알아채지 못했지만, 그녀의 눈은 줄곧 폴을 지켜보고 있었다.

"왜 그러는 거야?"

미리엄이 다시 속삭였다.

"지금 달을 보고 있잖아!"

폴이 얼굴을 찡그리며 대답했다.

폴 자신은 무엇이 문제인지 모르고 있었다. 그의 몸은 혈기 왕성했지만 그들의 관계는 매우 추상적이었기 때문에, 폴은 자신이 미리엄을 간절히 원한다는 사실을 전혀 눈치채지 못했다.

가끔씩 미리엄이 두려워지기는 했다. 모든 남자가 여자를 원하듯이, 자신도 역시 어느 순간 그녀를 원하게 될지도 모른다는 사실이 그의 마음속에서 수치스럽게 다가오고는 했다.

어두운 모래밭을 걸으며 폴은 줄곧 달만 바라보았다. 미리엄은 말없이 그런 폴을 뒤따르고 있었다. 폴은 갑자기 미리엄이 미워졌다. 자기 자신이 혐오스러워졌기 때문이다. 그 모든 것이 미리엄 탓인 것만 같았다.

폴이 집 안으로 들어서자 모렐 부인이 소리쳤다.

"폴, 다른 식구들은 일찌감치 들어왔어!"

"그래서요? 저는 산책도 마음대로 할 수 없나요?"

폴이 짜증스럽게 목소리를 높였다.

"난 네가 일찍 들어올 거라 생각했어. 가족과 함께 저녁을 먹을 수 있는 시간에 들어올 거라 여겼단 말이다."

"그렇게 많이 늦지도 않았잖아요. 그리고 앞으로는 뭐든 제가 원하는 대로 할 거예요."

"그래, 그렇다면 그렇게 하려무나."

모렐 부인이 날카롭게 말했다.

그날 밤, 모렐 부인은 더 이상 폴을 거들떠보지 않았다. 폴도 모른 척하고 앉아서 책을 읽었다. 모렐 부인은 자신과 폴 사이를 갈라놓은 미리엄을 증오했다. 그녀는 폴이 변해 가는 모든 원인을 미리엄 탓이라 여겼다.

미리엄과 클라라

막내 아서는 수습 기간을 마친 후 민턴 탄광의 전기 부서로 발령을 받았다. 비록 임금이 많지는 않았지만 성실하게 일한다면 남들에게 손가락질은 받지 않을, 그런대로 괜찮은 자리였다.

문제는 거칠고 급한 성격이었다. 아서는 술을 마시거나 노름을 하지는 않았지만, 매시에 주의가 부족해 스스로 곤혹스러운 처지가 되곤 했다. 결국 아서는 몇 개월 만에 직장을 잃고 집에서 빈둥거릴 수밖에 없었다. 그러면서 생활은 점점 엉망이 되어갔다.

"어머니, 아서 어디 있는지 아세요?"

아침을 먹다 말고 폴이 물었다.

"난들 그 아이의 행방을 알겠니?"

모렐 부인이 포기했다는 듯 무성의하게 대답했다.

"아서는 바보예요. 저는 앞으로 아서가 무슨 짓을 하더라도 전혀 개의치 않을 작정이에요."

"지금까지 아서가 무슨 짓을 하든 우리가 신경이라도 썼었니?"

모렐 부인이 굳은 표정으로 말했다.

"어머니는 그래도 아서를 좋아하지요?"

"느닷없이 그건 또 무슨 말이냐?"

"어머니들은 대부분 막내를 제일 좋아하잖아요."

"그럴지도 모르지. 하지만 난 별로다. 그 녀석은 언제나 날 피곤하게 하거든."

말은 그렇게 했지만 모렐 부인은 동생을 험담하는 폴의 태도에 신경질이 났다. 그녀는 폴의 가슴이 점점 메말라 간다고 느꼈다. 그리고 그러한 사실에 화가 났다.

아침을 먹은 후 식탁을 치우고 있을 때 우편집배원이 편지를 전해 주었다. 아서에게서 온 편지였다. 폴은 시력이 좋지 않은 어머니를 위해 그 편지를 소리 내어 읽었다.

사랑하는 어머니, 저는 왜 이렇게 바보 같은 짓만 할까요.

어머니가 오셔서 저를 좀 데려가 주셨으면 좋겠어요. 저는 어제 잭 브레던과 함께 더비에 있는 군대에 입대했어요.

잭이 하루 종일 책상 앞에 앉아 있는 게 진절머리가 난다며 같이 군대나 가자고 꼬드겼어요. 그래서 저는 별생각도 없이 덜컥 입대해 버리고 말았어요. 정말로 바보처럼 말이에요.

하지만 어머니가 데리러 오시면 나가게 해 줄지도 몰라요. 여기 온 것은 정말 바보 같은 짓이었어요. 저는 단 한 순간도 군대에 있고 싶지 않아요.

사랑하는 어머니,

저는 지금까지 말썽만 피웠어요.

여기에서 빼내 주시면 정신 차리고 열심히 살게요.

잠시 침묵이 흘렀다. 한참 동안 굳은 표정으로 앉아 있던 모렐 부인이 갑자기 소리를 질렀다.

"생각만 해도 지겨워 못 살겠나!"

폴 역시 짜증스럽게 말했다.

"오히려 잘되었어요. 그렇게 말썽만 피우는 녀석에겐 군복이 더 잘 어울릴지도 몰라요."

모렐 부인은 동생을 함부로 말하는 폴이 미웠다. 자신이 신경질을 부리면 폴이 은근히 달래주기를 기대했는지도 몰랐다.

"그 애는 지금 자기 인생을 망치려 하고 있어. 그런데 형인 네가 그런 농담을 하다니, 못됐구나!"

"농담이 아니에요. 이번 일이 그 녀석에겐 좋은 경험이 될 거예요."

"좋은 경험이 될 거라고? 뼈에서 골수라도 빠져나온다면 어떻게 할 건데? 그것도 좋은 경험이겠니? 군인이라니……. 그것도 구령에 맞추어 몸을 움직여야 하는 인형 같은 일반 병사 말이다."

"나는 왜 어머니가 화를 내시는지 이해할 수 없어요."

폴이 정색을 하고 말했다.

"그래, 넌 아마 이해할 수 없을 게다. 하지만 난 화가 나서 미칠 지경이구나."

모렐 부인은 넋이 빠진 표정으로 한참 동안이나 더 앉아 있었다.

"아서가 있다는 더비에 가실 거예요?"

"그럼 어쩌겠니. 가 봐야지."

"그래 봤자 소용없어요!"

"내 눈으로 직접 확인해야겠어."

"그 녀석 좀 제발 내버려 두세요. 그게 바로 아서가 원하는 거예요."

다음 날, 아버지가 더비에 있는 군대를 찾아갔지만 아서를 데려오지는 못 했다.

폴은 어머니가 신경 쓰는 게 마음에 걸려서 예전처럼 윌리 농장에 자주 가지 않았다.

그즈음 폴은 캐슬 미술관의 추계 학생 전시회에 그림 두 편을 출품했다. 하나는 수채화로 그린 풍경화였고, 또 하나는 유화로 그린 정물화였는데 두 작품 모두 대상을 받았다.

그 일로 인해 모렐 부인은 다시 활력을 찾았다. 예전에 큰아들 윌리엄은 체육 대회에서 우승해 트로피를 안겨 주었다. 그녀는 그 트로피를 여태껏 소중하게 간직하고 있었다. 모렐 부인은 아직까지 큰아들의 죽음을 받아들이고 있지 않았다.

'폴은 분명 성공할 것이다.'

그 자신은 아직 스스로의 능력을 인식하지 못하고 있지만, 모렐 부인은 아들의 뛰어난 잠재력을 확신하고 있었다. 그녀는 폴의 성공이 눈앞에 보이는 듯하여 기쁨을 느꼈다.

모렐 부인은 곧 자신의 소망이 실현되리라 믿었다. 자신의 끊임없는 인내가 헛된 것이 아니라고 믿고 있었다. 모렐 부인은 폴 몰래 전시회 기간 동안 여러 차례 캐슬 미술관을 찾았다.

그녀는 폴의 작품 앞에서 많은 시간을 보냈다.

　　대상 : 폴 모렐

그녀는 폴이 한없이 자랑스러웠다. 나아가 그림 밑에 붙어 있는 표찰은 아무리 보고 또 봐도 질리지 않았다. 폴의 그림 앞에 선 순간, 자신은 이 세상에서 가장 훌륭한 어머니이자 가장 행복한 여자였다.

폴은 어느 날 노팅엄 거리에서 우연히 미리엄을 만났다. 그녀는 처음 보는 여자와 함께 있었다. 금발에 도전적인 눈빛이 인상적인 여자였다. 이상하게도 그 여자 옆에 선 미리엄이 초라해 보였다.

그런 폴을 미리엄이 감시하는 듯한 눈초리로 바라보았다. 폴의 시선은 여전히 처음 만난 여자에게 꽂혀 있었다. 미리엄은 곧 폴의 남성적인 기질이 고개를 드는 것을 알아차렸다.

"노팅엄에 나올 거라고 말하지 않았잖아?"

"갑자기 가축 시장에 볼일이 생겨서 아버지랑 같이 마차를 타고 나왔어."

그 순간에도 폴은 미리엄과 같이 있는 여자를 힐끔 바라보았다.

"폴, 내가 클라라에 대해 이야기한 적이 있지?"

미리엄은 옆에 서 있는 여자에게 고개를 돌려 말했다.

"클라라, 폴을 알아요?"

"전에 한 번쯤 본 적이 있는 것 같아요."

클라라가 대답했다. 그녀는 짙은 잿빛 눈을 가지고 있었는데,

피부가 투명할 만큼 하얗고 입술이 도톰했다.

"어디서 날 봤어요?"

폴이 클라라에게 물었다. 그녀는 대답하기 귀찮다는 듯 폴을 빤히 쳐다보다가 한참 만에 입을 열었다.

"루이 트래버스와 산책하는 걸 본 적이 있어요."

루이 트래버스는 토머스 조던 사의 나선과에 다니고 있는 여공이었다.

"루이를 알고 있어요?"

클라라는 대답하지 않았다.

폴은 두 사람과 헤어지고 나서야 클라라 도스가 레이버스 부인의 친구 딸이라는 사실을 기억했다. 그리고 언젠가 미리엄이 그녀에 대해 한 얘기가 떠올랐다.

클라라는 한때 토머스 조던 사에서 나선과 감독으로 일한 적이 있다고 했다. 그런데 클라라는 여성 인권 문제에 유독 관심이 많았다. 사람들은 그녀가 매우 똑똑하다고 했다.

폴은 그녀의 남편 백스터 도스가 누군지도 알고 있었다. 그는 토머스 조던 사의 공장에서 장애인용 기구에 쓰이는 철물을 만들었다. 나이는 30대 초반으로 덩치가 크고 눈에 띌 만큼 잘생긴 외모를 가진 남자였다.

도스 부부는 남매처럼 닮은 데가 많았다. 남편 역시 아내처럼 투명한 피부에 머리카락은 부드러운 갈색이었다. 그리고 몸가짐이나 태도가 도전적이었다. 나아가 암갈색 눈동자는 반항아적인 느낌이 있었다.

까닭은 알 수 없었지만 그는 폴을 싫어했다. 언젠가 폴이 무심코 그를 바라보자 벌컥 화를 낸 적이 있었다.

"뭘 보는 거야? 뭐가 묻기라도 했어?"

그의 표정이 워낙 위협적이어서 폴은 재빨리 다른 쪽으로 눈길을 돌리고 말았다. 또한 그는 종종 패플워스를 찾아와 이야기를 나누곤 했는데, 말투가 어찌나 거친지 듣기가 힘들 정도였다.

클라라 도스에게는 아이가 없었다. 그리고 무슨 일 때문인지는 모르지만, 얼마 전부터 그녀는 남편을 떠나 친정어머니 집에서 살고 있었다. 도스는 누이와 함께 살았다.

며칠 뒤, 폴은 미리엄을 만나기 위해 윌리 농장을 찾았다. 그녀는 거실에 불을 피워 놓고 책을 읽고 있었다.

"폴, 클라라를 어떻게 생각해?"

그녀가 조용한 목소리로 물었다.

"그다지 상냥해 보이지는 않던데?"

폴이 관심 없다는 듯 건성으로 대답했다.

"하지만 매력 있는 여자라는 생각이 들지 않아?"

미리엄이 폴의 눈치를 살피며 말했다.

"멋진 여자 같았어. 하지만 도스 같은 남자와 결혼한 걸로 미루어 눈이 낮은 게 확실해. 그런데 그 사람은 원래 그렇게 불친절하니?"

"그렇지 않아. 요즘 불만스러운 게 많아서 그렇겠지."

"무엇에 대한 불만이 그렇게 많아?"

"내 생각에는…… 그런 남자한테 평생 매여 있어야 한다면, 만약에 그래야 한다면 너라면 어떻겠어?"

"그렇게 빨리 싫증 날 결혼을 왜 했을까?"

"그러게, 왜 했을까?"

미리엄이 날카로운 목소리로 폴의 말을 되씹었다.

"도스의 아내가 될 만큼 투지는 충분히 있어 보이던데……."

폴이 중얼거리듯 말했다. 미리엄 역시 혼잣말처럼 대꾸했다.

"투지가 있어 보인다고?"

그리고 잠시 침묵이 흘렀다.

"그런데 클라라의 어떤 부분이 마음에 들어?"

미리엄이 물었다.

"잘은 모르겠어……. 그녀의 투명한 살결과 설명할 수 없는 어떤 느낌이랄까? 어쨌든 클라라한테는 치열함 같은 게 있어 보여……."

"치열함?"

"기회가 된다면 클라라를 한번 그려 보고 싶어. 그게 전부야."

"그래?"

"넌 그 여자를 별로 좋아하지 않는 모양이구나?"

폴이 미리엄에게 물었다. 미리엄이 폴을 바라보았다.

"좋아해!"

두 사람 사이에 다시 침묵이 흘렀다. 폴은 자신도 모르는 사이에 미간을 찌푸렸다. 그것은 미리엄과 함께 있을 때 자주 나타나는 습관이었다.

어느덧 폴의 나이도 스물한 살이 되었다. 패플워스가 갑자기 회사를 그만두는 바람에 폴은 나선과 감독으로 승진했다. 회사 사정이 특별하게 나빠지지만 않는다면 연말부터 임금이 30실링으로 오를 예정이었다.

미리엄은 금요일 저녁마다 프랑스 어를 배우기 위해 폴의 집으로 찾아왔다. 그 무렵 폴은 예전처럼 윌리 농장에 자주 가지 않았다. 따라서 미리엄의 공부가 끝나 가고 있다는 사실이 몹시 안타까웠다.

어느 금요일 오후, 모렐 부인이 집을 나서기 전에 폴에게 말했다.

"나는 시장에 간다. 오븐에 넣어 둔 빵은 20분 정도 지나면 다

구워질 테니까 잊으면 안 돼!"

"알았어요. 걱정하지 말고 다녀오세요."

폴이 고개를 끄덕이며 대답했다.

폴은 집에 혼자 남아 그림을 그리고 있었다. 저녁 7시가 되자 미리엄이 찾아왔다.

"너 혼자 있어?"

미리엄이 물었다.

"응, 어머니는 시장 가셨어."

미리엄은 마치 자기 집인 것처럼 익숙한 동작으로 베레모와 외투를 벗어 옷걸이에 걸었다. 그 모습을 보고 있던 폴은 순간적으로 이 집이 둘만의 공간처럼 느껴졌다.

"무슨 그림이야?"

미리엄이 스케치북을 들여다보며 말했다.

"아직 스케치 단계야. 장식물에 자수를 넣으면 어떨까 해서……."

미리엄은 그림이 보이지 않는 것처럼 몸을 잔뜩 숙여 스케치북을 들여다보았다. 폴은 늘 새로 그린 작품들을 미리엄에게 보여 주었고, 미리엄은 프랑스 어로 써 온 글을 폴에게 보여 주었다.

폴은 그녀의 글을 읽은 다음 꼼꼼하게 바로잡아 주었다. 폴은 미리엄과 작품에 대해 이야기하는 시간이 무척 좋았다. 작품을

이야기하고 구상할 때, 그의 열정과 뜨거운 피가 그녀와의 대화로 흘러들어 갔다. 그래서 그는 모든 열정을 대화에 쏟아붓곤 했다.

그때 갑자기 미리엄이 말했다.

"뭔가 타고 있는 것 같지 않니?"

"세상에, 맙소사!"

화들짝 놀란 폴이 부엌으로 달려가 오븐을 열어젖혔다. 그와 동시에 시커먼 연기가 피어올랐고, 집 안은 온통 빵 태운 냄새로 가득했다.

폴은 울상을 지으며 빵을 꺼냈다. 하나는 밑부분이 시커멓게 탔고, 다른 하나는 벽돌처럼 딱딱해져 있었다. 그는 탄 부분을 긁어내고 젖은 행주로 감싼 뒤 부엌 한쪽에 놓아두었다.

잠시 후 미리엄이 돌아갈 시간이 되자 두 사람은 함께 집을 나섰다. 그리고 폴은 11시가 다 되어서야 집으로 돌아왔다. 모렐 부인은 의자에 앉아 신문을 읽고 있었고, 애니는 어두운 표정으로 불 앞에 앉아 있었다.

시커멓게 탄 빵 덩어리가 식탁 위에 놓여 있었다. 폴은 마음이 불편했지만 모르는 척하며 의자에 앉아 읽지도 않을 책을 뒤적거렸다. 하지만 먼저 말을 꺼낸 사람은 결국 폴이었다.

"까맣게 잊어버렸어요."

그러나 모렐 부인은 대꾸조차 하지 않았다.

한참 뒤 애니가 말했다.

"넌 어머니가 얼마나 편찮으신지 모르지?"

"어디가 아프신데?"

"집에도 겨우 오셨단 말이야. 얼굴이 백지장처럼 하얗게 질려서……."

애니가 울먹이며 말했다. 그러자 모렐 부인이 힘없는 목소리로 말했다.

"짐이 워낙 많았어. 고기며 채소…… 거기에 커튼까지."

"누나가 좀 도와드리지 그랬어?"

"너도 알다시피 나는 약속이 있어서 일찍 나갔어. 너는 어머니가 돌아오셨을 때 집에 없었잖아. 미리엄이랑 나갔겠지?"

애니가 쏘아붙였다. 폴은 못 들은 척 어머니에게 물었다.

"어디가 어떻게 아프세요?"

"아무래도 심장 쪽인 듯싶어."

모렐 부인은 입술이 파랗게 질린 채 작은 목소리로 대답했다.

"언제부터 이렇게 아프셨어요?"

"글쎄, 요샌 자주 그러는구나."

"그럼 말씀을 하시지 그러셨어요. 병원에서는 뭐래요?"

아까부터 폴을 노려보던 애니가 코웃음을 치며 말했다.

"네가 신경 쓸 겨를이나 있었겠니? 미리엄이랑 쏘다니느라 온종일 바쁘신 몸이 말이야."

이번에는 어머니까지 거들었다.

"그래서 빵도 태웠을 테고……."

폴은 화가 머리끝까지 났다.

"아니에요, 그게 아니라고요!"

그러자 모렐 부인이 달래듯 부드러운 목소리로 말했다.

"맛있는 치즈를 사 왔는데 먹을래?"

폴은 너무 화가 나서 아무것도 먹고 싶지 않았다.

"먹지 않을래요!"

폴이 불만에 가득 찬 목소리로 대답하자 모렐 부인 역시 그동안 쌓인 것들을 털어놓았다.

"내가 외출하자고 하면 언제나 고단하다고 하면서, 그 애를 만날 때는 괜찮은 모양이구나."

"미리엄을 밤길에 혼자 가게 할 수는 없잖아요!"

"어쩔 수 없이 그랬던 거란 말이지? 그렇다면 그 아이는 왜 계속해서 우리 집에 오는 거냐?"

"그건……."

"네가 원하니까 오는 거 아니야?"

"그래요. 저도 미리엄과 함께 있는 게 좋아요. 하지만 그녀를 사랑하는 건 아니란 말이에요."

"그래?"

"우리는 항상 그림이나 책에 대한 이야기만 해요. 어머니는 제 그림에 대해 이야기해 주지 않잖아요!"

"내가 그림에 대해 이야기를 하지 않는다고?"

"어머니는 늙으셨지만 저희는 한창 젊은 나이예요!"

그 순간 폴은 자신이 얼마나 큰 실수를 했는지 깨달았다. 그와 함께 죄스러움과 어머니를 함부로 대했다는 자책이 고통으로 다가왔다. 폴은 자신이 어머니에게 생명과도 같은 존재라는 사실을 알고 있었다.

윌리엄이 죽고 난 뒤 폴은 모렐 부인에게 있어서 유일한 사랑이 되었다. 폴은 몸을 굽혀 어머니의 뺨에 입을 맞췄다. 그러자 모렐 부인이 두 팔을 들어 아들의 목을 끌어안고 서럽게 울었다. 강하기만 했던 평소의 어머니와는 너무나도 다른 모습이었다.

"폴, 난 너무 힘들구나."

"죄송해요."

"다른 여자는 괜찮지만 미리엄은 안 된다. 폴, 너도 알잖니? 내겐 단 한 순간도 남편이 있었던 적이 없었어. 나는 네가 아내 없는 남편이 되는 걸 원치 않는단다."

모렐 부인은 자신의 가슴을 부여잡고 통곡하듯 울었다. 폴은 갑자기 미리엄이 미워졌다. 어머니를 힘들게 하는 그녀가 참을 수 없을 만큼 미웠다.

모렐 부인이 폴의 이마에 입을 맞추었다. 폴이 어머니의 얼굴을 살며시 쓰다듬었다. 그때 모렐이 모자를 비딱하게 쓴 채 비틀거리며 집 안으로 들어왔다.

문간에 비스듬히 몸을 기댄 모렐이 말했다.

"또 무슨 작당을 하고 있는 거야?"

모렐 부인의 슬픈 감정은 순식간에 주정뱅이 남편을 향한 증오로 바뀌었다.

"작당이라니? 나는 당신처럼 허구한 날 제대로 걷지도 못 할 만큼 취하는 사람이 아니에요!"

부엌으로 들어간 모렐이 치즈를 들고 나왔다. 모렐 부인이 폴에게 주려고 사 온 것이었다.

"그 치즈는 당신 먹으라고 산 게 아니에요. 겨우 25실링씩 내놓으면서 그런 비싼 치즈를 먹겠다는 건가요? 그것도 배가 터지도록 맥주를 마시고 들어와 그걸 먹겠다고요?"

"뭐라고? 나를 위해 산 치즈가 아니야?"

술에 취한 모렐은 고래고래 소리를 지르면서 들고 있던 치즈를 난로 속으로 사정없이 집어던져 버렸다. 벌떡 일어난 폴이 아버지를 향해 소리쳤다.

"왜 치즈를 버리세요!"

"뭐야? 이런 버릇없는 놈을 봤나!"

"제가 뭘요?"

"오냐, 이 애송이 놈아! 오늘 단단히 혼꾸멍내 주마!"

주먹을 모아 쥔 모렐이 금방이라도 폴을 때릴 기세로 소리쳤다.

"그래요? 어디 한번 때려 보세요!"

폴 역시 지려고 하지 않았다.

"이런 버르장머리 없는 놈이!"

모렐이 주먹을 힘껏 휘둘렀다. 하지만 폴의 얼굴을 겨냥하지는 않았다. 차마 아들에게 주먹질을 할 수는 없었던 것이다.

"좋아요! 한번 해보자고요!"

폴은 콧바람을 씩씩거리며 아버지의 얼굴에 주먹을 날릴 준비를 하고 있었다. 바로 그때 모렐 부인이 비명을 질렀다. 얼굴이 하얗게 질리면서 입 주변이 검푸르게 변하고 있었다.

술에 취해 사태 파악을 하지 못한 모렐은 계속 허공을 향해 주먹질을 하고 있었다.

"어머니, 어머니!"

폴이 집 안이 쩌렁쩌렁 울리도록 소리를 질렀다. 그제야 모렐은 주먹질을 멈추었다. 모렐 부인은 바닥에 드러누워 발버둥을 치기 시작했다. 그러다가 몸이 뻣뻣하게 굳어 꼼짝도 하지 못했다.

폴은 어머니를 소파에 눕힌 다음, 부엌으로 뛰어가 물을 가져왔다. 입안으로 차가운 물을 흘려 넣자 모렐 부인의 얼굴이 서서히 제 모습을 찾기 시작했다. 하지만 폴은 계속 울고 있었다.

"뭐냐? 도대체 네 어머니가 어떻게 된 거야?"

모렐이 바닥에 털썩 주저앉으며 물었다.

"몸이 많이 불편하세요. 그래서 기절하신 거고요!"

모렐은 고개를 절레절레 흔들더니 신발을 벗어 휙 던져 버리고는 비틀거리며 2층으로 올라갔다. 폴은 무릎을 꿇고 앉아 어머니의 손을 어루만졌다.

"괜찮다. 걱정하지 마."

모렐 부인이 낮은 목소리로 말했다. 폴은 어머니를 침실까지 부축해 주었다.

"안녕히 주무세요, 어머니!"

"그래, 너도 잘 자거라. 내 아들!"

네 식구 중 누구도 그날 밤 일어난 일에 대해 말하지 않았다.

사랑의 상처

폴과 미리엄 사이에 긴장감이 감돌기 시작했다. 그리고 봄이 오면서 소리 없는 전쟁으로 발전했다. 미리엄에 대한 폴의 불만은 시간이 흐를수록 쌓여만 갔다.

미리엄도 폴의 변화를 어렴풋이 느끼고 있었다. 게다가 그녀는 폴이 자신에게 돌아올 것이라는 확신을 갖고 있지도 않았다. 그저 갈등의 원인이 어디에 있든 시간이 흐르면 해결될 것이라는 막연한 기대만 있을 뿐이었다.

부활절 오후였다. 미리엄은 침실 창문 너머로 숲 속의 떡갈나무들을 바라보고 있었다. 농장 입구에서 출입문 여는 소리가 들렸다. 순간 미리엄의 온몸은 자신도 모르게 긴장하기 시작했다.

폴이었다. 폴이 자전거를 끌고 정원 안으로 들어왔다. 평소 같았으면 농장에 들어서기도 전에 환한 웃음과 함께 자전거 핸들에 달린 벨을 딸랑딸랑 울렸을 것이다.

그런데 폴의 얼굴은 심각했다. 무슨 까닭인지 알 수는 없었지만, 화가 잔뜩 난 사람처럼 입을 굳게 다문 채 말없이 걸어오고 있었다. 한 차례 심호흡으로 마음을 진정시킨 미리엄은 현관 앞으로 나갔다.

폴은 미리엄이 나온 것을 알면서도 눈길 한번 주지 않았다. 자존심이 상했지만 미리엄은 용기를 내 말을 붙였다.

"무슨 일 있어? 많이 슬퍼 보이는데……."

"아니야. 그런 거 없어."

폴이 무뚝뚝하게 대답했다.

"그럼? 무슨 고민이라도 있는 거야?"

미리엄은 마치 어린아이를 달래는 큰누나처럼 다정한 목소리로 다시 한 번 물었다.

"정말 아무 일도 없다니까!"

폴이 신경질적인 반응을 보였다.

"그렇지 않아! 분명히 무슨 일이 있어."

미리엄이 낮지만 단호한 목소리로 말했다. 그러자 긴 한숨을 내쉰 폴은 더 이상 대꾸하지 못하고 발뒤꿈치로 하릴없이 땅바닥을 헤집기 시작했다.

"폴, 왜 그러는데?"

그제야 폴이 입을 열었다.

"말하지 않는 게 너한테도 좋아."

미리엄의 목소리는 여전히 부드러웠다.

"뭔지는 모르지만 나는 알고 싶어."

"그래, 넌 언제나 그랬어."

"도대체 내가 뭘 잘못했지? 나한테 왜 이러는 거야?"

"……!"

미리엄이 원망스러운 눈길로 폴을 쳐다보았다. 그러면서도 부드럽게 폴의 손을 잡았다. 폴은 금방이라도 터져 버릴 듯한 화를 가까스로 참고 있는 것처럼 보였다.

"폴, 무슨 일이야?"

그녀가 다시 한 번 부드럽게 물었다.

"미리엄, 있잖아……."

"응, 그래."

폴이 고개를 깊이 숙인 채 말했다.

"아무래도 우리…… 이제 만나지 않는 게 좋겠어."

미리엄은 드디어 올 것이 오고야 말았다는 생각을 했다. 하지만 눈앞이 캄캄해지는 것은 어쩔 수 없는 일이었다.

"이유가 뭔데? 무슨 일이 생겼어?"

"아무 이유도 없어. 아무 일도 일어나지 않았고……."

"그런데?"

"단지 우리가 처한 상황을 똑바로 보게 되었을 뿐이야."

"우리가 처한 상황?"

미리엄은 슬픈 표정으로 폴의 다음 말을 기다렸다. 조바심을 낸다고 해서 달라질 것이 없다는 사실을 그녀는 알고 있었다. 어쨌든 폴은 지금 자신을 괴롭히는 실체가 무엇인지 이야기할 것이다. 그 말을 하기 위해 이곳에 찾아왔기 때문이다.

폴이 감정을 싣지 않은 목소리로 말했다.

"우린 처음부터 친구로 지내기로 했잖아. 우리는 서로에게 늘 그렇게 이야기했어. 하지만, 하지만 말이야. 우리는 친구라는 관계에서 완벽하게 멈추지도 않았고, 다른 방향으로 발전되지도 않았어. 지금까지 계속……."

폴은 다시 입을 다물었다.

미리엄은 깊이 생각해 보았다. 폴이 지금 하는 말의 뜻은 무엇일까? 여하튼 폴은 몹시 지쳐 보였다. 미리엄이 생각하기에 그가 지금 말하지 않은 뭔가가 분명히 있었다.

미리엄은 말없이 더 기다렸다.

"내가 너에게 줄 수 있는 건 오직 우정뿐이야. 그게 내가 할 수 있는 전부야. 그러니까 더 많은 것을 기대하는 건 옳지 않아. 더 솔직하게 말하자면 그건 내 성격적인 결함이야. 그런데 우리 관계는 한쪽으로 기울어져 있어. 나는 균형이 깨지는 게 싫어. 그러니 우리 이제 그만 만나자."

폴의 마지막 말에는 감당할 수 없는 분노가 담겨 있었다.

폴의 말은 그가 그녀를 사랑하는 것보다, 그녀가 그를 더 사랑한다는 의미였다. 다시 말해 폴은 미리엄을 사랑할 수 없다는 얘기였다. 어쩌면 그녀는 그가 원하는 것을 가지고 있지 않은 까닭인지도 몰랐다.

미리엄은 폴의 말을 그렇게 받아들였다. 그것이 옳든 그르든, 그것은 그녀의 뿌리 깊은 자기 불신에서 비롯된 생각이었다.

"무슨 일이 있었어?"

미리엄이 힘없는 목소리로 물었다.

"아니, 그저 오래전부터 깊이 생각해 오던 것이었어. 단지 그 생각이 지금 밖으로 나왔을 뿐이야."

"그래서 어떻게 하고 싶은 건데?"

"내가 너희 집에 자주 와서는 안 될 거 같아. 그게 전부야. 내가 널 독점해서는 안 된다는 생각을 했어. 난 아무리 곱씹어 봐도 너를 감당하기엔 부족함이 있어."

폴은 미리엄을 사랑하지 않기 때문에 그녀에게 다른 남자를 만날 기회를 주어야 한다고 말하고 있었다. 미리엄은 생각했다.

'폴은 얼마나 어리석고 서투른 사람인가. 다른 남자들이 내게 무슨 소용이란 말인가. 도대체 남자라는 존재가 내게 무슨 의미가 있다고 이런 말을 하는 것인가. 나는 그의 영혼을 사랑했을 뿐이다. 혹시 그에게 무엇인가 결핍되어 있는 것은 아닐까?'

흥분을 가라앉힌 미리엄이 입을 열었다.

"하지만 폴, 나는 이해할 수가 없어."

그녀의 목소리가 갈라져 쇳소리처럼 들렸다. 어느덧 농장에는 서서히 어둠이 깔리기 시작했다.

"그래, 넌 이해하지 못할 거야."

"……!"

"너는 내가 널 사랑할 수 없다는 걸 절대로 믿을 수가 없겠지. 육체적으로 말이야."

"뭐, 뭐라고?"

미리엄은 갑자기 두려움을 느꼈다.

"나는 너를 사랑할 수 없다고 말했어."

미리엄은 또 생각했다.

'사랑하지 않는다고? 아니면 사랑할 수 없다고?'

그녀는 폴이 자신을 사랑하고 있다는 걸 알고 있었다. 그녀 역시 폴을 사랑하고 있었다. 육체적으로 사랑할 수 없다는 말은 괜한 심술에서 나온 임기응변일 것이다.

폴은 어린아이처럼 정말 아무것도 몰랐다. 그의 영혼은 그녀를 원하고 있었다. 지금 그의 무의식은 누군가에게 조종당하고 있는 게 틀림없었다. 미리엄은 그렇게 확신했다.

"식구들은 뭐라고 해?"

미리엄이 물었다.

"그건 별로 중요하지 않아."

그 순간 미리엄은 깨달았다. 바로 그것이 문제라는 사실을……. 그녀는 폴의 가족이 갖고 있는 평범함이 싫었다. 그들은 무엇이 진정으로 가치 있는 것인지 모르는 사람들이라는 생각이 들었다.

폴은 결국 어머니의 품으로 돌아왔다. 어머니는 그의 삶에서 가장 강력한 존재였다. 영원히 사라지지 않을 단 하나의 세계, 그곳이 바로 어머니의 품속이었다.

모렐 부인 역시 폴이 본래의 자리로 돌아오기를 기다리고 있었다. 바깥세상이 어떻게 돌아가든 그다지 관심이 없었다. 그녀의 세계는 오로지 폴 하나이기 때문이었다. 폴은 그녀가 옳았다는 것을 증명할 단 하나의 증거였다.

그녀는 그를 누구보다도 사랑했고, 그 역시 그녀를 가장 사랑했다. 그러나 폴은 더 이상 어머니의 사랑만으로 만족할 수 없었다. 그러기엔 너무 젊고 뜨거웠다.

그의 몸속을 흐르는 뜨거운 피는 너무나도 강력해서 늘 다른 곳을 향해 달려 나갈 준비를 하고 있었다. 그것이 그 자신을 불안하게 만들었다. 모렐 부인은 일찌감치 그런 사실을 알고 있었다.

그래서 모렐 부인은 간절히 소망했다. 미리엄이 폴의 위태로운 젊음만 가져가기를, 그래서 뿌리만큼은 자기에게 온전히 남겨 주기를 빌고 또 빌었던 것이다.

폴은 떠났지만, 미리엄은 그가 다시 돌아오리라는 희망을 버리지 않았다. 그러나 폴은 생각보다 강하게 버텨 내고 있었다. 그는 여전히 농장을 찾아오곤 했다. 하지만 미리엄이 아니라 그녀의 오빠들과 시간을 보냈다.

미리엄은 폴과 자기 사이에 생긴 균열에 대해 깊이 생각해 보았다. 그는 다른 어떤 것을 원했다. 그래서 늘 만족할 수 없었던 것이다. 미리엄은 증명하고 싶었다, 그의 삶에서 가장 필요한 것은 바로 그녀라는 사실을……. 그것만 증명할 수 있다면 나머지 문제는 저절로 해결될 것이라 믿었다.

미리엄은 클라라를 만나러 윌리 농장에 다녀가라는 소식을 전했다. 어떻게든 폴과 함께할 시간을 갖고 싶었기 때문이다. 클라라에게는 폴이 그토록 갈망하는 무엇인가가 있었다.

미리엄은 클라라에 대해 이야기할 때면 폴이 유독 관심을 보인다는 사실을 알고 있었다. 그는 클라라가 별로라고 했지만, 미리엄은 폴이 그녀에게 매우 관심이 많다는 사실을 알고 있었다.

미리엄은 폴과 자신의 인생을 건 도박과도 같은 실험을 계획했다. 미리엄은 폴에게 고상한 욕망과 저급한 욕망이 공존하고 있으며, 결국 정신적인 것을 지향하는 고상한 욕망이 승리하리라고 믿었다.

어쨌든 그녀는 실험을 통해 자기 자신을 똑바로 알고 싶었다. 그런데 불행하게도 그녀는 고상한 것과 저급한 것을 구분하는 기준이 자신만의 지독한 아집에서 비롯된 주관적인 잣대라는 사실을 모르고 있었다.

폴은 예정된 시간이 한참 지나서야 윌리 농장에 모습을 드러냈다. 그는 사실 클라라를 만날 수 있다는 생각에 은근히 들떠 있었다. 그는 자전거에서 내리자마자 집 주위를 두리번거렸다. 그런 폴을 방 안에서 지켜보고 있던 미리엄이 밖으로 나왔다.

"클라라는 아직 도착하지 않은 모양이지?"

"아니야, 안에서 책을 읽고 있어."

폴은 미리엄과 더 이상 말을 하지 않았다. 그가 윌리 농장에 온 것은 클라라를 보기 위해서였기 때문이다. 폴은 아끼는 넥타이에 멋진 양말까지 골라 신고 있었다.

그런 폴을 보면서 미리엄은 가슴이 갈기갈기 찢어지는 것만 같았다.

클라라는 거실에서 책을 읽고 있었다. 폴은 그녀의 하얀 목덜미와 단정하게 빗어 올린 머리카락에 시선을 빼앗겼다. 클라라는 폴을 무심한 눈길로 바라보며 자리에서 일어났다.

그러고는 악수를 청하기 위해 팔을 들었다. 폴의 시선이 그녀의 블라우스 속 부푼 가슴과 아름다운 어깨선 사이를 헤매고 있었다.

"아주 좋은 날을 선택했군요."

폴이 먼저 입을 열었다.

"우연하게도 그렇게 되었네요."

잠시 일상적인 대화가 이어졌다. 클라라는 식탁에 비스듬히 기대어 앉아 있었다. 폴은 그녀의 손을 바라보았다. 여자의 손이라기에는 비교적 큰 편이었지만 정성을 들여 가꾼 예쁜 손이었다. 클라라는 폴이 자신의 손을 좀 더 자세히 볼 수 있도록 가만히 있었다.

차를 마시면서 레이버스 부인이 클라라에게 물었다.

"어때요? 예전보다 더 행복한가요?"

"그럼요, 아주 좋아요."

"생활은 만족스럽고?"

"자유롭고 독립적인 생활을 유지할 수 있으니까요."

"아쉬운 점은 없나요?"

"차츰 극복해 나가야지요."

남편과 따로 살게 된 상황을 주제로 한 두 사람의 대화가 폴은 왠지 어색하게 느껴졌다. 그래서 조용히 일어나 밖으로 나왔다. 잠시 후 미리엄이 따라 나와 클라라와 함께 산책을 가자고 했다.

세 사람은 스트렐리 밀 농장으로 걸음을 옮겼다. 클라라는 말라 죽은 엉겅퀴와 덤불이 많은 풀밭을 거리낌 없이 걸었다. 팔은 느슨하게 늘어뜨리고 머리를 숙인 채 다리를 흔들거리면서 걸었다. 걷는다기보다는 휘청거린다는 표현이 더 잘 어울리는 걸음걸이였다.

폴은 클라라라는 여자가 무척 궁금했다. 아마도 그녀에게 주어진 삶이 몹시 잔인했을 것이라는 생각이 들었다. 그의 머릿속은 온통 클라라에 대한 생각뿐이었다. 미리엄의 존재는 잊은 지 이미 오래였다.

폴과 나란히 걷던 미리엄은 계속해서 그의 옆모습을 훔쳐보았다. 그의 시선은 처음부터 끝까지 앞서 걷고 있는 클라라에게 고정되어 있었다. 미리엄은 다시 한 번 아픔을 느꼈다.

언덕 위로 올라가자 황량한 들판이 모습을 드러냈다. 들판의 양편은 숲으로 둘러싸여 있었고, 가장자리에는 산사나무와 딱총나무 덤불로 이루어진 높은 산울타리가 둘러져 있었다.

미리엄이 들릴 듯 말 듯 탄성을 지르며 폴을 바라보았다. 클라라는 두 사람과 거리를 두고 서서 양취란화를 바라보고 있었다. 폴은 여기저기를 오가며 예쁜 꽃들을 모으고 있었다.

클라라는 여전히 혼자 서성이고 있었다. 폴이 작심한 듯 그녀에게 다가가 말을 걸었다.

"예쁜 꽃을 꺾지 않을래요?"

"나는 꽃 꺾는 걸 좋아하지 않아요. 그대로 피어 있는 게 훨씬 더 보기가 좋으니까요."

"하지만 집에 꽂아 두고 싶은 꽃도 있잖아요."

"모든 꽃은 아마 자신을 그대로 내버려 두기를 원할 거예요."

"난 그렇게 생각지 않아요."

"어쨌든 나는 시체가 된 꽃을 갖고 싶지 않아요."

"글쎄요. 꽃을 꺾어 꽃병에 꽂아 둔다고 해서 땅에 뿌리를 박고 있을 때보다 빨리 시들지는 않아요. 게다가 꽃병에 꽂았을 때 꽃은 훨씬 더 보기가 좋아요. 꽃이 시체처럼 보이는 건 순전히 당신 느낌이지요."

"어쨌든 시체니까 시체처럼 보이는 거예요."

"하지만 내가 보기에 그것은 시체가 아니에요. 꽃병에 꽂아 놓은 꽃은 시체가 아니라고요."

"좋아요. 그건 그렇다 치고, 당신은 무슨 권리로 살아 있는 꽃을 마음대로 꺾는 건가요?"

클라라가 다소 도발적인 표정으로 물었다.

"내가 꽃을 좋아하고 원하기 때문이지요."

"설마 그것으로 충분한 설명이 되었다고 생각하지는 않겠지요?"

폴은 클라라의 집요한 질문 공세를 피하고 싶었다.

"이 꽃을 당신 방에 갖다 놓으면 아주 좋은 향기가 날 거예요."

"나는 꽃들이 죽어 가는 모습을 지켜보는 즐거움을 누리고요?"

"그렇지만…… 꽃이 죽는 건 문제가 되지 않아요."

폴은 그렇게 말하고 나서 꽃이 군락을 이루고 있는 곳으로 향했다. 꽃은 갖가지 색깔을 자랑하며 드넓은 벌판을 수놓고 있었다. 미리엄이 폴 옆으로 다가왔다.

"내 생각에는 어떤 마음으로 꽃을 꺾느냐가 중요한 거 같아."

미리엄이 조심스럽게 말했다.

"그렇지 않아. 꽃을 꺾는 것은 그 사람이 꽃을 원하기 때문이야. 복잡하게 생각할 이유가 없어."

폴이 한 아름 꺾은 꽃다발을 미리엄에게 내밀었다. 그녀는 꽃다발에 얼굴을 파묻은 채 아무 말도 하지 않았다. 저녁이 깊어 가고 있었다. 이미 계곡에는 크고 작은 그늘이 드리워져 있었다.

"더 어두워지기 전에 돌아가야 할 것 같은데?"

미리엄이 말했다. 그래서 세 사람은 발길을 돌렸다. 그들은 서로 싸우기라도 한 것처럼 한동안 입을 열지 않았다.

"즐거운 시간이었지요?"

침묵을 깬 사람은 폴이었다.

미리엄이 작은 목소리로 동의했다. 그러나 클라라는 말이 없었다.

"그렇게 생각하지 않나요?"

폴이 다시 물었지만 클라라는 정면을 응시한 채 걸어가기만 할 뿐, 여전히 대답을 하지 않았다.

집으로 돌아온 폴은 어머니에게 클라라에 대한 이야기를 들려주었다.

"지금 그 여자는 누구랑 산다니?"

"블루벨 힐에서 어머니와 살고 있대요."

"직장 생활은 하고 있고?"

"레이스 만드는 일을 한다나 봐요."

"네가 느끼는 그 여자의 매력은 뭔데?"

"잘 모르겠어요. 하지만 괜찮은 사람 같아요. 그리고 무슨 말이든 지나칠 만큼 솔직해요. 전혀 감추는 게 없어요."

"그 여자는 너보다 나이가 훨씬 더 많지?"

"클라라는 서른이고, 저는 곧 스물셋이 되지요."

"그 여자의 어떤 부분이 네 마음에 들어왔을까?"

"저도 아직은 잘 모르고 있지만, 어쩌면 그 여자의 반항적인 모습이나 화가 난 것 같은 표정 같은 것이……."

모렐 부인은 찬찬히 생각했다. 그녀는 아들이 좋은 여자를 만나길 원했다. 하지만 자기도 며느릿감으로 정확히 어떤 여자를 원하는지 몰랐기 때문에 더 이상 간섭을 하지 않고 지켜보기로 했다. 어쨌든 모렐 부인은 클라라에게 적대감을 갖지는 않았다.

애니가 결혼을 하게 되었다.

애니가 11파운드를, 남편이 23파운드를 마련해 신접살림을 꾸렸다. 결혼식 날, 아서는 늠직한 군인이 되어 당당하게 나타났다. 군복을 차려입은 아서의 모습은 무척 근사했다.

모렐은 결혼을 목전에 둔 딸을 향해 바보라고 불렀다. 게다가 사위한테는 매번 쌀쌀맞게 대했다. 모렐 부인은 보닛에 흰 깃털을 꽂고 블라우스에 하얀 장식을 했다.

애니의 남편은 명랑하고 다정한 사람이었다. 하지만 폴은 애니가 왜 결혼을 서두르는지 도무지 이해할 수 없었다. 폴은 누나를 좋아했고, 애니 또한 진심으로 동생을 아꼈다. 폴은 서운함을 뒤로한 채 누나가 행복한 결혼 생활을 하길 빌었다.

애니는 어머니를 떠난다는 사실이 슬퍼 울음을 터뜨렸다. 모렐 부인은 딸의 등을 토닥이며 말했다.

"울지 마라, 얘야. 앞으로는 남편이 잘해 줄 거야."

모렐 부인은 사위에게도 당부의 말을 잊지 않았다.

"애니를 잘 부탁해. 이제 자네가 그 애를 책임져야 해."

"걱정하지 마세요. 최선을 다할게요."

결혼식은 무사히 끝났다.

종일 서 있느라 녹초가 된 모렐과 아서는 일찌감치 잠자리에 들었다. 폴은 언제나 그랬던 것처럼 어머니와 차를 마시며 이야기를 나누었다.

"누나가 떠나서 섭섭하세요?"

폴이 물었다.

"그렇지는 않아. 그런데 그 애가 나를 떠나 결혼을 했다는 게 믿어지지 않는구나. 행복해 하는 모습을 보니 조금은 서운하기도 하고……. 이런 것이 모든 어머니의 마음이겠지."

"누나 때문에 불안하세요?"

"솔직히 내 결혼 생활을 생각하면 그렇구나. 그래서 애니의 삶은 나와 다르기를 바랄 뿐이란다."

"하지만 매형이 누나한테 잘 거라고 믿지요?"

"그 아이처럼 진실한 남자라면 믿을 만하지. 애니 역시 제 남편을 사랑하잖니? 그러니 난 괜찮아."

"그렇다면 걱정하지 마세요, 어머니."

모렐 부인은 무척 외로워 보였다.

"저는 결혼하지 않을 생각이에요."

폴이 느닷없는 말을 꺼냈다.

"애야, 네 나이 때는 다들 그렇게 말한단다. 어쨌든 넌 아직 좋은 사람을 만나지 못했어. 차분하게 몇 년만 더 기다려 보자꾸나."

"정말이에요. 저는 결혼하지 않을 거예요. 저는 어머니랑 같이 영원히 살고 싶어요."

"말하기는 쉽지만 그렇지만도 않아. 어쨌든 어디 한번 두고 보자."

"언제까지 두고 봐요? 제 나이가 벌써 스물셋인데……."

"그렇기는 하구나. 하지만 3년 정도 지나면 생각이 달라질 걸……."

"그때도 지금처럼 어머니랑 살고 있을 거예요."

"그렇다면 정말로 두고 보자!"

"어머니는 제가 결혼하는 것을 원치 않으시지요?"

"그런 말이 어디 있니? 네가 외롭게 늙어 가는 모습은 생각하고 싶지도 않구나. 그건 절대 아니야."

"그러면 제가 결혼을 해야 한다고 생각하세요?"

"모든 사람은 때가 되면 결혼을 해야 해."

"하지만 어머니는 제가 결혼을 늦게 하기를 원하시는 거지요?"

"사람들이 말하기를, 아들은 결혼하기 전까지만 내 아들이지만 딸은 평생 내 딸이라고 한단다."

"제가 결혼을 하더라도 제 아내는 어머니한테서 저를 빼앗을 수는 없을 거예요."

"그렇다면 네 여자는 너를 별로 좋아하지 않을 거야."

"그래서 제가 어머니가 살아 계시는 동안은 결혼하지 않을 거라는 생각을 하게 된 거예요."

"하지만 손자도 손녀도 없이 죽기는 싫구나."

"적어도 일흔다섯 살까지는 사세요. 그때가 되면 저는 배불뚝이 마흔넷 아저씨가 되어 있을 거예요. 그때 결혼하지요, 뭐."

모렐 부인은 아들의 농담에 모처럼 함박웃음을 웃었다.

"가서 자거라."

폴은 어머니에게 키스를 하고 방으로 들어갔다. 모렐 부인은 혼자 앉아서 애니와 폴, 그리고 아서에 대해 생각했다. 그녀는 애니를 보낸 것이 아쉬웠다. 하지만 폴이 있었다. 폴은 그녀를 필요로 했고, 아서 역시 마찬가지였다. 그녀의 삶은 아들들 덕분에 그나마 풍요로웠다.

애니가 떠나고 아서마저 부대로 돌아가 버리자 폴은 불안감을 감추지 못했다. 그도 그들 뒤를 따르고 싶었다. 그러나 그가 있을 곳은 바로 어머니의 곁이었다. 그렇지만 다른 무엇인가가, 그가 원하는 무엇인가가 집 바깥에 있었다.

폴은 점점 더 안정을 잃어 갔다. 미리엄은 그에게 만족감을 주지 못했다. 그녀를 향한 욕망은 점점 더 약해졌다. 그는 노팅엄에서 클라라를 만나기도 하고, 그녀와 함께 모임에 나가기도 했다.

폴과 클라라와 미리엄은 묘한 삼각관계를 이루고 있었다. 폴은 미리엄을 대하는 방식과는 정반대로 클라라를 대했다. 그에게 과거는 중요하지 않았다. 폴은 클라라가 나타나자마자 그녀에게 맞추어 행동했다.

폴은 미리엄이 스물한 살이 되던 날, 편지를 썼다.

무슨 말을 써야 할까?
의도적으로 편지를 쓰는 것은 사악한 짓인 것 같아. 너도 그렇게 생각하지? 왜냐하면 내가 분명히 허세를 부리고 과

장할 테니까.

성년이 된 걸 진심으로 축하해. 기분이 어때?

마치 엄청난 유산을 물려받게 된 상속녀 같은 느낌이 들지 않니? 이제 넌 공식적으로 스스로를 완전히 소유하게 되었어.

이제 너도 어른이 되었으니 마지막으로 우리의 오래된 사랑에 대해 이야기해 볼까?

사랑은 변해. 그렇게 생각하지 않니? 말하자면 사랑의 몸체는 죽고 남은 것은 영혼뿐인 거야.

난 네게 정신적인 사랑은 줄 수 있어. 지난 오랜 세월 동안 그렇게 해 왔지. 하지만 그건 몸에서 비롯된 열정이 아니었어.

넌 수녀야.

난 성스러운 수녀에게 바칠 것을 너에게 주어 왔던 거야. 신비로운 승려로서 말이지.

물론 넌 그걸 최선으로 평가해. 하지만 다른 부분을 후회하고 있어. 아니, 후회해 왔어. 우리의 관계에서는 육체가 비집고 들어올 틈이 없었어.

난 너에게 감각을 통해 이야기하지 않았어. 그게 우리가 상식적으로 사랑할 수 없는 이유야. 난 검고 아름다운 네 눈을 바라보며 이야기하지도 않았고, 비단 같은 머리카락 안에

숨겨진 네 귀에 대고 이야기하지도 않았어. 그 대신 저 너머 멀리 떨어져 있는 내부의 너에게 이야기하곤 했지.

만약 운명이 개입하지 않는다면, 난 앞으로도 평생 그렇게 할 거야. 넌 어느 누구도 채울 수 없는 내 마음속 한 부분을 차지하고 있어.

넌 내가 성장하는 데 근본적인 역할을 해 왔어. 하지만 우리가 서로 곁에서 산다는 것은 두려운 일이야. 왜냐하면 난 너와 오랫동안 평범하게 살 수 없을 것 같기 때문이야.

한 가지 사소한 잘못을 제외한다면, 우리의 관계는 무척 아름다웠어. 지금도 나는 그렇게 생각하고 있어.

나도 언젠가는 결혼을 하겠지.

하지만 그 상대는 내가 입 맞추며 안을 수 있고, 내 아이들의 어머니가 될 수 있는 여자일 거야. 내가 장난스럽게, 평범하게, 진지하게, 하지만 지금처럼 무섭거나 심각하지 않게 말할 수 있는 여자일 거라는 말이지.

운명이 세상을 어떻게 정리하는지 봐. 너는 네 앞에서 자신을 불처럼 쏟아 내지 못하는 남자와 결혼할 거야. 내 말을 네가 이해할 수 있을지 궁금하다.

이제 우리 이야기는 끝내자.

날 용서해 줘. 쉽지 않은 일이라는 건 알지만, 이 편지를 태워 버리고 더 이상 생각하지 마. 아니, 내가 생각할게. 그래서 우리의 짐을 견디는 데 도움이 될 수 있도록.

넌 이제 스물한 살이야.

이제 독립할 수 있게 되어서 정말 다행이야. 진심으로 기뻐.

하고 싶은 말은 많은데 정리가 잘 되지 않네. 아직까지 민감한 얘기는 한마디도 하지 못했어.

나는 내가 이 편지를 보낼 수 있을지 모르겠다.

하지만 이해하는 편이 좋아.

안녕.

미리엄은 그 편지를 두 번이나 되풀이해 읽었다.

넌 수녀야…….

그 말이 가시가 되어 그녀의 가슴을 후벼 팠다. 그가 그녀에게 한 수많은 말 가운데 이처럼 치명적인 상처를 준 말은 없었다.

이틀 뒤 미리엄은 폴에게 답장을 보냈다. 그녀는 그가 편지에 쓴 '한 가지 사소한 잘못을 제외한다면, 우리의 관계는……'이라는 구절을 인용했다. 그리고 바로 뒤에 이렇게 덧붙였다.

그 사소한 잘못을 내가 저지른 거니?

폴은 미리엄의 편지를 받자마자 다시 답장을 써 보냈다.

그 잘못이 네 잘못이냐고 물었지?

글쎄, 그게 누구 한 사람의 잘못이었을까? 중요한 건 네 잘못은 부드럽고 유연하기 때문에 영원할 거라는 사실이야. 하지만 내 잘못은 단단해. 그래서 깨지기도 쉽지.

네가 답장을 보내 줘서 기뻐. 네 어조가 너무나도 침착하고 자연스러워서 많은 말을 쏟아 낸 내가 민망할 정도였어. 하지만 난 너와 달라.

네가 슬픔을 가슴속에 조용히 간직하는 편이라면, 난 그 슬픔을 내 안에서 내쫓기 위해 고함을 지르고, 심지어 뒤엉켜 싸우기까지 해. 그래서 우리는 종종 서로에게 벽을 느꼈나 봐. 하지만 저 밑바닥에 깔린 본성은 다르지 않다고 믿어.

내 그림에 항상 관심을 가져 줘서 고마워. 내가 그린 것 중엔 널 위한 것도 꽤 많아. 넌 정말 뛰어난 안목을 지녔어.

안녕.

난 이제 사무실 책상에 앉아 끔찍한 정산을 해야 해.

네가 이 편지들을 태웠으면 좋겠어. 내가 쓴 편지의 대부분은 어딘가를 향해 달아나고 싶어 흘린 눈물에 흠뻑 젖어 있기 때문이야.

폴이 겪은 사랑의 첫 경험은 이렇게 끝이 났다.

그는 이제 스물세 살이 되었다. 미리엄이 오랫동안 억압해 온 성욕은 더욱 강렬해졌다. 몸속의 피가 훨씬 더 진해지고, 흐름이 빨라지는 것만 같았다. 무엇인가가 핏속에 살아 움직이고 있는 것처럼 견딜 수 없을 만큼 가슴을 옥죄는 순간이 찾아오기도 했다. 마치 새로운 자아, 혹은 새로운 의식이 그에게 조만간 여자가 필요할 것이라고 경고하는 듯했다.

클라라와 함께한 오후

폴은 노팅엄에 있는 캐슬 미술관에서 개최하는 겨울 전시회에 풍경화 한 점을 출품했다. 조던 양은 폴에게 대단한 관심을 보이며 그를 집으로 초대했다.

그곳에서 폴은 이름이 널리 알려진 여러 화가를 만날 수 있었다. 서로 반갑게 인사를 한 다음, 그림에 대해 많은 이야기를 나누었다. 그 이후 폴의 가슴속에도 조금씩 야심이 생겨나기 시작했다.

어느 날 아침, 이른 시간에 우편집배원이 편지 한 통을 전해 주었다. 편지를 뜯어 본 모렐 부인은 동네 사람들에게 다 들릴 만큼 큰 소리로 비명을 질렀다. 세수를 하고 있던 폴이 깜짝 놀라 밖으로 뛰쳐나왔다.

마당에서 어머니가 미친 사람처럼 팔짝팔짝 뛰고 있었다.

"어머니! 갑자기 왜 그러세요?"

폴이 놀라서 소리쳤다.

모렐 부인은 여전히 놀라 두 눈을 끔벅이고 있는 폴을 끌어안고 눈물을 흘리면서 말했다.

"이렇게 될 줄 알았어! 완전히 만세다! 만세야!"

모렐 부인은 잔뜩 흥분해 있었다. 차분하기 이를 데 없는 평소와 너무도 다른 모습이었다. 폴은 머리카락이 희끗희끗해지기 시작한 어머니가 갑작스럽게 흥분하는 것이 걱정스러웠다.

우편집배원도 걱정이 되었는지 걸음을 멈추고 다시 돌아왔다.

"내 아들, 여기에 있는 이 아이 그림이 일등상을 받았어요! 그리고 자그마치 20기니에 팔렸다는군요."

흥분을 주체하지 못한 모렐 부인이 우편집배원에게 크게 외쳤다.

"축하드립니다, 모렐 부인. 그처럼 기쁜 소식을 알려 드리게 되어 저도 기쁩니다. 진심으로 축하드립니다."

우편집배원 역시 기쁨을 감추지 못하고 활짝 웃으며 말했다. 모렐 부인은 폴의 그림이 일등이라는 사실이 믿기지 않는지 한참 동안 집 안을 왔다 갔다 했다. 폴은 혹시나 어머니가 편지를 잘못 읽은 건 아닐까 걱정이 되었다. 그래서 두 번이나 다시 읽어 보았다. 그러나 틀림없는 사실이었다.

그제야 폴의 가슴도 쿵쾅거리기 시작했다.

"어머니, 정말이군요!"

폴이 감격스러운 목소리로 외쳤다.

"내가 언젠가는 이렇게 될 거라고 했잖니?"

그날 밤늦게 일을 마치고 집으로 돌아온 모렐이 물었다.

"폴의 그림이 50파운드에 팔렸다고 하던데 사실이오?"

"50파운드라고요? 하여튼 소문이란……."

모렐 부인이 혀를 끌끌 찼다.

"나는 헛소문일 거라고 했어. 그런데 사람들 말로는 당신이 그렇게 말했다는 거야."

"내가 그런 비슷한 말을 우편집배원에게 한 것 같기는 하네요. 폴이 일등상을 받은 것은 사실이에요."

"그래? 상을 받았다고?"

"그래요. 하지만 50파운드라니……. 그건 말도 안 돼요!"

"그러게, 나도 그렇게 생각했어. 5실링이라면 또 모를까……."

"폴의 그림을 모턴 소령이 20기니에 샀어요!"

"뭐라고? 20기니?"

두 눈이 동그랗게 커진 모렐이 큰 소리로 물었다.

"폴의 그림은 그럴 가치가 있어요."

"나 역시 그걸 의심하지는 않아. 하지만 한두 시간 만에 뚝딱 그려 내는 그림 쪼가리 하나에 20기니라니……!"

모렐 부인은 남편의 반응에 신경 쓰지 않았다.

"그런데 그 돈은 언제 들어오는 거요?"

모렐이 물었다.

"전시가 끝나고 그림이 그 집으로 배달될 때겠지요."

두 사람 사이에 잠시 침묵이 흘렀다.

"큰놈도 죽지 않았으면 그 정도는 했을 텐데……."

한참 만에 모렐이 나지막이 중얼거렸다. 그 순간 윌리엄에 대한 기억이 모렐 부인의 가슴에 차가운 칼날처럼 스쳐 지나갔다. 그녀는 왠지 모를 피로를 느꼈다.

어느 날, 폴이 어머니에게 말했다.

"어머니, 저는 중산층보다는 노동자 계층에 있는 사람들이 제일 좋아요. 제가 바로 노동자니까요."

모렐 부인이 대답했다.

"하지만 너 스스로는 이 나라의 어떤 신사보다 고상하다고 자부하고 있잖아, 그렇지 않니?"

"저 자신에 대해서는 어머니 말씀이 맞아요. 하지만 제가 속한 계층이나 교육 수준, 그리고 예절에 관해서는 그렇지 않아요."

"그런데 갑자기 그 얘기는 왜 꺼낸 거니?"

"사람들 간의 차이는 계층이 아니라 개개인에게 있다는 생각이 갑자기 들었어요. 그래서 사람의 가치는 계층으로 판단해서는 안 된다는 판단을 내린 거예요."

"그렇다면 폴, 너는 왜 아버지의 친구들과 어울리지 않는 거지?"

"그 문제하고는 조금 달라요."

"그렇지 않아. 그들이 바로 노동자 계층이기 때문이지. 한번 생각해 봐. 지금 네가 노동자 계층에 속한 사람들 가운데서 함께 어울리는 사람이 한 명이라도 있니?"

"......!"

폴이 말없이 고개를 가로저었다.

"너는 오히려 중산층처럼 사상을 주고받을 수 있는 사람들과 더 친하게 지내잖니? 그렇다면 너는 사실적으로 노동자 계층에 관심이 없는 거야."

"그렇지만……."

"나는 네가 교육받은 여자보다 미리엄한테 더 많은 것을 얻는다고 생각하지 않는다. 냉정하게, 그리고 솔직하게 생각해 봐.

계층에 대해 속물근성을 가진 사람은 바로 너 자신이야!"

　모렐 부인은, 폴이 중산층이 되기를 몹시 바라고 있다는 사실을 알고 있었다. 또 그가 원하기만 한다면 그 또한 그다지 어려운 일이 아니라는 것도 알고 있었다.

　그리고 폴은 언젠가 고상한 숙녀와 결혼하기를 원할 것이었다. 하지만 그는 아직 미리엄과의 관계를 완전히 정리하지 못하고 있었다. 그런 어정쩡한 상태가 지속되고 있었기 때문에 심리적으로 자유롭지 못했다.

　모렐 부인은 그런 관계가 폴의 에너지를 빼앗아 가고 있다고 여겼다. 폴이 자기도 모르는 사이에 클라라에게 끌리고 있음을 알고 있었기 때문에 더욱 그랬다.

　비록 별거를 하고는 있지만 클라라는 이미 결혼을 한 여자였다. 모렐 부인은 아들이 좀 더 좋은 조건의 여자와 사랑에 빠지기를 원했다. 하지만 폴은 그런 여자를 동경하거나 사랑을 꿈꾸지 않았다. 자칫 자존심에 상처를 입게 되지는 않을까 두렵기 때문이었다.

　모렐 부인이 폴에게 말했다.

"애야, 넌 별로 행복해 보이지 않는구나."

"무엇이 행복인가요?"

"그건 네가 판단할 문제야. 하지만 너를 행복하게 해 줄 수 있는 좋은 여자를 만나서 생활이 안정된다면, 그래서 네가 이렇게 초조해 하지 않고 일할 수 있다면, 그것도 하나의 행복이겠지."

폴이 얼굴을 찡그렸다.

"편안한 게 행복이라는 말씀이지요? 그게 삶을 바라보는 여자들의 공통된 시선이에요. 영혼의 편안함과 육체적 안락 말이에요. 그런데 저는 그런 것을 혐오해요."

"하지만 사람은 행복해야 한다. 반드시 그래야 해!"

순간적으로 자신의 삶을 반추한 모렐 부인이 격렬하게 몸을 떨기 시작했다. 어머니를 이해하고 있는 폴이 모렐 부인을 꼭 안아 주었다.

"알았어요. 걱정하지 마세요. 삶이 비참한 것이라고 어머니가 느끼시지 않는 한, 행복하다든가 불행하다든가 하는 건 그리 중요하지 않아요."

모렐 부인은 아들을 꼭 안았다. 그리고 애절하게 말했다.

"하지만 난 네가 행복하기를 원한단다."

"알고 있어요, 어머니."

폴은 애처로운 눈빛으로 어머니를 바라보았다.

아서가 군대에서 제대를 했다. 그는 사회에 나온 지 얼마 지나지도 않아 몇 년 동안 사귀었던 여자 친구와 결혼을 했다. 그리고 반년 만에 아이를 낳았다.

 아서는 아내에게 발목 잡힌 기분이었다. 그래서 나이 어린 아내에게 짜증을 부리곤 했다. 아이가 울거나 부부 생활에 사소한 문제가 생기면 미친 듯이 날뛰었다.

 아서는 그럴 때마다 어머니를 찾아와 하소연을 늘어놓곤 했다. 하지만 모렐 부인은 냉정하게 말했다.

 "아서, 그건 네가 선택한 일이야. 그러니 최선을 다하는 수밖에 없어. 또 그래야 하고……."

 화가 가라앉은 아서는 어머니의 충고를 순순히 받아들였다. 어떤 문제에 대해 깊이 파고들지 않는 단순한 성격 덕분이었다. 아서는 자신에게 아내와 아이가 딸려 있다는 사실을 인정하고 가장 역할에 최선을 다했다.

 폴은 클라라와 함께 노팅엄의 사회주의자나 여성 운동가 등과도 교류를 하기 시작했다. 그러던 어느 날, 베스트우드에 사는 클라라의 친구한테서 클라라에게 메시지를 전해 달라는 부탁을 받았다.

 폴은 해 질 무렵이 되어 그 메시지를 전하기 위해 블루벨 힐로 향했다. 클라라의 집은 화강암 자갈로 포장되어 있는 초라하고 좁은 거리에 있었다. 폴이 문을 두드리자 클라라가 나타났다.

 클라라는 당황한 듯 얼굴을 몹시 붉혔다. 폴은 클라라의 그런 모습에 오히려 당혹스러웠다. 그녀는 평소 생활하는 모습을 다른 사람에게 보여 주고 싶어 하지 않는 것 같았다.

"당신이 올 거라는 생각은 하지 못했어요. 어쨌든 들어와요."

그녀는 폴을 부엌으로 안내했다. 좁고 어두운 부엌은 흰 레이스로 가득 차 있었다. 클라라의 어머니는 거대한 레이스 뭉치에서 실을 풀어내고 있었다. 폴은 곳곳에 널려 있는 하얀 레이스를 밟을까 봐 쉽게 발을 뗄 수 없었다.

클라라가 살고 있는 그곳에는 온통 레이스밖에 없었다. 어두운 방 안에서 레이스는 마치 흰 눈처럼 눈에 잘 띄었다. 클라라는 레이스 더미가 쌓여 있지 않은 쪽의 의자에 앉으라고 했다.

클라라는 일을 하기 시작했다. 식탁 위에 놓여 있는 방적기가 낮은 소리를 내면서 돌았다. 클라라의 손가락 사이에서 얼레빗으로 하얀 레이스가 물결처럼 움직였다.

클라라는 모두 감긴 레이스를 자른 다음, 끝을 접어 핀을 레이스 뭉치에 꽂았다. 그리고 방적기에 새 막대를 넣었다. 폴은 말없이 그녀를 지켜보았다. 그녀는 허리를 세우고 품위 있게 앉아 있었다.

클라라의 목과 팔이 유난히 도드라져 보였다. 그녀는 자신이 생활하는 모습에 수치심이 느껴져 고개를 숙이고 있었지만, 눈동자는 레이스에 고정되어 있었다.

그녀의 고운 손은 서두를 것이 없다는 듯 규칙적으로 움직였다. 폴은 멍한 눈으로 그녀를 바라보았다. 그녀가 머리를 숙일 때마다 목에서 어깨로 흐르는 곡선과 감아올린 머리카락이 보였다. 그리고 윤기 나는 팔이 일정한 간격으로 움직이고 있었다.

클라라는 일을 다 마친 뒤에야 폴에게 말을 건넸다. 그는 친구에게 부탁받은 메시지를 그녀에게 전했다. 회사에서 스타킹을 만들던 아가씨가 결혼을 하면서 회사를 그만두게 되었다. 그래서 클라라에게 일자리가 났다. 그녀는 다시 회사에서 일하게 되었다.

여공들 가운데 몇몇 사람은 클라라를 싫어했다. 그 여공들은 그녀를 오만하기 짝이 없는 여자로 기억하고 있었다. 왜냐하면 클라라는 말이 많은 편이 아니었고, 다른 사람들과 어울리지 않는 편이었기 때문이다.

폴이 오후에 그림을 그리고 있으면 클라라는 폴 옆으로 다가와 유심히 바라보곤 했다. 그녀가 상당한 거리를 두고 서 있었지만, 폴은 클라라의 살갗이 자신의 몸에 와 닿는 듯한 기분을 느꼈다.

폴과 클라라는 점심시간이 되면 산책을 하곤 했다. 그는 주위의 시선 따위에는 전혀 아랑곳하지 않았다. 클라라와 이야기할 때마다 미리엄과 그랬던 것처럼 치열해지곤 했지만, 미리엄과 대화를 나눌 때처럼 이야기 자체에 흥미를 느끼지는 못 했다.

가을이 시작되던 어느 날, 폴과 클라라는 차를 마시기 위해 램블리로 나갔다. 그들은 약속이나 한 듯 언덕 위에서 걸음을 멈추었다. 더할 나위 없이 좋은 날씨에, 조용한 오후였다.

노랗게 빛나는 밀밭 위로 아지랑이가 피어오르고 있었다.

"몇 살 때 결혼했어요?"

폴이 조심스러운 목소리로 물었다.

"스물두 살이었어요."

클라라의 목소리는 부드러웠다. 그녀는 폴에게 자신이 살아온 지난날을 그다지 어렵지 않게 늘어놓았다.

"그렇다면 8년 전이네요?"

"그래요."

"그러면 언제 남편을 떠났어요?"

"3년 되었어요."

"5년 동안 함께 살았군요!"

"그런 셈이지요."

"결혼할 당시에 그를 많이 사랑했어요?"

클라라는 한동안 말이 없었다. 그리고 한참 만에 입을 열었다.

"그렇게 생각했지요. 하지만 그때만 해도 사랑에 대해 깊이 생각해 본 적이 없었어요."

"그렇다면……?"

"그 사람이 나를 강하게 원했으니까……. 그때 나는 요조숙녀인 척, 아무것도 모르는 척했어요."

"결국은 자신의 인생에 대해 심각한 고민도 없이 결혼이라는 무덤 속으로 걸어 들어간 셈이군요."

"그래요. 나는 거의 평생을 잠자고 있었던 것 같아요."

"잠을 자고 있었다면 언제 깨어났어요?"

"모르겠어요, 정말로. 나는 어쩌면 아직도 잠 속에 빠져 있는지도 모른다는 생각을 하곤 해요."

"그가 당신을 깨워 주지 않던가요?"

"전혀! 그 사람은 그곳까지 오지도 못 했어요."

클라라가 건조한 목소리로 대답했다. 갈색 깃털이 유난히 빛나는 새들이 들장미로 둘러싸인 울타리 위로 날아와 앉았다.

"그곳이라면……? 어디로 오지 못했다는 건가요?"

"나한테요. 누구의 잘못인지는 모르지만, 그 사람이 진정으로 내게 중요했던 적이 한 번도 없어요."

햇볕이 부드럽고 따뜻한 오후였다. 작은 집의 붉은 지붕들이 아지랑이 속에서 이글거렸다. 폴은 그런 분위기가 좋았다. 그는 클라라가 무슨 말을 하고 있는지 어렴풋이 느낄 수는 있었지만 전적으로 이해가 되지는 않았다.

"왜 그를 떠났어요?"

클라라가 가볍게 몸서리를 친 다음에 말했다.

"그는…… 내가 가진 것들에 대한 가치를 몰랐어요. 날 온전히 차지하지 못했기 때문에 내 위에 군림하고 싶어 했지요."

"아……!"

"나는 속박당하는 것이 싫어서 달아나고 싶었고요."

"그랬군요."

말은 그렇게 했지만 폴은 클라라의 얘기를 이해하지 못했다. 두 사람은 잠시 말이 없었다. 클라라는 서 있기가 버거운 듯 간신히 균형을 유지하고 있었다. 폴이 클라라의 손 위에 자신의 손을 얹었다. 심장이 심하게 두근거렸다.

"한 번이라도 기회를 준 적이 있나요, 그에게?"

"기회라니요?"

"그가 당신한테 다가올 수 있도록 말이에요."

"난 그와 결혼했어요. 그리고 나는……."

클라라가 목소리를 안정시키기 위해 애쓰고 있었다. 폴은 그것을 충분히 느끼고 있었다.

"나는 그가 당신을 사랑했다고 믿어요."

폴이 말했다.

"아마도 그랬을 거예요."

클라라가 대답했다.

폴은 잡고 있는 손을 놓고 싶었지만 그렇게 할 수 없었다. 그러자 클라라가 먼저 손을 빼냈다.

"당신이 그를 떠났나요?"

"아니요, 그가 날 떠났어요."

클라라는 결혼한 여자였다. 그래서 폴은 두 사람의 관계가 단순한 우정이라고 믿었다. 심지어 자신이 명예를 지키고 있다고 여겼다. 품위 있는 사람이라면 누구나 가질 수 있는 남자와 여자 간의 우정이라고 확신했기 때문이다.

폴은 기회가 있을 때마다 클라라를 찾아갔다. 악착같이 태워 버리라는 말을 강조하면서도 미리엄에게 자주 편지를 썼고, 이따금 그녀의 집을 방문하기도 했다. 그는 그렇게 겨울을 보냈다.

모렐 부인은 폴에 대한 걱정을 한시름 덜었다. 그녀는 폴이 미리엄에게서 벗어나고 있다고 믿었다. 그 무렵 미리엄은 클라라의 매력이 폴에게 얼마나 강하게 다가갔는지 뼈저리게 느꼈다.

그러나 미리엄은 그의 정신적인 부분이 결국에는 승리할 것이라는 믿음의 끈을 놓지 않았다. 유부녀인 클라라에 대한 그의 감정은 자신에 대한 사랑과 비교했을 때 불안정하고 일시적인 것일 수밖에 없었다.

미리엄은 폴이 자기에게 꼭 돌아올 것이라고 확신했다. 폴이 진실의 힘을 깨닫고 다시 돌아온다면, 그녀는 모든 것을 용서할 수 있었다. 클라라와 미리엄은 누가 먼저라고 할 것도 없이 연락을 끊었다. 두 여자의 우정은 그렇게 막을 내렸다.

크리스마스가 지난 어느 날, 클라라가 폴에게 물었다.

"일요일 오후에 음악회 가지 않을래요?"

"이미 윌리 농장에 가기로 약속이 되어 있어요."

"아, 그렇군요."

"혹시 신경 쓰여요?"

"내가 신경을 써야 하나요?"

폴은 클라라의 대답에 기분이 상했다.

"미리엄과 나는 오랫동안 서로에게 중요한 존재였어요."

"알고 있어요."

"무려 7년이에요."

"아주 긴 세월이군요."

"그런데 미리엄과는…… 모든 것이 순조롭지 않아요."

"어떻게요?"

클라라가 바싹 관심을 보이며 물었다.

"나를 자꾸 끌어당겨요, 미리엄은. 내 머리카락 하나도 내버려 두려고 하지 않아요. 그것조차 간직하려고 하지요."

"당신도 그러기를 원하지 않았나요?"

"그렇지 않아요. 나는 정상적으로 서로를 주고받는 관계가 좋다고 생각해요. 당신과 나처럼 말이에요. 물론 여자가 나를 소중하게 여겨 주기를 원하지만, 호주머니 속에서 그러길 바라는 건 아니에요."

"당신이 미리엄을 사랑한다면 그렇게 생각하는 건 정상적인 게 아니에요. 하지만 나와 당신 사이와는 다르지요."

"맞아요. 내가 그녀를 더 사랑해야 옳아요. 그런데 미리엄은 나를 너무나 원해서 오히려 나 자신을 줄 수 없어요."

"어떻게 원하는데요?"

"내 영혼 전체를 차지하려고 해요. 그래서 그녀 앞에 서면 움츠러들지 않을 수가 없어요."

"당신은 그녀를 사랑하잖아요?"

"아니에요. 나는 미리엄을 사랑하지 않아요. 그래서 나는 그녀에게 키스 한 번 한 적이 없어요."

"정말로요? 왜 하지 않았어요?"

클라라의 눈이 반짝 빛났다.

"잘 모르겠어요."

"뭔가 두려운 모양이군요."

"그렇지도 않아요. 그런데 마음속에 있는 뭔가가 미리엄한테서 나를 자꾸만 뒷걸음질하게 만들어요."

"……!"

"미리엄은 아주 훌륭한데, 난 그렇지 않거든요."

"미리엄이 어떤 사람인지 잘 알아요?"

"그럼요. 미리엄은 일종의 영적 결합을 원하고 있어요."

"그것이 전부가 아닐 수도 있어요."

"나는 그녀와 7년 동안 알고 지냈어요."

"그럼에도 불구하고 당신은 아직까지 미리엄에 대해 가장 기본적인 사실도 알지 못하고 있군요."

"기본적인 사실? 그게 뭐예요?"

"미리엄은 영혼의 교류 같은 것을 원한 적이 없어요."

"예?"

"그것은 당신이 만들어 낸 상상일 뿐이에요."

"그렇다면……?"

"그녀는 그저 당신을 원할 뿐이에요."

폴은 클라라의 마지막 말을 깊이 생각해 보았다. 어쩌면 자신의 생각이 틀렸을지도 모를 일이었다.

"하지만 내가 보기에 그녀는……."

폴이 말을 얼버무렸다.

"유감스럽게도 당신은 시도해 본 적도 없잖아요!"

폴은 할 말이 없었다. 클라라의 말이 틀리지 않았기 때문이다.

이별 이야기

 봄이 찾아왔다. 그러나 폴에게 찾아온 봄은 불안을 동반하고 있었다. 미리엄과는 이미 끝난 사이였다. 하지만 그의 머릿속은 미리엄에 대한 생각으로 가득 차 있었다.

 폴은 미리엄과 결혼할 수도 있었다. 하지만 미리엄에 대한 어머니의 적대감이 너무나 컸다. 또한 어려운 집안 형편도 생각하지 않을 수 없었다. 무엇보다 중요한 것은 그 자신이 결혼 자체를 원하지 않고 있다는 점이었다.

 폴은 결혼이 환상보다는 생활이라는 사실을 알고 있었다. 또한 마음이 잘 맞는 상대라고 해서 반드시 부부로 살아야 한다는 법도 없다는 생각이 들기도 했다.

폴은 미리엄과 결혼하고 싶지는 않았다. 하지만 그녀의 연인으로 남아 있고 싶었다. 그의 영혼은 늘 미리엄을 애타게 찾고 있었지만, 그녀 앞에 서면 몸이 말을 듣지 않았다.

미리엄 역시 폴을 사랑하고 있었다. 클라라까지도 미리엄이 폴을 원하고 있다고 이야기할 정도니 의심할 여지는 없는 듯싶었다. 폴은 생각했다.

'그렇다면 나는 왜 미리엄에게 키스할 수 없을까? 미리엄이 팔짱이라도 끼려고 하면 나는 왜 나쁜 짓을 하다 걸린 아이처럼 뒷걸음질을 치게 되는 것일까?'

폴은 모든 것이 혼란스럽기만 했다. 하지만 폴은 결국 미리엄을 찾아갔다. 미리엄을 보았을 때 폴은 눈물이 날 정도로 감격스러웠다.

"머지않아 나도 스물네 살이야."

윌리 농장에 온 폴이 미리엄에게 말했다. 두 사람은 오랜만에 안락의자에 앉아 농장 풍경을 한가롭게 바라보고 있었다.

"내가 그걸 모를까 봐? 그런데 왜 그 얘기를 꺼낸 거야?"

미리엄이 다소 긴장된 눈빛으로 물었다.

"스물네 살이면 결혼할 수 있다! 토머스 모어의 말이야."

미리엄이 환하게 웃으며 말했다.

"폴 모렐이라는 남자는 결혼하는 데 토머스 모어의 허가가 필요한 모양이지?"

"그런 게 아니라 내 나이가 되면 누구나 결혼을 생각하게 된다는 말이야."

"그래? 그렇구나."

미리엄이 혼잣말처럼 중얼거렸다. 그러자 폴이 말했다.

"난 너와 결혼할 수 있어."

"……!"

폴이 천천히 말을 이었다.

"물론 지금은 아니야. 내게는 돈도 없을 뿐만 아니라, 가족의 생계를 책임져야 하는 몸이거든."

미리엄은 폴이 무슨 말을 하려 하는지 짐작하고 있었다. 그런데 폴이 생각지도 않았던 말을 했다.

"하지만 난 지금 결혼하고 싶어."

미리엄이 화들짝 놀라 물었다.

"뭐라고? 지금 결혼하고 싶다고 말한 거 맞아?"

폴은 대답 대신 질문을 했다.

"미리엄, 넌 날 사랑하니?"

"사랑……?"

미리엄이 씁쓸한 웃음을 지었다.

"그런 질문을 해서 수치스럽니?"

폴이 다시 물었다. 그러자 미리엄이 발끈했다.

"넌 네가 믿는 신 앞에서는 늘 떳떳하잖아! 그런데 왜 사람들 앞에서는 수치스러움을 느끼지?"

폴이 대답했다.

"아니야, 그렇지 않아."

미리엄이 낮지만 단호한 어조로 말했다.

"넌 분명 수치스러워하고 있어. 그리고 그건 순전히 내 잘못이야. 나도 알아. 하지만 나도 어쩔 수가 없어."

폴은 입을 다물어 버렸다. 두 사람 사이에 어색한 침묵이 흘렀다. 그리고 한참 만에 폴이 입을 열었다.

"미리엄, 널 사랑해."

"······!"

"그런데 미리엄, 너는 우리가 순결이라는 것에 너무 얽매여 있다고 생각하지 않아?"

미리엄이 깜짝 놀란 눈으로 폴을 바라보며 말했다.

"넌 순결을 해치는 것이라면 무조건 뒷걸음질부터 했어. 나 역시 너 때문에 뒷걸음질을 쳤었지. 어쩌면 너보다 더 심하게 말이야."

"······!"

잠시 후 미리엄이 다시 말했다.

"맞아, 나도 네 생각과 같아."

폴이 거듭 물었다.

"그런데도 넌 날 사랑하니?"

미리엄이 가벼운 미소를 지으며 폴을 바라보았다. 그의 눈동자는 고통으로 일그러져 있었다. 미리엄은 그런 폴이 가엾다는 생각을 했다. 그녀는 폴을 위해서라면 어떤 것도 참을 수 있다고 생각했다.

폴은 의자에 앉은 채 몸을 앞으로 깊이 숙이고 있었다. 미리엄이 폴의 무릎에 손을 얹었다. 폴이 그녀의 손등에 입을 맞췄다. 그리고 천천히 미리엄을 끌어당겨 키스를 했다.

미리엄은 키스를 하면서 폴의 눈을 바라보았다. 그의 눈동자는 어두운 불꽃과 함께 먼 곳을 응시하고 있었다.

"무슨 생각을 하고 있어?"

입술을 뗀 미리엄이 물었다.

"나는 항상 널 사랑했다는 생각을 하고 있었어."

폴이 미리엄의 목덜미에 입을 맞추었다. 미리엄은 고개를 들고 사랑스러운 눈길로 폴을 바라보았다. 폴의 눈동자 속에서 다시 불꽃이 타오르기 시작하더니 이내 사그라졌다.

"키스해 줘!"

미리엄이 속삭였다.

폴은 눈을 꼭 감은 채 미리엄에게 키스를 하기 시작했다. 폴의 팔은 미리엄의 허리를 사정없이 껴안고 있었다.

모렐 부인은 폴이 다시 미리엄을 만난다는 사실에 견딜 수 없는 배신감을 느꼈다. 하지만 폴은 어머니를 이해시키려 하지도, 변명을 둘러대지도 않았다. 게다가 어머니가 늦게 들어온 자신을 꾸짖으면 그 어느 때보다 퉁명스럽게 말했다.

"저는 이제 어린아이가 아니에요. 그러니까 앞으로는 제가 들어오고 싶을 때 올 거예요."

"미리엄이 이 시간까지 널 놓아주지 않더냐?"

"제가 함께 있어서 그 애도 그랬던 것뿐이에요."

"미리엄은 가만히 있었고?"

"……!"

"참 잘하는 짓이다!"

그런 일이 벌어진 다음부터 모렐 부인은 폴을 위해 문을 열어놓은 채 잠자리에 들곤 했다. 하지만 잠을 자고 있지는 않았다. 폴이 온 뒤에도 아들을 향해 귀를 기울이고 있었다.

폴이 미리엄을 다시 만난다는 사실은 그녀에게 크나큰 아픔을 주었다. 하지만 어쩔 수 없는 일이었다. 더 이상 간섭해 봐야 아무런 소용이 없다는 사실을 깨달은 것이었다.

폴은 무척 단호했다. 그는 미리엄과의 관계를 다시 시작하면 어머니가 어떻게 받아들일지 충분히 예견하고 있었다. 하지만 그것은 그의 영혼을 더욱더 단련시킬 뿐이었다. 그래서 그는 결국 어머니에게 자신의 존재를 무감각하게 만들고 말았다.

그해 여름, 윌리 농장의 벚나무에는 열매가 유난히 많이 열렸다. 키가 큰 벚나무에 검붉은 버찌가 빼곡하게 달렸던 것이다. 어느 날 저녁, 폴은 미리엄의 오빠와 버찌를 따고 있었다.

"많이 땄어?"

폴에게 다가온 미리엄이 물었다.

"이제 다 끝났어."

"집에는 언제 갈 거야?"

"해가 진 다음에……."

미리엄은 서쪽 하늘에 떠 있는 금빛 구름이 주황색으로 물들었다가 장밋빛으로, 그리고 다시 붉은 자줏빛으로 변하는 광경을 지켜보았다.

"하늘이 참 예쁘다."

미리엄이 바구니에 담아 놓은 버찌를 만지며 말했다.

"그런데 옷이 찢어져 버렸네."

폴이 찢어진 어깨 부근을 미리엄에게 보여 주며 말했다. 미리엄이 그 틈으로 손가락을 넣었다.

"무척 따뜻하다."

미리엄의 말에 폴이 웃음을 터뜨렸다.

"우리 좀 걷지 않을래?"

폴이 물었다. 미리엄이 고개를 끄덕였다. 두 사람은 들판을 지나 나무가 빽빽하게 들어선 숲까지 걸었다.

"나무 사이로 들어가 볼까?"

미리엄이 폴의 눈을 빤히 들여다보며 되물었다.

"그러고 싶어?"

"응."

두 사람은 손을 잡고 숲 속으로 들어갔다. 숲 속은 몹시 어두웠다. 미리엄은 더럭 겁이 났다. 폴은 그날따라 말이 없는 데다 조금 이상하게 굴었다. 폴은 나무에 기대서서 미리엄을 끌어안았다.

그녀는 폴에게 몸을 맡기고 있었지만 억지로 당하는 사람처럼 두려웠다. 낮은 목소리의 남자가 그저 낯설기만 했다. 비가 내리기 시작했다. 폴은 땅에 머리를 댄 채 빗방울 떨어지는 소리를 들었다.

마음이 무거웠다. 그는 미리엄이 더 이상 곁에 있지 않다는 것을 깨달았다. 그녀의 영혼은 저만치 떨어져 서 있었다.

"이제 가야 해."

미리엄이 말했다.

"그래야겠지."

폴은 그렇게 말했지만 꼼짝도 하지 않았다.

"비에 다 젖겠어."

미리엄이 땅바닥에 손을 짚으며 일어나려 했다. 그러자 폴이 먼저 일어선 다음, 미리엄의 손을 잡아 주었다. 들판을 지나면서 폴이 말했다.

"네게 다시 돌아올 수 있어서 기뻐. 너와 함께 있으면 모든 게 아주 자연스럽다는 생각이 들어."

"그래?"

"우린 앞으로 행복할 수 있을까?"

"그럼. 행복해야지."

미리엄이 촉촉하게 젖은 눈으로 폴을 바라보았다. 어느덧 캄캄한 밤이 되었다. 폴은 미리엄에게 입을 맞추면서 그녀의 얼굴을 어루만졌다. 그녀를 감촉으로 느낄 수밖에 없는 어둠 속에서 열정은 더욱 활활 타올랐다.

폴이 미리엄을 꼭 껴안았다.

"언젠가는 네가 허락하겠지?"

폴은 그녀의 어깨에 얼굴을 묻고 중얼거렸다. 그 말을 하기까지가 매우 힘이 들었다. 미리엄도 그런 사실을 알고 있었다.

"하지만 지금은 안 돼."

미리엄이 단호하게 말했다. 순간 폴은 가슴이 내려앉았다. 쓸쓸함이 그를 감쌌다. 폴은 이제 연인에게 하듯이 적극적으로 사랑을 호소했다. 폴의 몸이 뜨거워질 때마다 미리엄은 두 손으로 그의 얼굴을 잡고 오래도록 눈을 바라보았다.

폴은 그런 미리엄의 시선을 차마 마주 볼 수 없었다. 미리엄은 폴이 자신을 단 한 순간도 잊지 않도록 했다. 결국 그는 이성적인 동물로 되돌아와야만 했다.

마치 열정이 바닥난 것처럼, 폴은 미리엄으로 인해 자꾸만 왜소해지는 것 같았다. 그는 그것을 견딜 수 없었다. 폴은 '날 내버려 둬, 날 혼자 내버려 두라고!'라고 외치고 싶었다. 그러나 미리엄은 그가 사랑 가득한 눈으로 자기를 바라보기를 원했다.

그 후로도 폴은 자신의 감정을 적극적으로 표현했다. 미리엄은 결국 그를 받아들이고 말았다. 그들은 그렇게 서로의 욕망을 여러 차례 확인하면서 관계를 이어 나갔다. 그러던 어느 날, 폴이 우울하게 말했다.

"넌 내가 다가가는 것을 원하지 않는 것 같아."

"아니야, 그런 말이 어디 있어?"

미리엄이 폴의 머리를 와락 끌어안으며 말했다.

"그럼 나와 결혼할 거야?"

폴이 정색을 하고 물었다.

"우린 아직 너무 어려서 안 돼."

미리엄의 대답에 폴은 기운이 빠졌다. 폴은 이제 미리엄에게 자신의 몸을 가져 달라고 부탁하지 않았다. 그는 그게 좋지 않다는 것을 알아차렸다.

몇 달 동안 폴은 클라라를 밖에서 따로 만나지 않았다. 점심 시간에 가끔 산책을 나가는 정도가 전부였다. 비록 30분 남짓한 시간이었지만, 그는 그녀와 함께 있으면 기분이 좋아졌다. 폴은 클라라 앞에서 언제나 명랑하게 행동했고, 그녀는 마치 어린아이를 대하듯이 그의 응석을 받아 주었다.

그 무렵 폴은 남자들과도 자주 어울려 다녔다. 미술 학교에서 사귄 친구와는 자주 교외로 스케치를 하러 나갔고, 직장 동료들과는 술을 마시거나 당구를 치며 시간을 보냈다. 그 핑계로 미리엄과 만나는 시간이 점점 줄어들었다.

폴은 자신이 어디에 있는지 늘 어머니에게 말했다. 그런 아들의 변화를 바라보면서 모렐 부인은 안도하기 시작했다. 하지만 우선은 두고 볼 작정이었다. 자칫 서두르다가는 일을 망칠 수도 있기 때문이었다.

어느 날 저녁, 폴은 집에서 그림을 그리고 있었다. 모렐 부인은 그 옆에 앉아 책을 읽고 있었다. 하지만 두 사람은 여전히 어색한 부분이 남아 있었다.

"아무래도 미리엄과 헤어져야 할 것 같아요."

"……?"

폴이 조용히 말했다. 모렐 부인이 안경 너머로 폴을 쳐다보았다. 그는 조금도 동요하지 않은 채 어머니를 응시했다. 어머니는 잠시 그와 마주 바라보다가 안경을 벗었다. 폴의 얼굴은 몹시 창백해 보였다.

"저는 미리엄을 사랑하지 않아요. 미리엄과 결혼하고 싶지 않아요. 그래서 이제 끝내려는 거예요."

"하지만 나는 요즘 네가 미리엄을 갖겠다고 결심한 것으로 알고 있었단다. 그래서 아무 말도 하지 않았던 거야."

"가졌어요, 어머니. 제가 원했어요. 하지만 이제 원하지 않아요. 아무 소용이 없어요. 전 일요일에 헤어질 거예요. 그래야 할 것 같지 않아요?"

"그건 네가 가장 잘 알 거야. 내가 오래전에 그래야 한다고 이야기하지 않았니?"

"이제 어쩔 수 없어요. 일요일에 헤어지겠어요."

"그 문제는 네가 알아서 해라. 어쨌든 나는 그 애가 너랑은 맞지 않는다고 생각하고 있단다."

"일요일에 헤어질 거예요."

폴은 마치 스스로에게 다짐하듯 그렇게 말했다.

일요일 오후에 폴은 윌리 농장으로 갔다. 미리엄은 소매가 짧은 모슬린 옷을 입고 있었다. 두 사람은 언덕 위에 나란히 앉았다. 폴이 미리엄의 무릎을 베고 눕자 그녀는 그의 머리카락을 손가락으로 매만졌다.

거의 5시경이 되어서야 폴이 미리엄에게 말을 꺼냈다. 폴은 막대기로 흙을 마구 헤집었다. 그것은 그가 혼란스럽고 불안정할 때 하는 행동이었다.

"많이 생각해 봤는데, 미리엄……. 아무래도 우린 헤어지는 게 좋을 것 같아."

"갑자기 그게 무슨 말이야?"

미리엄이 깜짝 놀란 눈으로 물었다.

"의미가 없으니까."

"의미가 없다고?"

"그래, 의미가 없어. 난 결혼하고 싶지 않아. 그리고 결혼을 하지 않는다면 계속 만나 봐야 의미 없잖아."

"왜 그걸 지금 말해?"

"이제 결심했으니까."

"그러면 지난 몇 달간은? 그리고 내게 한 말은 어떻게 되는 거야?"

"어쩔 수 없어. 계속하고 싶지 않아."

"나를 더 이상 원하지 않는 거야?"

"난 우리가 헤어졌으면 해. 넌 나로부터 자유로워지고, 난 너로부터 자유로워지고……."

"그러면 지난 세월은 어떻게 해?"

"모르겠어. 나는 지금 내가 생각하는 것만 말하고 있어."

"그렇다면 지금은 왜 다른 거야?"

"난 다르지 않아. 난 마찬가지야. 단지 계속 만나 봐야 의미가 없다는 걸 알게 되었을 뿐이야."

"왜 의미가 없는지 내게 말하지 않았어."

"왜냐하면 내가 우리 관계가 지속되는 것을 원하지 않기 때문이야. 그리고 다시 한 번 말하지만 난 결혼하고 싶지 않아."

"몇 번이나 내게 결혼하자고 해 놓고선……."

"어쨌든 난 지금 우리가 헤어졌으면 해."

침묵이 흘렀다. 폴은 계속 땅만 파 대고 있었다. 미리엄은 고개를 숙이고 생각에 잠겼다. 미리엄의 눈에 그는 분별력이 없는 어린아이와 같았다. 컵에 든 것을 다 마시고 나면 컵을 부숴 버리는 어린아이와 다름없었다.

"언젠가 네가 겨우 열네 살짜리 같다고 말한 적이 있었는데, 이제 보니 너는 네 살짜리 어린애보다 못해!"

폴은 여전히 땅을 헤집고 있었다.

"넌 네 살짜리 어린애라고!"

화가 난 미리엄은 그 말만 반복했다.

대꾸를 하지는 않았지만 폴은 마음속으로 외쳤다.

'내가 네 살짜리 어린아이라면 왜 날 원하는 거지? 난 지금 어머니가 한 사람 더 필요한 게 아니야!'

하지만 폴은 끝내 아무 말도 하지 않았다.

"너희 가족한테는 얘기했어?"

"단지 어머니한테만 말했어."

한참 만에 미리엄이 물었다.

"네가 원하는 게 뭐야?"

"나는 오직 우리가 헤어지기를 원해. 우리는 지금까지 상당 부분 서로를 의지하고 살았어. 이제 끝내자. 난 너 없이 내 길을 가고, 넌 나 없이 네 길을 가는 거야. 그러면 넌 독립된 삶을 갖는 거지."

"……!"

폴이 계속 말을 이었다.

"이대로 계속 가면 결국 우리는 서로에게 짐이 될 거야. 넌 날 위해 많은 것을 했고, 난 널 위해 그렇게 했어. 그러니 이제 우리 각자 혼자서 살아 보자는 거야."

"네가 뭘 하기를 원해?"

미리엄이 물었다.

"미리엄, 나는 그냥 자유로워지고 싶은 것뿐이야."

미리엄은, 폴이 말하는 그 자유에는 클라라의 영향력이 있다는 것을 알고 있었다. 그녀는 그에 관해 아무 말도 하지 않았다.

"어머니에게는 뭐라고 말할까?"

미리엄이 다시 물었다.

"난 어머니한테 헤어지겠다고 말했어."

"난 내 가족에게 말하지 않을 거야."

미리엄의 말에 폴이 얼굴을 찡그리며 말했다.

"그건 네가 원하는 대로 해."

폴은 자신이 미리엄을 난처한 지경에 빠뜨려 놓고 수수방관하고 있다는 사실을 알고 있었다. 그것이 그를 화나게 했다. 그래서 고함치듯 말했다.

"가족한테 나하고 결혼할 생각이 없어서 헤어졌다고 말해. 그건 사실이잖아."

미리엄은 극도로 우울한 표정을 지었다. 그러면서 두 사람의 관계를 되돌아보았다. 그녀는 결국 이렇게 되리라는 것을 알고 있었다. 결국 그녀의 쓰라린 기대가 꼭 들어맞고 말았다.

"우리 사이는 언제나 그랬어. 언제나 말이야. 넌 언제나 내게서 떠나기 위해 발버둥을 쳤어!"

미리엄이 미친 듯이 소리를 질렀다. 그 순간 폴은 심장이 멎는 것 같았다. 미리엄이 인식하고 있는 두 사람의 모습이 그런 것이었다는 사실에 놀라지 않을 수 없었다.

"하지만 우리한테는 완벽한 순간도 있었어."

폴이 반박했다. 그러자 미리엄이 도리질을 했다.

"결코 그런 적은 없어. 너는 나를 물리치기 위해 치열한 싸움을 하고 있었던 것뿐이라고!"

"항상 그랬던 건 아니야. 특히 처음에는……."

"처음 만났을 때부터 언제나 그랬어!"

폴은 멍하니 앉아만 있었다. 그는 스스로를 경멸할 때도 미리엄의 사랑만큼은 믿었다. 그런데 그녀는 그들의 사랑이 진심이었던 순간마저 부정하고 있었다. 그것은 너무나 끔찍한 일이었다.

폴은 쓰린 마음을 달래며 말없이 앉아 있었다. 그러자 모든 것이 부정적으로 보이기 시작했다. 그 자신이 미리엄을 농락한 것이 아니라, 미리엄이 자신을 손바닥 위에 올려놓고 장난을 했다는 생각이 들었다.

그녀는 모든 불편함을 마음속에 쌓아 둔 채 비위를 맞춰 주고 나서는, 이제 와서 자신을 경멸하고 있었다. 그래서 폴은 잔인해지기로 마음을 먹었다.

"넌 너를 숭배하는 남자와 결혼해야 해. 그러면 그 남자를 네 마음대로 할 수 있을 거야. 너는 반드시 그런 사람과 결혼해야 해. 그런 사람은 결코 널 벗어나려 애쓰지 않을 테니까."

"고맙기도 하네. 하지만 다른 사람과 결혼하라고 더 이상 내게 충고하지 마. 너는 전에도 내게 그런 말을 했어."

폴은 공격하려다 오히려 뒤통수를 제대로 얻어맞은 기분이었다. 두 사람이 쌓아 왔던 8년 동안의 우정과 사랑이 일순간에 나락으로 떨어지고 있었다.

미리엄이 자리에서 일어섰다. 집으로 돌아가는 길에 그녀가 물었다.

"이제 우린 만날 수 없겠지?"

"어쩌다 한 번씩 마주칠 수는 있겠지."

"편지를 쓰지도 않고?"

미리엄이 비꼬듯 물었다.

"너 하고 싶은 대로 해. 우린 모르는 사람들이 아니잖아. 무슨 일이 있어도 그렇게 되어선 안 되지. 난 네게 가끔 편지를 쓸 거야. 그러니 넌 네가 좋을 대로 해."

"그래, 알았어."

미리엄이 차갑게 대답했다.

폴은 기분이 엉망이었다. 이 세상 그 어떤 것도 이보다 더 큰 상처를 줄 수는 없을 것 같았다. 그는 삶에서 중요한 분기점을 건너고 있었다.

그들의 사랑이 언제나 갈등상태였다는 말을 듣는 순간, 그는 엄청난 충격을 받았다. 다른 어떤 것도 중요하지 않았다. 그들의 사랑이 단 한 번도 대단한 적이 없었다면, 그것이 끝났다고 해서 야단법석을 떨 필요도 없었다.

폴은 미리엄과 헤어진 뒤 9시쯤 집으로 돌아왔다. 이미 어둠이 깔린 뒤였다. 그가 말없이 집 안으로 들어오자, 모렐 부인이 걱정스러운 표정으로 아들을 맞이했다.

"미리엄에게 이별을 통보했어요."

모렐 부인은 크게 한숨을 내쉬며 말했다.

"지금은 힘들겠지만 결국은 그게 현명한 판단이었다는 것을 알게 될 게다. 나는 처음부터 알고 있었어. 그 아이와 넌 맞지 않아."

"미리엄은 처음부터 우리의 사랑이 실패할 것이라는 사실을 알고 있었대요. 그래서 미리엄은 크게 실망하지 않았어요."

"어쩌면 그 애가 아직 미련을 버리지 못한 것인지도 모르겠다."

"그럴지도 모르지요."

"어쨌든 잘 끝냈다는 것을 곧 알게 될 거다."

모렐 부인이 위로하듯 말했다.

"하지만 저는 모르겠어요."

폴이 절망적인 목소리로 말했다.

그렇게 폴은 미리엄을 떠났고, 미리엄은 이제 혼자가 되었다.

그녀를 좋아하는 사람은 몇 명 되지 않았고, 그녀가 좋아하는 사람 역시 손가락으로 헤아릴 수 있을 정도였다. 그녀는 그렇게 혼자 남아 누군가를 기다리고 있었다.

어머니와 클라라

 미술계에 이름이 알려지기 시작하면서 폴은 그림 그리는 일만으로도 생활을 할 수 있을 정도가 되었다. 하지만 폴은 회사를 그만두지 않았다. 안정적인 수입이 마음의 평화를 안겨주었기 때문이었다.

 아직 높은 수입을 올리고 있지는 않았지만, 폴에게는 밝은 미래가 기다리고 있었다. 폴은 회화뿐 아니라 응용미술에도 관심이 많았다. 그러면서 자신만의 작품 세계를 꾸준히 발전시켜 나갔다.

 미리엄을 떠난 폴은 클라라에게 집착하기 시작했다. 미리엄과 헤어진 다음 날, 폴은 클라라를 만나기 위해 작업실로 내려갔다. 클라라는 폴을 반갑게 맞아주었다. 두 사람은 훨씬 가까워져 있었다.

클라라는 폴에게 전에 없던 밝은 분위기를 느꼈다. 일이 끝나고 두 사람은 극장에 갔다. 폴은 극장 안에서 클라라의 손을 잡았다. 망설임 끝에 용기를 내 저지른 행동이었다. 어쨌든 클라라는 손을 빼지 않았다.

두 사람은 그 다음 날에도 만났다.

"우리 산책하지 않을래요?"

폴이 진지한 표정으로 물었다.

"미리엄에게 말할 건가요?"

클라라가 비웃듯이 물었다.

"미리엄하고는 헤어졌어요."

"정말? 언제요?"

"지난 일요일에 그렇게 되었어요."

"크게 말다툼이라도 했어요?"

"그런 일은 없었어요. 단지 결심을 실행에 옮긴 것뿐이에요."

클라라는 더 이상 묻지 않았다.

폴과 클라라는 오후 일이 끝나자마자 공원을 산책했다. 그런데 클라라의 표정이 계속 시무룩했다. 화가 난 사람같이 보이기도 했다. 폴은 그녀의 손을 잡고 싶었지만 그럴 수가 없었다. 그러자 어색해진 분위기에 짜증이 나기 시작했다.

"우리 어느 쪽으로 갈까요?"

폴이 어둠 속에서 물었다.

"나는 어느 쪽이든 상관없어요."

"그러면 계단 쪽으로 가지요."

폴이 갑자기 방향을 틀어 계단을 오르기 시작했다. 클라라는 자신을 두고 혼자 성큼성큼 계단을 올라가고 있는 폴의 뒷모습을 노려보았다. 클라라가 따라오지 않자 폴이 다시 계단을 내려와 그녀의 정면에 반듯이 섰다.

클라라는 어둠 속에서 꼼짝도 하지 않고 서 있었다. 그러자 폴이 갑자기 클라라를 끌어안더니 기습적으로 키스를 해 버렸다. 그리고는 자연스럽게 손을 잡았다.

"자, 이쪽으로 와요."

손이 잡힌 클라라는 폴을 따라 걸음을 옮겼다. 폴은 걸으면서도 클라라의 손에 입을 맞추었다. 두 사람은 아무 말도 하지 않았다. 그리고 폴은 역에 도착해서야 손을 놓아주었다. 두 사람은 한동안 서로의 눈을 말없이 바라보다 헤어졌다.

일요일 내내 폴의 머릿속은 클라라에 대한 생각뿐이었다. 빨리 월요일이 되어 그녀를 만나고 싶었다. 하지만 그럴수록 시간은 더디게 흘렀다. 폴은 클라라를 다시 만날 상상을 하며 기나

긴 일요일을 버텨냈다.

월요일은 일이 많지 않아 오전만 근무했다. 그래서 폴은 클라라와 함께 나들이를 하기로 했다. 두 사람은 오후 2시 반에 만나서 전차에 올랐다. 자리에 앉자 클라라가 폴에게 몸을 기댔다.

창밖에는 비가 내리고 있었다. 클라라의 몸이 전차의 움직임에 따라 가볍게 흔들렸고, 그 흔들림은 고스란히 폴에게 전달되었다. 폴은 지칠 줄 모르는 힘을 지닌 원기 왕성한 청년이었다.

폴은 클라라의 손을 힘주어 잡았다. 전차에서 내린 두 사람은 강을 가로지르고 있는 다리를 건넜다. 낮에 내린 비 때문에 강물이 많이 불어 있었다. 다리 위에는 그들 두 사람밖에 없었다.

"왜 미리엄을 떠났어요?"

클라라가 차가운 목소리로 물었다.

"그녀를 떠나고 싶었어요."

폴이 얼굴을 찡그리며 대답했다.

"왜 떠나고 싶었을까요?

"우리들의 만남에 의미가 없다는 생각이 들었어요. 그리고 결혼하고 싶지도 않았고요."

"미리엄과 결혼하고 싶지 않았다는 말인가요, 아니면 결혼 자체가 싫다는 말인가요?"

"솔직히 말하자면 둘 다예요."

두 사람은 비에 젖어 질퍽해진 길을 따라 산울타리 옆 계단으로 향했다. 길을 걸으면서도 클라라의 질문은 계속되었다.

"미리엄은 뭐라고 하던가요?"

"네 살짜리 어린아이 같다고 하더군요. 그리고 언제나 내가 자기를 떼어내려고 안간힘을 쓰고 있었다고 했어요."

클라라는 잠시 미리엄이 한 말의 의미를 생각해보았다.

"미리엄에게 너무 심하게 대한 건 아닌가요?"

"우리는 벌써 몇 년 전에 끝냈어야 했어요. 늦은 감이 없지는 않지만, 지지부진하게 시간을 끄는 것보다 서로를 위해 결단을 내리는 것이 옳다고 생각했어요."

"폴, 지금 몇 살인가요?"

"이제 스물다섯이 되었어요."

"나는 서른 살이에요."

"이미 알고 있어요. 하지만 그게 무슨 상관인가요?"

두 사람은 그들은 어느새 그로브 숲 입구에 다다랐다. 젖은 나뭇잎이 수북하게 쌓인 황톳길이 풀밭 사이의 가파른 언덕 위로 길게 나 있었다. 길 양편으로는 신전 기둥처럼 느릅나무들이 늘어서 있었다.

모든 것이 고요했다. 폴은 클라라를 껴안고 격정적으로 입을 맞추었다. 두 사람은 강가로 내려가 보기로 했다. 강가에 박힌

돌들이 비에 젖어 무척 미끄러웠다. 둘은 서로 손을 잡아주며 조심스럽게 강 아래로 내려갔다.

나무 두 그루 사이에 있는 평지를 폴이 찾아냈다. 바닥에는 젖은 나뭇가지가 수북했지만 그런대로 앉을 만했다. 폴은 비옷을 펼쳐 바닥에 깐 다음 클라라에게 손짓했다.

클라라가 폴 곁에 앉았다. 폴은 클라라의 하얀 목덜미에 입을 맞추었다. 피가 흐르고 있는 핏줄의 느낌이 그대로 입술에 전해졌다. 그날 오후 그곳에는 폴과 클라라 말고는 아무도 없었다.

그들은 클리프턴까지 걸은 다음, 차를 마시고 헤어졌다. 폴은 클라라를 향한 미칠 듯한 사랑에 숨이 막힐 지경이었다. 그녀의 몸놀림 하나, 심지어 옷의 주름까지도 그의 몸을 짜릿하게 만들었다.

폴이 집에 돌아왔을 때 모렐 부인은 책을 읽고 있었다.

"많이 늦었구나."

그녀는 아들을 쳐다보며 말했다. 그녀는 폴의 눈동자가 그 어느 때보다 환히 빛나고 있음을 알아차렸다.

"클라라와 클리프턴 그로브 숲에 다녀왔어요."

모렐 부인은 지그시 아들을 바라보았다.

"사람들이 수군거리지 않을까 걱정이구나."

"사람들은 클라라가 어떤 사람인지 다 알아요. 여성 운동가인

것도 다 알고 있다고요. 그리고 사람들이 수군거린다 한들 그게 무슨 상관이에요?"

"클라라 입장도 생각해봐야 하지 않겠니?"

"충분히 생각하고 있어요."

"그래?"

"혹시 어머니가 질투를 하시는 거 아니에요?"

"클라라가 결혼한 여자라서 하는 말이야!"

"어머니, 우린 둘 다 잃을 게 없어요. 그리고 잃는 게 두렵지도 않고요. 대가를 치러야 한다면 치르지요, 뭐. 그 정도는 각오하고 있으니까요."

"그래, 어떻게 될지 좀 더 지켜보자."

"얼마든지 지켜보세요. 우린 끝까지 갈 거예요."

"그래?"

"클라라는 정말 좋은 여자예요. 대단한 여자고요."

"결혼과 그것은 별개 문제란다."

"아니지요. 그것이 결혼보다 나을 수도 있어요."

잠시 후, 폴이 조심스럽게 말을 꺼냈다.

"혹시 그녀를 만나보고 싶지 않으세요?"

"어떤 사람인지 한번 보고 싶구나."

모렐 부인이 차가운 목소리로 대답했다.

"어머니는 워낙 눈이 높으시니까, 마음에 들 거라고 기대하진 마세요. 그러면 돌아오는 일요일에 데려와도 괜찮아요?"

"너희들 편할 대로 하렴."

그 순간 폴은 결국 자신이 어머니를 이겼다는 사실을 깨달았다.

폴은 교회에서 돌아오는 길에 미리엄과 짧게 산책을 했다. 미리엄은 전과 마찬가지로 그를 대했으며, 폴 역시 조금도 불편해하지 않았다.

"어떻게 지냈어?"

미리엄이 물었다.

"별로 특별한 일은 없어. 정원에서 베스트우드의 풍경을 스케치한 것 정도가 전부야."

"그러면 외출은 전혀 하지 않았겠네?"

"그렇지도 않아. 월요일 오후에 클라라랑 같이 클리프턴으로 나들이를 다녀오기도 했는걸."

"월요일이라면 비가 왔는데, 괜찮았어?"

"바깥 공기를 쐬고 싶었어. 강물이 많이 불었더라."

그들은 잠시 말없이 걸었다.

"클라라는 어떻게 지내?"

미리엄이 다시 물었다.

"잘 지내고 있어."

"그래? 다행이네."

미리엄이 한쪽 입술을 샐쭉 올리며 말했다.

"어머니한텐 말씀드렸니?"

미리엄은 폴이 클라라에게 어떤 감정을 갖고 있는지 가늠하고 싶었다. 만약에 폴이 어머니한테 클라라에 대해 이야기를 했다면, 그것은 단순한 욕망 때문만은 아닐 거라고 생각했다.

"일요일에 차를 마시러 올 거야."

폴이 대답했다.

"너희 집으로 간다고?"

"응. 우리 집으로······."

상황은 생각했던 것보다 훨씬 더 빠르게 진행되고 있었다. 미리엄은 폴이 그토록 빨리 자신을 잊어버릴 수 있다는 사실에 비참함을 느꼈다. 그리고 자신에게는 그렇게나 적대적이었던 그의 어머니가 클라라는 어떻게 생각할지 궁금했다.

"교회 가는 길에 잠깐 들러도 될까? 클라라를 본 지 너무 오래된 거 같아서 말이야."

미리엄이 아무렇지도 않은 듯 말했다.

"시간이 된다면 그렇게 해."

폴 역시 대수롭지 않은 것처럼 대답은 했지만, 미리엄의 뜻밖의 제안에 깜짝 놀랐다. 어머니의 말처럼 미리엄은 어쩌면 아직도 미련을 갖고 있는지도 모른다는 생각이 들었다.

일요일 오후, 폴은 케스턴 역으로 나갔다. 기차가 도착하기 전까지 그는 과연 클라라가 올지 의문을 갖고 있었다. 그녀가 기차에서 내리자, 폴은 어린아이처럼 좋아하며 그녀를 향해 달려갔다.

"어쩌면 오지 않을지도 모른다고 생각했어요."

클라라는 악수를 청하며 활짝 웃었다. 폴의 집을 향해 걷던 클라라는 내심 놀랐다. 거리는 무척 지저분했고, 가파른 언덕을 따라 조개껍데기처럼 들어선 집들이 하나같이 낡고 더러웠기 때문이다.

그러나 폴이 정원으로 들어가는 문을 열자 모든 것이 달라졌다. 그곳은 바깥과는 전혀 다른 세계였다. 화단에는 국화와 작은 나무들이 오후의 햇빛을 받아 반짝거리고 있었고, 창문 앞 햇볕이 잘 드는 잔디밭은 오래된 라일락으로 둘러싸여 있었다.

클라라는 폴을 따라서 집 안으로 들어갔다.

두 사람이 들어서자 모렐 부인이 자리에서 일어났다.

"어머니, 클라라예요."

모렐 부인은 손을 내밀며 미소를 지었다.

"폴에게 얘기 많이 들었어요."

"이렇게 찾아온 것이 실례가 아닌지 모르겠어요."

클라라가 머뭇거리며 입을 열었다. 그녀는 긴장하고 있었다.

"폴이 데려오겠다고 했을 때, 반가웠어요."

모렐 부인이 대답했다. 폴은 두 여자를 바라보며 조마조마했다. 젊고 화려한 클라라 곁에 서 있는 어머니는 유난히 작고 지쳐 보였다.

"정말 좋은 날이에요, 어머니. 그렇지요?"

그들은 노팅엄과 그곳에 사는 사람들에 대해 이야기했다. 클라라는 여전히 안절부절못했고, 모렐 부인은 부드럽지만 위엄을 잃지 않은 표정으로 그녀를 바라보았다. 모렐 부인은 젊은 클라라보다 자기가 더 강하다는 사실을 깨달았다.

클라라는 무척 공손하게 행동했다. 그녀는 폴에게 어머니가 얼마나 중요한 존재인지 알고 있었다. 그래서 이 만남이 두려웠다. 까다롭고 쌀쌀맞은 분일 거라는 클라라의 예상과는 달리, 모렐 부인은 시종일관 친절하고 따뜻하게 그녀를 대했다.

모렐 부인과 클라라는 차를 마시면서 많은 이야기를 나누었다. 두 사람 모두 예의를 지키면서도 상대방에 대한 배려를 잊지 않았다. 폴은 식탁을 정리한 뒤, 여자들끼리 이야기하게 두고 정원으로 나갔다.

이야기를 마친 모렐 부인이 설거지를 하려고 일어서자 클라라가 거들겠다며 팔을 걷어붙였다. 클라라는 설거지를 마친 뒤 폴이 있는 정원으로 나갔다. 그는 가을꽃 속을 날아다니는 벌 떼를 지켜보고 있었다.

바로 그때 미리엄이 대문으로 들어섰다. 꽃밭에 나란히 앉아 서로의 눈을 들여다보며 웃고 있는 그들의 모습은 미리엄의 눈에도 아름다워 보였다. 미리엄은 두 사람이 이미 연인이 되었음을 눈치챘다.

"여기서 만나니까 기분이 묘하네요."

미리엄이 클라라와 악수를 하며 말했다.

"그러게요. 나도 이상하네요."

클라라가 말했다.

"예쁜 곳이죠?"

"정말 마음에 들어요."

미리엄의 물음에 클라라가 활짝 웃으며 대답했다. 클라라의 미소를 보며 미리엄은 알았다. 자신은 이 집에서 환영받지 못했지만, 클라라는 자신과 다르다는 사실을 알게 된 것이었다.

미리엄은 폴에게 읽을 책을 빌려달라고 부탁했다. 그가 책을 가지러 집으로 들어간 사이에 클라라에게 물었다.

"오늘 모렐 부인은 처음 만난 거죠?"

"그렇지요. 무척 좋은 분 같아요."

"그래요? 그럴 거예요."

미리엄은 고개를 떨어뜨리며 말했다.

"폴이 어머니 얘기를 많이 했어요?"

"거의 만날 때마다 빠지지 않았지요."

"아마 그랬을 거예요."

폴이 책을 가지고 돌아올 때까지 두 사람은 더 이상 말을 하지 않았다. 잠시 후 클라라는 폴에게 미리엄을 배웅하고 오라며 집 안으로 들어갔다. 그러자 미리엄이 클라라의 등 뒤에 대고 소리쳤다.

"저희 농장에는 언제 올 거예요?"

"글쎄요······."

"저희 어머니가 언제든 꼭 만나고 싶다고 하셨어요."

"고마워요. 하지만 언제가 될지 지금은 말 못하겠어요."

"그래요? 그렇게 전해 드릴게요."

미리엄은 쓸쓸하게 대꾸하고 대문을 나섰다.

그날 저녁, 폴과 클라라는 들판으로 나가 산책을 했다. 그녀는 그에게 몸을 바짝 기댄 채 걸었고, 그는 그녀의 어깨를 꼭 감싸 안았다. 폴은 순간순간 몸에서 피가 솟구치는 기분을 느끼곤 했다.

클라라를 보내고 들어온 폴이 어머니에게 물었다.

"어머니, 클라라 마음에 드세요?"

"그래, 마음에 들더구나."

"다행이네요."

"하지만 폴, 넌 클라라에게 곧 싫증이 날 게다."

"예?"

"틀림없이 그렇게 될 거야."

폴은 어머니의 악담에 아무 말도 하지 않았다.

"피곤하지? 따뜻한 우유 마실래?"

폴은 고개를 가로저었다. 그리고 말없이 방으로 들어가 버렸다.

클라라의 남자

 폴과 클라라는 오페라를 보기로 했다. 폴은 가방에 양복을 챙긴 다음, 회사 일이 끝난 뒤 갈아입었다. 클라라는 팔과 목, 그리고 가슴이 살짝 드러나 보이는 초록색 드레스를 입고 나왔다.
 폴은 극장에 들어서기 전부터 클라라의 환상적인 외모에 완전히 시선을 빼앗겨 버렸다. 불이 꺼지고 오페라가 시작되자 클라라는 자연스럽게 폴에게 몸을 기댔고, 폴은 끊임없이 그녀의 손과 팔을 만지작거렸다.
 폴에게는 오페라가 눈에 들어오지 않았다. 그에게 가슴 떨리는 즐거움을 선사하는 것은 오직 클라라뿐이었다. 폴은 클라라의 손과 팔, 그리고 목과 가슴에 입을 맞추었다.

공연이 끝나고 불이 켜지자 폴은 그제야 제정신이 돌아왔다. 폴은 자리에서 일어나는 클라라가 코트를 편하게 입을 수 있도록 도와주었다. 그리고 극장을 빠져나오다가 어떤 남자의 증오에 찬 눈길과 잠시 마주쳤다. 하지만 폴은 그 사람이 누구인지는 알아차리지 못했다.

그리고 며칠 후, 폴은 친구들과 함께 작은 술집에서 술을 마시고 있었다. 그런데 하필이면 그 술집으로 클라라의 남편인 백스터 도스가 들어왔다. 도스는 그동안 몰라보게 살이 올라 있었다.

하지만 그는 예전에 비해 많이 피폐해진 것처럼 보였다. 백스터 도스는 얼마 전에 함께 살던 정부에게 버림을 받았다. 그리고 지나가던 사람들과 시비를 벌여 며칠 동안 감옥신세를 지기도 했다.

폴은 도스와 그다지 사이가 좋지 않았다. 그러면서도 두 사람 사이에는 뭐라고 말할 수 없는 묘한 친밀감이 자리하고 있었다. 도스는 어떤지 모르겠지만, 적어도 폴은 그렇게 생각했다.

"한잔하실래요? 제가 살게요."

폴이 도스에게 다가가 말했다.

"버러지 같은 자네랑은 마시고 싶은 생각이 없어!"

도스가 날카로운 목소리로 대답했다. 괜히 무안해진 폴은 몸을 돌려 친구들과 하던 이야기를 계속했다. 전쟁이 일어날 수밖에 없는 이유에 관한 이야기를 하던 중이었다.

한참 이야기를 하고 있는 폴의 말을 도스가 끊었다.

"엄청 유식하고만! 그런 것들은 어디서 배우지? 웬 여자랑 극장에 가는 것 같던데, 거기에서 배웠나?"

고개를 돌린 폴이 도스를 노려보았다. 그리고 극장에서 눈이 마주쳤던 남자의 기억이 떠올랐다. 증오에 찬 눈빛을 보낸 사람은 다름 아닌 백스터 도스였던 것이다.

도스는 폴 주변을 얼쩡거리며 계속 빈정거렸다. 참다못한 폴이 자리에서 일어나며 친구들에게 인사를 했다.

"아무래도 나는 먼저 가야겠네."

그러자 도스가 말했다.

"비겁한 놈 같으니라고……!"

화가 난 폴이 테이블 위에 놓인 맥주잔을 들어 도스의 얼굴에 끼얹어 버렸다.

"폴, 참아야 해!"

친구들이 폴의 팔을 잡았다. 그 틈을 이용해 도스가 폴의 멱살을 움켜쥐었다. 술집 지배인이 재빨리 달려와 두 사람을 떼어 놓았다.

"이리 나와, 이 쥐새끼 같은 놈아!"

도스가 큰 소리로 외쳤다.

"제발 그만해요, 도스!"

여종업원이 울상을 지으며 도스를 말렸다.

"우선 진정하세요. 그리고 폴, 아무래도 당신이 가는 게 좋겠어요."

지배인은 도스 앞을 막아선 채 말했다.

"싸움을 시작한 건 내가 아니라 저 조그만 쥐새끼라고!"

도스가 폴을 향해 소리쳤다. 지배인은 가슴으로 도스를 밀면서 술집 한구석으로 몰았다. 그 사이에 폴은 술집을 벗어났다.

"너는 언젠가 나한테 죽었어! 알아?"

술집을 나서는 폴의 등에 대고 도스가 외쳤다.

폴은 아무에게도 그날의 일에 대해 말하지 않았다. 말해 봤자 아무런 도움이 되지 않을 것이기 때문이었다. 하지만 그는 굴욕감과 수치심 때문에 고통스러웠다.

시간이 흐를수록 폴은 어머니에게 말할 수 없는 일이 많아졌다. 그에게는 어머니와 완전히 분리된 삶이 있었다. 그것은 바로 성생활이었다. 그것을 제외한 나머지 대부분의 일들은 여전히 어머니와 나누고 있었다.

어쨌든 폴은 어머니를 속이고 있다는 사실에 죄책감을 느꼈다. 나아가 그것은 폴을 점점 지치게 만들었다. 가끔씩 폴과 모렐 부인 사이에 침묵이 흐르곤 했는데, 그는 그렇게 침묵하면서 어머니로부터 자신을 지켜야 한다고 생각했다.

폴은 종종 어머니 때문에 저주를 받은 것이 아닌가 하는 생각을 하기도 했다. 그래서 때때로 어머니를 미워하기도 했고, 어머니의 구속을 끊어 보려고 노력을 하기도 했다.

폴은 어머니에게서 자유롭기를 소망했다. 하지만 자신의 삶은 더 이상 앞으로 나가지 못하고 자꾸만 원점으로 되돌아가는 둥근 원을 그리고 있는 것만 같았다.

어머니는 그를 낳았다. 그리고 온 마음으로 사랑했으며 보살펴 주었다. 그래서 그의 사랑은 언제나 어머니에게로 되돌아갈 수밖에 없었다. 폴은 그것 때문에 자기만의 삶을 꾸려 나갈 수도, 진정으로 다른 여자를 사랑할 수도 없었다.

그런 생각을 하게 되면서부터 폴은 무의식적으로 어머니에게 저항하기 시작했다. 폴은 날마다 밖에서 어떤 일이 있었는지 어머니에게 시시콜콜 이야기하지 않았고, 그들 모자 사이에는 그만큼의 거리가 생기기 시작했다.

어느 날, 폴은 클라라에게 농담을 하듯이 도스와의 일을 이야기했다. 폴의 말을 들은 클라라는 얼굴을 붉히며 단호하게 말했다.

"그 사람다운 짓을 했군요. 당신은 그런 사람하고 어울리지 않아요. 그러니 가까이하지 않았으면 좋겠어요."

폴이 말했다.

"당신은 그 사람과 결혼까지 했었잖아요."

클라라의 얼굴이 벌겋게 달아올랐다.

"그랬어요! 하지만 내가 그 사람 성격을 어떻게 다 알았겠어요?"

하지만 폴도 지지 않았다.

"도스도 예전에는 근사했을 것 같던데요."

"당신은 내가 그 사람을 궁지로 몰아넣었다고 생각하는군요."

"그렇지는 않아요. 스스로가 그렇게 만들었겠지요. 하지만 내가 느끼기에는 그 사람에게는 무언가가 있어요."

클라라가 따지듯 물었다.

"앞으로 어떻게 할 생각이에요?"

"뭘 말하는 거예요?"

"나는 지금 백스터에 대한 말을 하고 있어요."

"그거라면 내가 뭐 해야 할 게 있나요?"

"또 그렇게 부딪치면 싸울 거냐는 말이에요."

"그렇지는 않아요. 나는 주먹을 쓸 줄 몰라요. 그래서 나 같은 사람은 차라리 칼이나 권총을 갖고 다니는 게 바람직해요."

"그렇다면 당신은 뭘 갖고 다닐 거예요?"

클라라가 심각한 표정으로 물었다.

"클라라, 나는 검객이 아니에요."

폴이 웃으면서 대답했다.

"하지만 그는 분명히 당신에게 해코지를 하고도 남을 사람이에요."

"일어나지도 않은 일로 사람을 미리 판단하지 않는 게 좋겠어요. 그러니 우선 두고 봅시다."

"하지만 폴, 그냥 내버려 둘 생각은 아니죠?"

"지금 당장은 어쩔 도리가 없잖아요?"

"내가 아는 그 사람은 당신을 죽일 수도 있어요."

"만약 그가 나를 죽인다면 유감스러운 일이 되겠네요."

클라라는 더 이상 말을 하지 않았다. 한때 결혼을 했고, 5년 동안 같이 살던 남자가 또다시 나타나 자신의 인생에 끼어들려 하고 있었다. 클라라는 그저 암담할 뿐이었다.

폴은 며칠간 도스를 보지 못했다. 그러던 어느 날 아침, 나선과에서 위층으로 뛰어 올라가다가 하마터면 도스와 부딪칠 뻔했다.

"뭐야, 이거!"

도스가 소리쳤다.

"바빠서 못 봤어요. 미안해요!"

그렇게 사과한 폴은 도스를 지나치려 했다.

"미안하다고? 미안하다고 말하면 다야?"

도스가 계단을 막으며 빈정거렸다. 그러나 폴은 대꾸하지 않았다.

"넌 반드시 대가를 치르게 될 거야!"

사무실로 들어온 폴은 책상에 앉아 장부를 펼쳤다. 하지만 도스는 여전히 위협적인 태도로 문간에 기대어 선 채 폴을 노려보았다.

"이봐, 내 말 듣고 있지?"

도스가 큰 소리로 말했다.

"도대체 왜 그래요? 뭣 때문에 이러는 거냐고요?"

폴이 장부에서 시선을 떼지 않은 채 대답했다.

"이 쥐새끼 같은 놈! 내 얼굴을 제대로 쳐다보지도 못 하면서 감히 깝죽거려? 어디에서건 다시 마주칠 때까지 기다려! 반쯤 죽여줄 테니……."

"좋아요, 그럽시다."

폴이 말했다. 폴의 말을 들은 도스는 천천히 문간에서 물러섰다. 바로 그때, 전화기가 울렸다. 폴이 서둘러 전화기를 들었다.

"예, 알았어요. 금방 내려갈게요. 예, 지금은 손님이 있어서요."

폴은 통화를 하면서 입가에 미소를 짓고 있었다. 도스는 폴이 클라라와 이야기하고 있다는 것을 알아차렸다. 그는 폴 앞으로 성큼성큼 다가섰다.

"이 악마 같은 놈! 내가 당장 너를 끝장내 주겠다. 쪼끄만 놈이 건방을 떨며 다니는 꼴을 내가 그냥 두고 볼 거라 생각해?"

도스의 고함 소리에 다른 사무원들이 고개를 들었다. 여전히 흥분한 도스는 몸을 부들부들 떨었다. 폴이 몸을 돌리며 말했다.

"잠깐 실례하겠습니다."

폴이 아래층으로 뛰어 내려가려고 했다.

"네놈이 더 이상 뛰어다닐 수 없도록 만들어 주지."

도스가 폴의 팔을 잡아 흔들며 소리쳤다. 폴은 재빨리 몸을 피했다. 그 광경을 본 조던이 자신의 사무실에서 뛰어나오며 말했다.

"무엇 때문에 그래? 도대체 무슨 일이냐고!"

"이 애송이와 내가 해결해야 할 문제가 있어서 그렇소!"

도스가 조던에게 말했다.

"그건 또 무슨 말이야?"

조던이 폴을 바라보면서 물었다.

"말 그대로 그뿐이라니까요!"

폴 대신 도스가 대답했다. 하지만 조금 전에 비해 기세는 많이 누그러져 있었다. 폴은 수치스러운 상황을 어떻게 벗어나야 할지 몰라 망연자실한 표정으로 서 있었다.

"이게 도대체 무슨 일이냐고?"

조던이 다시 폴에게 물었다.

"말할 수 없어요."

폴은 머리를 흔들며 말했다. 그러자 도스가 폴에게 얼굴을 들이밀더니 금방 주먹으로 내리칠 자세를 취하며 말했다.

"말할 수 없어? 말할 수 없다고?"

그러자 조던이 딱딱하게 굳은 표정으로 말했다.

"이제 다 끝났나? 그러면 도스는 어서 자네 일터로 가게. 그리고 다시는 술에 취한 채로 이곳에 오면 안 돼!"

도스는 커다란 체구를 조던에게 돌렸다.

"술에 취했다고? 누가 취했단 말이오? 당신이나 나나 취하지 않은 거 같은데……. 그렇지 않소?"

"쫓겨나기 전에 여기서 나가란 말이야!"

화가 난 조던이 소리쳤다.

"감히 누가 나를 쫓아낸단 말이오?"

도스가 빈정거리며 말했다. 조던은 도스에게 걸어가서 손가락으로 그의 가슴팍을 찌르면서 말했다.

"내 작업장에서 나가. 지금 당장 나가라고!"

하지만 덩치가 큰 도스는 꿈쩍도 하지 않았다. 그러자 조던이 그의 팔을 비틀었다.

"뭐 하는 거야? 이거 놔!"

도스가 순식간에 조던의 팔꿈치를 잡아챘다. 그러자 몸집이 작은 조던은 비틀거리며 뒤쪽에 있던 문 앞으로 넘어지고 말았다. 그런데 문이 부서지는 바람에 대여섯 개나 되는 층계를 데굴데굴 굴러 아래층에 처박히고 말았다.

놀란 직원들이 모두 뛰어나왔다. 도스는 그 광경을 멀거니 쳐다보고 있다가 밖으로 나가 버렸다. 다행히 조던은 많이 다치지 않았다. 그러나 그는 도스를 해고하고는 폭행죄로 고소해버렸다.

얼마 후, 폴은 어머니에게 그 일에 대해 이야기했다. 모렐 부인은 폴을 유심히 바라보다가 한참 만에 물었다.

"클라라는 뭐라고 하더냐?"

"무엇에 대해서요?"

"너에 대해서……. 그리고 그런 일들에 대해서 말이다."

"클라라가 저에 대해서 어떻게 생각하는지 크게 신경 쓰지 않아요. 그녀는 분명히 저를 사랑하고는 있지만, 사랑하는 감정이 생각만큼 깊은 것은 아니에요."

"최소한 클라라에 대한 네 감정만큼은 되지 않겠니?"

폴은 이상하다는 듯 어머니를 바라보았다.

"그래요, 어머니. 내겐 무슨 문제가 있는 것 같아요. 도대체 사랑을 할 수가 없거든요. 클라라와 함께 있을 때는 그녀가 몹시 사랑스럽게 보여요. 그런데 그녀가 어떤 사안에 대해 이야기를 하거나, 또 그것에 대해 비판할 때면 그런 감정들이 순식간에 사라져 버려요."

"클라라는 최소한 미리엄만큼 지각이 있는 여자다."

"그렇겠지요. 그런데 왜 여자들은 제 마음을 붙잡지 못하는 걸까요?"

모렐 부인이 허공을 응시했다.

"클라라하고도 결혼하고 싶은 생각은 없지?"

"맞아요. 그런데 저는 왜 결혼하고 싶은 생각이 들지 않을까요?"

"결혼에 관해서는 다음에 이야기하자."

모렐 부인이 말했다. 하지만 폴이 말을 이었다.

"아니에요, 어머니. 나는 지금 클라라를 사랑하고 있고, 과거에는 미리엄을 사랑했어요. 하지만 결혼해서 나 자신을 그녀들에게 주는 그런 일은 할 수 없어요. 그녀들에게 예속될 수가 없단 말이에요. 그녀들은 나를 원해요. 하지만 나는 나 자신을 그녀들에게 줄 수가 없어요."

"네 짝이 될 만한 여자를 만나지 못해서 그런 걸 거야."

"어머니가 살아 있는 동안에는 그런 여자를 결코 만나지 못할 거예요."

모렐 부인은 입을 다물고 말았다. 모든 힘을 다 써 버린 듯 그녀는 무척 피곤해 보였다.

"시간을 조금 두고 생각해 보자."

모든 것이 자꾸만 원점으로 되돌아가는 느낌이었다. 폴은 가슴이 답답해서 미칠 것 같았다. 실제로 클라라는 열정적으로 폴을 사랑했고, 폴 역시 그녀를 사랑했다.

그러나 폴은 낮 동안 클라라의 존재를 거의 잊고 지냈다. 그녀가 같은 건물에서 일하고 있었지만, 그것을 전혀 의식하지 않았다. 그는 늘 바빴다.

그러나 클라라는 달랐다. 그녀는 나선과에 머물러 있는 동안 언제나 그가 위층에 있다는 것을 의식했다. 같은 건물에서 일한다는 사실만으로도 행복했다. 그녀는 그의 존재를 감각으로 느낄 수 있었다.

그녀는 그가 언제라도 사무실 문을 벌컥 열고 들어오기만을 기대하고 있었다. 그러나 그는 일 때문에 나선과에 들르더라도 지극히 사무적으로 대할 뿐이었다.

그 대신 폴은 퇴근하고 나서 그녀에게 많은 시간을 할애했다. 클라라는 낮 시간에는 종종 비참한 기분을 느꼈지만, 저녁 이후부터는 더없이 행복했다.

어느 날 저녁, 그들은 운하 옆을 걸으며 데이트를 즐겼다. 그런데 무엇 때문인지 폴의 표정이 안 좋아 보였다. 클라라는 자신이 그를 사로잡지 못했다는 것을 직감적으로 알았다. 그녀는 폴이 자기한테서 멀어져 가고 있다고 생각했다.

"이곳에서 계속 근무할 건가요?"

클라라가 물었다.

"아니요. 노팅엄을 떠나 외국으로 갈 거예요."

폴은 깊이 생각하지도 않고 건성으로 대답했다.

"외국으로 간다고요? 무엇 때문에요?"

"모르겠어요."

"외국에 가면 뭘 할 건데요?"

"디자인 작업을 꾸준히 하게 되겠지요. 내 그림을 몇 점 팔아 내 삶을 직접 개척하고 싶어요. 나는 그럴 수 있다고 확신해요."

"언제 떠날 건데요?"

"잘은 모르겠어요. 어머니가 살아 계신 동안에는 오랫동안 외국에 머물러 있을 수는 없어요."

"어머니를 떠날 수 없다고요?"

"오랫동안 그렇게 할 수는 없어요."

클라라는 검은 물에 비친 별들을 바라보았다. 하얀 별들이 물속에 잠겨 있었다. 폴이 자기 곁을 떠나는 것도 고통스러운 일이었지만, 자기 옆에 그 남자를 두는 것 역시 괴롭기는 마찬가지였다.

폴이 클라라의 어깨에 손을 얹으며 말했다.

"미래에 대해 묻지 말아요. 나는 아무것도 모르니까요."

"……!"

"다만, 지금 나하고 같이 있어 줘요."

클라라가 폴을 안아 주었다. 그녀는 열정을 다해 그를 안고, 위로하고, 사랑했다. 두 사람 모두 그 순간이 영원히 멈추기를 바랐다. 폴과 클라라는 손을 꼭 잡고 인적 없는 숲 속으로 걸음을 옮겼다.

두 사람이 사랑을 나누는 동안 들판에서 물떼새들이 끊임없이 울어 댔다. 폴이 정신을 차렸을 때 클라라는 가쁜 숨을 내쉬고 있었다. 그녀의 따뜻한 입김이 폴의 이마에 와 닿았다. 폴은 머리를 들고 그녀의 눈을 들여다보았다. 그녀의 눈은 어둡게 빛나고 있었다. 폴은 그 눈이 왠지 낯설게 느껴졌다. 그래서 자신의 얼굴을 그녀의 목에 묻었다.

시간이 지나면서 두 사람 사이에서 타올랐던 불길은 서서히 잦아들기 시작했다. 그는 그녀를 사랑했다. 그들이 함께 경험한 강렬한 감정 이후에 커다란 애정을 느낀 것이었다. 그러나 그녀 역시 폴의 영혼을 확고하게 붙잡지는 못 했다.

그러나 클라라는 그에 대한 욕망으로 미쳐 버릴 것만 같았다. 회사에서 우연히 폴을 보게 되면, 그의 몸을 만지고 싶은 마음에 가슴이 뛰었다. 열정으로 가득 찬 그녀의 눈은 언제나 그에게 고정되어 있었다.

폴은 그녀가 다른 여공들 앞에서 자신의 존재를 너무 적극적으로 드러낼까 봐 두려웠다. 그는 점점 그녀가 짐스럽게 느껴졌다. 하루는 폴이 클라라에게 말했다.

"당신은 항상 입을 맞추고 포옹하기를 바라고 있어요. 하지만 모든 일에는 다 때가 있는 법이에요."

클라라가 날카로운 눈빛으로 폴을 노려보았다.

"그게 무슨 말이에요?"

"부담스럽다는 말이에요. 낮에 일을 할 때는 개인적인 감정이 개입되지 않았으면 좋겠어요. 일은 일이니까요."

"그러면 사랑은 뭔가요? 사랑하는 시간이 따로 있나요?"

그녀가 따지듯이 물었다.

"그렇지요, 일하는 시간 말고요."

"그렇다면 사랑은 그저 남는 시간에만 할 수 있겠군요?"

"그것도 언제나 가능한 건 아니지요."

"그게 당신이 생각하는 사랑의 전부인가요?"

"전부는 아니지만 많은 부분이에요."

"당신이 그렇게 생각한다니 참으로 기쁘군요."

클라라는 한동안 폴을 차갑게 대했다. 그녀가 냉정하게 굴 때마다 폴은 마음이 불편했다. 그래서 곧 화해를 했지만 전처럼 가까워지지는 않았다. 그가 그녀에게 만족감을 주지 못했기 때문이다. 그저 두 사람의 관계가 유지되고 있는 것뿐이었다.

폴과 클라라가 사귀고 있는 소문이 노팅엄에 돌기 시작했다. 하지만 확실한 것은 아무것도 없었다. 회사에서 클라라는 항상 혼자였기 때문에 소문은 더 이상 커지지 않았다.

저녁이면 폴은 클라라에게 돌아왔다.

"당신은 밤이 되면 나를 사랑하지만, 낮에는 전혀 사랑하지 않는 것처럼 보여요."

한 줄기 빛도 비치지 않는 깜깜한 바다를 응시하며 클라라가 말했다.

"나는 밤이 되면 언제나 당신에게 열려 있어요. 하지만 낮에는 철저하게 혼자이고 싶어요."

"왜 그럴까요?"

"모르겠어요. 당신하고 함께 있을 때면 항상 그래요."

"……!"

그녀는 처참한 마음으로 모래밭에 쪼그려 앉았다.

"클라라, 혹시 나랑 결혼하고 싶어요?"

폴이 궁금하다는 듯 물었다.

"당신은요? 당신은 어떤가요?"

그녀가 되물었다.

"우리 아이가 있었으면 좋겠다는 생각이 들어요."

폴이 대답했다. 그녀는 고개를 숙인 채 손가락으로 모래를 만지작거리고 있었다. 폴이 다시 물었다.

"도스하고는 정말로 이혼하고 싶지 않은 거예요?"

잠시 후 긴 한숨을 몰아쉰 그녀가 대답했다.

"그래요, 원치 않아요."

"왜 그럴까요?"

"그건 나도 모르겠어요."

"그 사람에게 아직 감정이 남아 있나요?"

"그런 건 아니에요."

"그렇다면 이해가 되지 않잖아요."

"그 사람이 아직 나를 떠나지 않은 것 같아요."

그녀가 대답했다. 그는 거친 바다 위로 바람이 불어오는 소리를 들으면서 잠시 생각에 잠겼다.

"그렇다면 당신은 내 안으로 들어올 생각이 없었군요?"

"나는 이미 당신 안에 들어가 있어요."

"그렇지 않아요. 당신은 도스와 이혼하기를 바라지 않으니까……."

그것은 두 사람이 풀 수 없는 매듭이었다. 그래서 그냥 내버려 두기로 했다. 그들은 얻을 수 있는 것만 얻고, 아닌 것은 무시해 버렸다.

어느 날 밤, 클라라와 헤어진 폴은 기차역으로 가기 위해 들판을 가로지르고 있었다. 그런데 칠흑같이 어두운 들 가운데서 갑자기 검은 그림자 하나가 나타나 앞을 막았다.

"이렇게 또 만나게 되었구만!"

그림자의 주인공은 백스터 도스였다.

"웬일인가요, 도스?"

"이날을 기다렸다, 애송이야!"

도스가 야비한 웃음을 흘렸다.

"시간이 없어요. 기차를 놓칠 수도 있단 말이에요!"

폴은 어둠 때문에 도스의 얼굴을 제대로 볼 수가 없었다.

"오늘은 내가 따끔한 맛을 보여 주지. 외투를 벗고 맞을래? 아니면 그냥 입은 채 맞을래?"

폴은 그가 미친 것이라고 생각했다.

"나는 싸움 같은 거 할 줄 몰라요."

"그래? 그렇다면 더 좋지!"

도스가 폴의 얼굴을 사정없이 후려쳤다. 폴은 그대로 바닥에 고꾸라졌다. 순식간에 눈앞이 깜깜했다. 가까스로 일어난 폴은 허공에 대고 주먹을 휘둘렀다. 하지만 이번에는 뒤에서 주먹이 날아왔다.

폴은 도스가 야생 동물처럼 씩씩대는 소리를 들었다. 폴은 날쌔게 도스에게 달려들었다. 폴은 도스가 넘어진 틈을 타 그의 목을 짓눌렀다. 시간이 흐르면서 그를 죽이고 싶다는 충동이 일었다.

폴이 잠시 고민하는 사이에 도스가 그를 밀치고 일어났다. 폴은 누워서 도스의 발길질을 고스란히 받아 냈다. 그리고 얼마 후 폴은 의식을 잃고 말았다. 도스는 고통 때문에 끙끙대면서도 엎어져 있는 폴을 계속 발로 찼다.

멀리서 기적 소리가 들려왔다. 이윽고 환한 불빛이 조금씩 그들에게로 다가오고 있었다. 도스는 사람들이 다가오는 것이라고 착각했다. 그래서 들판을 가로질러 노팅엄 쪽으로 달아났다.

한참 시간이 흐른 뒤, 폴은 서서히 의식을 회복했다. 그는 지금 자신이 어디에 있는지, 그리고 어떤 일이 일어났는지 알고 있었다. 하지만 몸을 움직이고 싶지가 않았다.

눈송이 몇 개가 얼굴 위로 내려앉았다. 폴은 오랫동안 그렇게 누워 있었다. 몸은 사방이 쑤시고 아렸지만 머릿속은 이상하리만치 맑았다. 폴은 웅덩이로 가서 피가 흥건한 얼굴과 손을 씻었다.

폴은 꿈속을 걷듯 집을 향해 걸음을 옮겼다. 새벽이 다 된 시간이었기 때문에 식구들은 모두 잠들어 있었다. 그는 거울 앞에 서서 자신의 얼굴을 바라보았다. 여기저기 멍이 들어 죽은 사람의 얼굴 같았다.

아침이 되어 눈을 떴을 때 어머니가 자신을 바라보고 있었다. 모렐 부인은 아무 말 없이 폴의 손을 잡고 있었다.

"별거 아니에요. 백스터 도스였어요."

"특별하게 아픈 데가 어디니?"

"어깨가 많이 아파요. 다른 식구들에게는 자전거 사고였다고 말하는 게 좋을 것 같아요."

폴은 팔을 움직일 수가 없었다. 어머니가 몸을 살피는 동안 폴은 간밤에 무슨 일이 있었는지 어머니에게 모두 이야기해 주었다.

"나 같으면 폴, 그들 모두와 관계를 끊겠구나."

어머니가 말했다.

"그렇게 할게요, 어머니."

모렐 부인이 아들에게 이불을 덮어 주었다. 정오 무렵에 도착한 의사는 어깨가 탈골되었다고 했다. 당분간 절대 안정을 취해야 한다는 것이었다. 그리고 그다음 날부터 급성 기관지염 증세가 시작되었다.

모렐 부인 역시 건강이 좋지 않았다. 그래서 그녀의 안색은 죽은 사람처럼 창백했고, 몸은 하루가 다르게 여위어 갔다. 모렐 부인은 침대맡에 앉아서 아들을 지켜보다가 멍하게 허공을 바라보곤 했다. 두 사람 모두 딱히 꼬집어 말하기 힘든 뭔가가 있었다.

클라라와 미리엄이 차례대로 병문안을 왔다. 그녀들이 다녀간 뒤 폴이 어머니에게 말했다.

"클라라는 사람을 피곤하게 해요."

"……!"

"저는 두 사람 다 좋아하지 않는 것 같아요."

"유감스럽게도 그런 것 같구나."

모렐 부인이 안타깝다는 듯 대답했다.

셰필드에서의 병원 생활

성령 강림절이 되자, 폴은 어머니에게 뉴턴이라는 친구와 함께 나흘간 블랙풀에 가겠다고 말했다. 모렐 부인은 그렇게 하라고 허락했다.

폴은 어머니에게 그동안 셰필드에 살고 있는 애니한테 가서 일주일 정도 머물다 오면 좋겠다고 했다. 일상에 변화를 주는 것이 어머니에게 도움이 될지도 모른다는 생각에서였다.

모렐 부인은 노팅엄의 병원에 다니고 있었다. 의사는 그녀의 심장과 소화 기관이 좋지 않다고 말했다. 그녀는 썩 내키지는 않았지만 폴의 말을 따라 셰필드에 가기로 했다. 이제 그녀는 아들이 원하는 것이라면 무엇이든지 하려고 했다.

폴은 닷새째 되는 날 자신도 셰필드에 도착할 것이라고 했다. 그래서 휴가가 끝날 때까지 그곳에서 함께 지내겠다고 말했다. 그리고 닷새째 되는 날, 폴은 어머니와의 즐거운 휴가를 꿈꾸며 애니의 집에 도착했다.

애니가 문을 열어 주었다.

"어머니가 많이 아프셔."

"얼마나?"

"상태가 아주 좋지 않아."

"침대에 누워 계시는 거야?"

"그래, 거동이 쉽지 않으니까."

가방을 내팽개친 폴은 서둘러 위층으로 올라갔다. 방문을 열고 들어가자 모렐 부인이 침대에 누워 아들을 바라보았다. 그 사이 어머니의 얼굴은 더욱 잿빛이 되어 있었다.

"어머니, 많이 힘드세요?"

"나는 네가 오지 않는 줄 알았다."

모렐 부인은 애써 명랑한 표정을 지으며 대답했다. 무릎을 꿇은 폴은 침대에 얼굴을 묻은 채 고통스럽게 소리쳤다.

"어머니, 아프지 마세요!"

모렐 부인은 여윈 손으로 아들의 머리카락을 천천히 쓰다듬었다.

"울지 마라. 별일 아냐. 그런데 늦었구나."

"기차가 연착되었어요."

"배고프겠다. 네 누나가 식사를 차려 놓고 기다렸단다."

폴이 고개를 들어 어머니를 바라보았다.

"그런데 무슨 병이래요?"

"그저 조그마한 종양이야."

"종양이라고요?"

"그렇게 놀랄 필요 없다. 오래전에 생겼다는구나."

그렇게 말한 모렐 부인은 폴의 눈을 피했다. 폴은 다시 눈물을 흘렸다.

"어디에요?"

"옆구리 쪽이야."

"언제부터 아팠는데요?"

"어제 오전이야. 집에서도 가끔 결리기는 했지만 곧 괜찮아지곤 했어. 아무래도 의사가 겁을 주려고 그런 말을 한 게 아닌가 싶다."

"혼자서 여행을 할 상황이 아니었어요. 그런데도 제가 괜히……."

"아니다. 어서 가서 점심이나 먹어라."

"어머니는 드셨어요?"

"그럼. 네 누나가 아주 잘해 준단다."

폴은 어머니와 이야기를 조금 더 나눈 뒤, 아래층으로 내려와 늦은 점심을 먹었다. 점심을 먹고 나서 폴이 애니에게 물었다.

"정말 종양이 맞아?"

그러자 애니가 눈물을 흘리기 시작했다.

"어머니가 어제 겪은 고통을 생각하면……."

"얼마나 심했는데?"

"다시 떠올리기도 싫어. 어쨌든 어머니는 집에서 몇 달이나 고통을 겪고 있었는데 아무도 돌봐 주지 않았던 거야."

"어머니는 노팅엄 병원에 다니고 계셨잖아! 그리고 어머니는 그런 이야기를 전혀 하지 않으셨어."

"내가 집에 있었으면 조금 더 일찍 알 수 있었을 텐데……."

폴은 오후에 모렐 부인의 주치의를 만나러 갔다. 어머니를 진찰한 그는 빈틈없고 다정한 사람이었다.

"저희 어머니께서 무슨 병을 앓고 계시는 겁니까?"

"세포막에 큰 종양이 생긴 것 같아요."

"수술할 수는 없나요?"

"불가능한 부위랍니다."

폴은 잠시 생각했다. 그리고 말을 이었다.

"종양이라면 노팅엄 병원에서는 왜 알지 못했을까요? 어머니가 그 병원에 몇 주 동안 다니셨는데 심장과 소화 기관만 치료했어요."

"모렐 부인은 안타깝게도 제임슨 박사에게 혹에 대한 이야기를 전혀 하지 않았더군요."

"종양이라는 진단은 확정된 겁니까?"

"그렇지는 않습니다."

"그렇다면 다른 가능성도 있다는 얘긴데……. 집 안에 암 환자가 있었는지 누나에게 물어보셨다면서요. 암일 가능성도 있습니까?"

"그건 아직 모릅니다."

"앞으로 어떻게 하면 좋을까요?"

"노팅엄 제임슨 박사와 함께 검사를 해 보고 싶습니다. 그런데 노팅엄에서 여기까지 오려면 왕진료가 최소한 10기니는 될 겁니다."

"그분이 언제 오시면 좋겠습니까?"

"오늘 저녁에 편지를 써서 상의하도록 하지요."

그로부터 이틀 후, 폴은 노팅엄으로 제임슨 박사를 만나러 갔다. 그러나 제임슨 박사는 모렐 부인을 기억하지 못했다. 간호사가 환자 번호를 알려 주자, 제임슨 박사는 진찰 기록에서 그녀의 병력을 찾아보았다.

"그 병원에서는 종양 같아 보이는 큰 덩어리가 있다고 합니다."

폴이 제임슨 박사에게 말했다.

"아, 그래요?"

제임슨 박사가 주머니에서 편지를 꺼내면서 말했다.

"아버지는 무얼 하시오?"

"광산에서 석탄을 캐는 광부입니다."

"형편이 그렇게 넉넉하진 않겠군요."

"돈은 걱정하지 마세요. 제가 책임질 겁니다."

"당신은 뭘 하죠?"

"조던 의료 기구 회사 사무원입니다."

제임슨 박사가 미소를 지으며 폴을 쳐다보았다.

"나한테 셰필드로 오라는 말이군요."

그는 손가락 끝을 모으고는 눈웃음을 흘리며 말했다.

"8기니면 어떻겠어요?"

폴은 얼굴을 붉히고 일어서며 말했다.

"그럼 내일 오시겠습니까?"

"내일이면 일요일이군요. 좋아요!"

폴은 병원을 나와 아버지를 만나러 집으로 갔다. 모렐은 정원에 나와 흙을 고르고 있었다.

"그래, 폴. 이제 도착했니?"

모렐이 폴에게 악수를 청했다.

"네, 하지만 오늘 밤에 곧바로 돌아갈 거예요."

"뭘 좀 먹었니?"

"아니요."

"넌 여전히 냉정하구나. 우선 안으로 들어가자."

모렐은 아내에 대해 말하기를 겁내고 있었다. 두 사람은 안으로 들어갔다. 폴은 아무 말 없이 음식을 먹었고, 모렐은 건너편의 안락의자에 앉아서 그를 바라보았다.

"네 어머니는 좀 어떠냐?"

모렐이 작은 목소리로 물었다.

"부축을 받아 아래층으로 내려올 수는 있을 정도예요."

"다행이구나! 그런데 노팅엄 의사는 뭐라고 하더냐?"

"그 의사가 내일 어머니를 진찰하러 갈 거예요."

"이런, 돈이 꽤 들 텐데……."

"8기니를 달래요."

"뭐라고? 8기니!"

모렐의 입이 떡 벌어졌다.

"제가 낼 수 있어요."

폴이 차갑게 대답했다. 그들은 잠시 아무런 말도 하지 않았다.

"아버지가 잘 지내시기 바란다고 어머니가 말씀하셨어요."

"나는 괜찮다. 네 엄마도 그랬으면 좋으련만……."

모렐이 혼잣말처럼 중얼거렸다.

"3시 반에 가야 해요."

폴이 시계를 쳐다보며 말했다.

"네 어머니가 언제쯤 여기에 올 수 있을 것 같니?"

"내일 의사들이 진찰을 해 봐야 알겠지요."

모렐이 긴 한숨을 쉬었다. 모렐 부인이 없는 집은 이상하게도 텅 빈 것 같았다. 안절부절못하는 모렐은 그날따라 유난히 외롭고 늙어 보였다.

"다음 주에 어머니를 만나러 가셔야 할 거예요."

"그때쯤엔 네 어머니가 집에 오면 좋겠구나."

"그렇지 않다면 아버지가 오셔야겠지요."

폴의 말에 아버지가 걱정스러운 투로 대꾸했다.

"돈을 어디서 구할 수 있을지 모르겠다."

"의사가 뭐라고 하는지 편지로 알려 드릴게요."

의사는 약속한 대로 일요일에 모렐 부인을 찾았다. 아서와 폴은 두 의사가 내려오기만을 초조하게 기다렸다. 의사들은 모렐 부인의 심장이 너무 약해 수술이 불가능하다고 딱 잘라 말했다. 하지만 약물로 종양의 크기를 줄일 수는 있을 거라고 했다.

휴가가 끝난 폴은 이제 출근을 하기 위해 노팅엄으로 돌아가야 했다. 폴은 어머니에게 입을 맞추었다.

"너무 걱정하지 마라, 괜찮을 거야."

"다음 주 토요일에 올게요. 그때 아버지도 같이 모시고 올까요?"

"네 아버지도 오고 싶어 하겠지."

폴은 어머니에게 다시 키스를 한 다음, 마치 애인에게 하듯이 부드럽고 다정한 손길로 관자놀이에 드리워진 머리카락을 쓰다듬어 주었다.

"기차 시간 늦지 않겠니?"

모렐 부인이 중얼거리듯 말했다.

"이제 곧 갈 거예요."

폴이 나지막한 목소리로 대답했다.

"어머니, 이제 아프지 않을 거죠?"

"애야, 나도 그랬으면 좋겠다."

폴은 어머니에게 입을 한 번 더 맞춘 뒤 노팅엄으로 떠났다. 역으로 향하는 발걸음이 유난히 무거워 힘이 들었다.

토요일이 되자 모렐이 혼자서 기차를 타고 셰필드에 도착했다. 그는 길 잃은 어린아이처럼 곤혹스러운 표정으로 병실 문을 열었다.

"상태는 좀 어떻소?"

"나도 잘 모르겠어요."

아내의 말을 들은 모렐이 손수건으로 눈 주위를 훔쳐 냈다. 그리고 자리에 앉아 남남처럼 모렐 부인을 덤덤하게 바라보았다. 그녀는 셰필드에서 약 두 달 동안 머물렀다. 그런데도 상태는 더 나아지지 않았다.

모렐 부인은 자꾸만 집으로 가고 싶어 했다. 그래서 폴은 노팅엄에서 자동차를 한 대 빌렸다. 모렐 부인의 상태가 너무 안 좋아서 기차를 타고 움직일 수 없었기 때문이다.

모렐은 아내가 온다는 소식을 듣고 현관문을 활짝 열어 놓았다. 이웃들이 그녀를 맞으러 나왔다. 차에 탄 모렐 부인은 시종일관 미소를 지어 보였다. 이웃들은 그녀의 미소를 보고 비로소 안도의 한숨을 쉬었다.

모렐은 아내를 번쩍 안아서 침대로 옮기고 싶었다. 하지만 그러기에는 나이가 너무 많이 들어 버렸다. 막내 아서가 어머니를 갓난아이 안듯이 번쩍 들었다.

"어쨌든 집에 오니 살 것 같구나."

아내의 말에 모렐이 떨리는 소리로 덧붙였다.

"당신도 그래? 나도 당신이 오니 너무 좋구려."

창밖 정원에 노란 해바라기가 하늘을 바라보며 서 있었다. 모렐 부인은 너무나도 익숙한 창밖 풍경을 한참 동안 바라보고 있었다.

모렐 부인의 마지막 모습

모렐 부인이 갑자기 입원을 하는 바람에 폴이 셰필드에 머무르고 있을 때였다. 어머니 문제로 주치의인 앤젤 박사와 상담을 하던 중에 느닷없이 다른 환자 이야기가 나왔다.

"참, 우리 병원 격리 병동에 노팅엄에서 온 사람이 입원해 있어요."

"그래요?"

"이름이 도스 뭐라고 했던 거 같은데, 그 환자는 가족이 한 사람도 없는 것 같더라고요."

"혹시 백스터 도스 아닌가요?"

화들짝 놀란 폴이 물었다.

"그래요! 백스터 도스가 맞습니다. 예전에는 여기저기 힘자랑을 하고 다녔던 모양이던데, 사람이 아주 못쓰게 되어 버렸어요."

"……!"

"그런데 그 사람을 아세요?"

"한때 직장에서 같이 일한 적이 있었지요."

"아, 그러셨군요."

"네."

"그렇다면 혹시 그 사람에 대해 아는 것이 있나요? 뭘 물어봐도 무조건 화부터 내니까, 도통 도와줄 수가 있어야 말이지요."

"개인적인 사생활은 아는 것이 없어요. 다만 제가 아는 것은 아내하고 별거 중이고, 정신적으로 약간 불안정한 상태라는 것 정도죠."

"그렇군요."

"그 사람에게 내 얘기를 해 주시겠어요? 괜찮다면 만나러 가겠다고요."

며칠 후, 폴은 다시 앤젤 박사를 만났다.

"백스터 도스가 뭐라고 하던가요?"

"하마터면 죽는 줄 알았네요."

"예? 왜요?"

"혹시 노팅엄에서 온 폴 모렐이라는 사람을 아느냐고 물어보았더니 갑자기 달려들어 내 목을 조르기라도 할 것처럼 노려보더군요."

"성질이 좀 괴팍하지요?"

"당신이 그를 만나러 오고 싶어 한다고 전했더니, 다짜고짜 당신이 뭘 원하는 것 같더냐고 캐묻더군요."

"그래서 저를 만나겠다고 하던가요?"

폴이 물었다.

"아무 말도 안 했어요."

"……!"

"괜찮은 건지, 아니면 싫은지. 도무지 원……."

폴은 처음부터 그와 사이가 좋지는 않았다. 하지만 그에 대해 이해할 수 없는 호의를 갖고 있었다. 게다가 그와 한밤의 난투극을 벌인 다음부터 일종의 유대감 같은 것이 생겼다.

폴은 도스에게 죄의식 비슷한 감정과 함께 약간의 책임감도 갖고 있었다. 게다가 어머니 때문에 자신도 고통을 받고 있어서 그런지 병을 앓고 있다는 도스에게 친밀감마저 들었다.

폴은 의사의 소개장을 들고 그가 입원해 있다는 격리 병동으로 찾아갔다.

"앤젤 박사에게서 여기 있다는 말을 들었어요."

폴이 손을 내밀어 악수를 청하자, 도스는 폴의 얼굴 쳐다보지도 않고 건성으로 손을 잡고 흔들었다.

"여기까지 왔는데 그냥 갈 수는 없잖아요."

도스는 등을 돌리고 누운 채 반대편 벽만 응시할 뿐, 아무런 말도 하지 않았다. 그는 한눈에 보기에도 무척 지쳐 보였다. 앤젤 박사의 말처럼 그는 병을 이겨 내고자 하는 의지가 전혀 없는 듯싶었다.

"많이 힘드세요?"

폴이 나지막한 목소리로 물었다. 그러자 도스가 갑자기 고개를 돌리더니 시비조로 쏘아붙였다.

"출근은 하지 않고 여긴 왜 온 거요?"

"어머니가 불편하셔서 이 병원에 입원해 계세요."

"……!"

"그러는 당신은 여기서 뭘 하고 있나요?"

도스는 다시 입을 다물어 버렸다.

"여기엔 얼마나 오래 있었어요?"

폴이 기어코 말을 시키겠다는 듯 물었다.

"확실한 것은 나도 모르오."

도스가 마지못해 대답했다. 그는 마치 옆에 아무도 없는 것처럼 벽만 뚫어지게 바라보고 있었다.

"의사 말로는 가족이 하나도 없다고 하더군요."

"가족뿐만이 아니라 아는 사람도 없소."

"우리는 가능한 한 빨리 어머니를 집으로 모시고 갈 거예요."

"당신 어머니는 어디가 아픈 거요?"

"암이래요. 하지만 집으로 모시고 가려고요."

"일자리를 찾아보려고 이곳에 와서 이틀 정도 얼쩡거리다가 빌어먹을 놈의 장티푸스에 걸려 버리고 말았소."

도스는 그 말을 끝으로 다시 입을 다물어 버렸다. 잠시 후 폴이 일어나며 말했다.

"저는 이제 가야 될 시간이네요. 돈이 필요할 거예요. 반 크라운짜리 동전을 여기 두고 갈게요."

"돈 같은 건 필요 없소!"

폴은 동전을 탁자 위에 두고 병원을 빠져나왔다.

며칠 뒤, 클라라를 만난 폴은 도스에 대해 물어보았다.

"클라라, 도스가 장티푸스에 걸려 셰필드 병원에 입원해 있다는 걸 혹시 알고 있었나요?"

클라라는 크게 놀라는 눈치였다. 아마도 모르고 있던 모양이었다. 그녀는 얼굴이 하얗게 질려 말했다.

"처음 들은 얘기예요."

"다행히 나아지고 있는 모양이에요. 어제 그를 만났는데, 나오는 길에 의사가 그러더라고요. 그러니 너무 걱정하지 말아요."

클라라의 얼굴은 여전히 창백했다.

"심각한 상태이던가요?"

"처음에는 그랬는데, 좋아지고 있대요."

"그 사람이 뭐라고 하던가요?"

"도통 말을 하지 않아요. 하여튼 잔뜩 골을 내고 있는 것 같더군요."

그다음에 같이 산책하게 되었을 때 클라라는 폴의 팔짱을 끼지 않았다. 그리고 조금 떨어져서 걸었다. 폴은 마음이 아팠다. 정작 위로받고 싶은 사람은 자신이라고 생각했기 때문이다.

폴이 조심스럽게 물었다.

"당신을 혼란스럽게 만드는 게 도스인가요?"

클라라가 대답했다.

"내가 그 사람한테 고약하게 굴었어요."

폴이 말했다.

"그건 당신이 여러 번 말했잖아요."

클라라가 자조하듯 대꾸했다.

"나는 그 사람을 함부로 대했고, 이제는 당신이 나를 아무렇게나 대하고 있어요. 그래서 나는 그런 대접을 받아 마땅하다는

생각을 했어요."

화들짝 놀란 폴이 물었다.

"내가 당신을 아무렇게나 대한다고 생각해요?"

"그래요. 나는 그 사람이 나를 소유할 만한 가치가 없는 사람이라고 판단했었지요. 그런데 지금은 당신이 나를 그렇게 생각하고 있어요."

"......!"

"어쨌든 나는 그런 대접을 받아 마땅해요. 왜냐하면 그 사람은 당신이 나를 사랑한 것보다 천 배는 더 사랑했으니까요."

"그렇지 않아요, 클라라!"

"진심이에요. 그 사람은 나를 존중해 주었어요. 하지만 당신은 전혀 그렇지 않아요."

폴은 더 이상 말을 하기 싫었다. 그저 혼자 있고 싶었다. 그에게는 참기 힘들 만큼 버거운 고통이 있었다. 클라라는 그를 괴롭히고 지치게 만들 뿐이었다. 그녀와 헤어지고 나서도 전혀 아쉽거나 서운하지 않았다.

클라라는 일부러 시간을 내 셰필드로 갔다. 하지만 도스가 만나 주지 않았다. 그녀는 도스를 몇 차례 더 방문했고, 그때마다 과일과 돈을 두고 왔다. 그녀는 도스에게 무릎이라도 꿇고 싶은 심정이었다.

폴 역시 그 뒤로 한두 번 더 도스를 만나러 갔다. 그러자 사랑의 라이벌이었던 두 사람 사이에 일종의 우정 같은 감정이 생겨났다. 그러나 그들은 두 사람 사이에 있는 클라라에 대해서는 한마디도 하지 않았다.

날이 갈수록 모렐 부인의 건강은 악화되고 있었다. 식구들은 가끔씩 그녀에게 정원을 구경시켜 주었다. 그럴 때마다 그녀는 시들어 가는 해바라기와 새로 피기 시작하는 국화꽃을 물끄러미 바라보곤 했다.

폴과 모렐 부인은 서로 두려워했다. 그녀가 서서히 죽어 가고 있다는 사실을 두 사람 다 알고 있었다. 그러나 그들은 아무 일도 없는 사람들처럼 행동했다. 아침마다 폴은 파자마 차림으로 내려와 안부를 물었다.

누워 있는 모렐 부인의 모습은 마치 소녀 같았다. 그녀의 푸른 눈은 내내 폴을 바라보고 있었다. 그러나 눈 아래쪽으로 검은 반원이 짙게 드리워져 있었고, 그것이 폴의 마음을 다시금 아프게 했다.

하루 종일 폴은 어머니만을 생각했다. 그것은 긴 고통이었다. 그는 퇴근하자마자 가장 먼저 부엌 창문을 들여다보았다. 그녀는 부엌에 없었다. 침대에서 일어나지 못한 것이었다.

폴은 곧장 위층으로 뛰어 올라가서 어머니에게 키스부터 했다.

"어머니, 오늘 일어나지 않으셨어요?"

"어찌 된 셈인지 몸을 움직일 수 없구나. 이게 다 모르핀 때문이야. 너무 피곤해."

"모르핀을 너무 많이 주는 것 같아요?"

"내 생각에는 그렇구나."

폴은 비참한 기분이 되어 침대 옆에 걸터앉았다. 모렐 부인은 어린아이처럼 몸을 웅크린 채 옆구리 쪽으로 눕는 습관이 있었다. 회갈색의 머리카락이 그녀의 귓전에 늘어져 있었다.

"머리카락 때문에 간지럽지 않아요?"

폴이 머리카락을 귀 뒤로 넘기면서 물었다.

"네가 만지니까 간지러워."

모렐 부인이 대답했다.

폴은 어머니의 얼굴 가까이에 자신의 얼굴을 댔다. 어머니는 소녀 같은 눈으로 아들의 눈을 들여다보며 미소를 지었다. 어머니의 모습은 공포와 걱정과 사랑으로 뒤범벅되어 그를 숨 막히게 했다.

"머리를 땋아 드릴까요?"

"네가 할 수 있겠니?"

"그럼요. 가만히 누워 계세요."

폴은 어머니 등 뒤로 가서 조심스럽게 머리를 풀고 빗질을 했다. 갈색과 회색이 어우러진 어머니의 머리카락은 섬세한 실크 같았다. 가볍게 머리카락을 빗질하고 땋으면서 폴은 입술을 깨물었다. 이 모든 것이 현실이 아닌 것만 같았다.

모렐 부인은 종종 지나치게 명랑하게 굴면서 수다를 떨기도 했다. 죽음이 다가온다는 사실이 두려웠기 때문이다. 견딜 수 없이 두려웠기 때문에 그녀는 유쾌한 척할 수밖에 없었다.

그즈음 폴의 내면은 조금씩 무너져 내리고 있었다. 하루에도 몇 번씩 눈물이 쏟아졌고, 때로는 구역질과 함께 손발이 떨렸다. 하지만 그 원인에 대해선 전혀 생각하지 않았다. 그의 내면은 무엇인가를 분석하거나 이해하는 능력을 상실한 지 오래였다. 그는 단지 모든 상황을 무조건적으로 견뎌 낼 뿐이었다.

견디는 것은 모렐 부인 역시 마찬가지였다. 그녀는 통증과 모르핀과 내일에 대해서 생각했지만, 죽음에 대해서는 생각하지 않으려고 애썼다.

죽음이 저만치서 오고 있다는 사실을 그녀 역시 알고 있었다. 그러나 결코 죽음 앞에서 비굴해지거나 화해하려고 하지 않았다. 눈을 감고 입술을 굳게 다문 채로 죽음의 문을 향해 다가가고 있을 뿐이었다.

그렇게 몇 달이 지났다. 그동안 도스는 노팅엄 근방의 요양소로 자리를 옮겼다. 폴은 가끔 그곳을 방문했고, 클라라도 자주 도스를 찾았다. 도스는 아주 천천히 회복되었고, 조금씩 폴에게 의지하기 시작했다.

11월 초순의 어느 날, 클라라가 폴에게 생일이라고 말했다.

"미안해요. 잊고 있었어요."

폴이 사과했다.

"예상하고 있었기 때문에 괜찮아요."

클라라가 대수롭지 않다는 듯 말했다.

"그래도 아주 잊지는 않았어요. 주말이 되면 바닷가에 갈까요?"

폴의 제안에 클라라는 흔쾌히 동의했다.

주말이 되어 두 사람은 바닷가로 떠났다. 늦가을의 바다는 춥고 음울했다. 클라라는 폴이 따뜻하고 부드럽게 대해 주기를 기다렸다. 그러나 정작 폴은 클라라를 거의 의식하지 않는 듯이 보였다.

폴은 기차에서도 멍하게 앉아 밖을 내다보고 있었고, 그녀가 말을 걸 때마다 깜짝깜짝 놀랐다. 꼭 넋을 잃은 사람 같았다.

"무슨 생각을 그렇게 해요?"

클라라가 물었다.

"아, 아무것도 아니에요!"

폴은 클라라의 손을 잡고 있었다. 그는 아무 말도, 아무런 생각도 할 수 없었다. 그러나 부드러운 그녀의 손은 잠시나마 그에게 위안을 주었다. 그와는 달리 클라라는 비참했다. 그의 영혼이 자신과 함께 있지 않았기 때문이다.

수평선 너머로 저녁이 내려앉고 있었다.

"우리 어머니는 굴복하지 않을 거예요."

폴의 나직한 말에 클라라의 마음이 덜컹 내려앉았다.

"힘을 내셔야지요."

클라라가 형식적인 대꾸를 했다.

"어머니는 죽으려고 하지 않아요. 죽을 수가 없지요. 내가 알고 있는 우리 어머니는 지금도 살기를 원해요."

"정말이지 끔찍한 일이군요!"

"어머니는 나를 바라보고 있고, 영원히 나와 함께 살기를 희망하고 있어요. 그런 어머니의 의지가 워낙 강해서 결코 죽지 않을 것처럼 보여요."

폴이 갑자기 말을 멈추었다. 클라라는 고개를 숙이고 있는 폴의 얼굴을 가만히 들여다보았다. 다행히 울고 있지는 않았다.

클라라는 그 자리에서 달아나고 싶었다. 그녀는 주위를 둘러보았다. 검은 모래 언덕이 이상한 소리를 내며 울고 있었고, 어둑한 하늘은 그녀 자신을 포함한 모든 것을 짓누르고 있었다.

클라라는 겁에 질려 벌떡 일어섰다. 그녀는 환한 곳으로 가고 싶었다. 사람들이 많은 곳으로 가고 싶었다. 그런 그녀의 마음을 아는지 모르는지, 폴은 머리를 깊이 떨어뜨린 채 미동도 하지 않았다.

"클라라, 나는 어머니가 식사를 하지 않았으면 좋겠어요. 엄마도 그걸 알고 계시지요. 하지만 나는 음식을 만들어 갖다 드려요. 나는 엄마가 차라리, 차라리……. 더 이상 고통을 받지 않고 죽었으면 좋겠어요."

"가요, 난 갈 거예요!"

클라라가 가시처럼 날카롭게 말했다. 폴은 그녀를 따라 어두운 모래 언덕을 걸었다. 하지만 그녀에게 가까이 다가서지는 않았다. 그는 그녀의 존재를 거의 의식하지 않는 듯이 보였다. 그녀는 그런 그가 두렵고 싫었다.

12월이 되었다.

폴은 대부분의 시간을 집 안에서 보냈다. 그들은 간병인을 고용할 만한 여유가 없었기 때문에 애니가 와서 어머니를 돌봐 주었다. 폴은 애니와 함께 어머니의 병간호를 나눠서 맡았다.

저녁이 되어 친구들이 놀러 오면 폴은 아무렇지도 않은 이야기에 큰 소리로 웃곤 했다. 그것은 일종의 저항이었다. 모렐 부인은 어둠 속에 혼자 누워서 아들의 웃음소리를 들었고, 비통한

가운데서도 안도감을 느꼈다.

폴은 어머니가 자신의 웃음소리를 들었는지 확인하기 위해 죄의식을 느끼며 위층으로 올라가곤 했다.

"우유 좀 드릴까요?"

"조금만, 아주 조금만 줄래?"

폴의 물음에 모렐 부인은 애처롭게 대답했다. 폴은 영양분을 공급하지 않기 위해 우유에 물을 섞곤 했다. 하지만 그는 자신의 생명보다도 어머니를 더 사랑했다.

모렐 부인의 심장 박동은 점점 더 거칠어져 갔다. 모르핀 때문이었다. 모르핀의 영향으로 그녀의 얼굴은 더욱 잿빛으로 변했다. 아침마다 엄습하는 피로와 통증은 견딜 수 없을 정도였다. 하지만 그녀는 울거나 불평조차 할 수 없을 만큼 기운이 없었다.

"고통을 끝낼 수 있도록 어머니에게 뭔가를 주실 수 없어요?"

폴이 의사에게 물었다.

"어머니는 이제 오래 버틸 수 없어요."

의사는 고개를 저으며 담담하게 말했다.

"난 더 이상 참을 수 없어. 우리 모두 미쳐 버릴 거야."

애니가 절규하듯 외쳤다.

모렐 부인은 고요했지만 아직 살아 있었다. 바짝 마른 입술은 완강하게 다물고 있었고, 퀭한 눈에서 나오는 빛만이 그녀가 살아 있음을 알려 주었다.

크리스마스가 가까워지면서 눈이 더 많이 내렸다. 애니와 폴은 더 이상 견뎌 낼 수 없다고 느꼈다. 하지만 아직도 그녀의 검은 눈은 살아 있었다.

어느 날 밤, 애니가 말했다.

"크리스마스가 지나도 어머니는 여전히 살아 있을 거야."

"그렇지 않아. 내가 어머니에게 모르핀을 줄 거니까."

폴이 음울한 목소리로 대답했다.

"얼마나 줄 건데?"

"셰필드에서 보내온 것 전부!"

다음 날 저녁, 폴은 남아 있는 모르핀을 모두 가지고 아래층으로 내려왔다. 그러고는 그것을 조심스럽게 갈아서 가루로 만들었다.

"뭘 하고 있니?"

애니가 물었다.

"밤에 마실 우유에 이것을 넣을 거야."

그날 밤, 간호사는 모렐 부인의 잠자리를 살피러 오지 않았다. 폴은 컵에 뜨거운 우유를 담아 가지고 올라갔다. 9시였다. 폴은 어머니를 침대에서 일으켜 앉히고 입술 앞으로 컵을 가져

갔다.

모렐 부인은 우유를 한 모금 마시더니 의아한 눈빛으로 아들을 바라보며 말했다.

"정말 쓰구나!"

"의사가 준 새 수면제예요."

폴이 말했다.

"이 약이 고통을 줄여 줄 거래요."

"나도 그러기를 바란다."

그녀는 아이처럼 말하고선 우유를 조금 더 마셨다.

"그렇지만 정말 끔찍한 맛이야!"

그는 컵을 잡은 어머니의 약한 손가락과 마른 입술이 움찔하는 것을 보았다. 그는 우유를 더 가져오기 위해 아래층으로 내려갔다. 컵 바닥에는 가루가 전혀 남아 있지 않았다.

"어머니가 드셨어?"

애니가 속삭이듯이 물었다.

"응, 아주 쓰다고 하셨어."

두 사람은 같이 위층으로 올라갔다.

"왜 간호사가 잠자리를 봐 주러 오지 않지?"

모렐 부인이 투덜거렸다.

"음악회에 갈 거라고 했어요."

애니가 대답했다.

"그랬어?"

모렐 부인은 아직 남은 우유를 남김없이 마셨다.

"애니, 그 수면제는 정말 끔찍한 맛이더라."

모렐 부인이 투정하듯이 말했다.

"그래요? 이제 곧 잠들 수 있을 거예요."

모렐 부인은 깊은 숨을 들이마셨다가 내쉬었다. 그녀의 맥박은 아주 불규칙적으로 뛰고 있었다.

"우리가 잠자리를 봐드릴게요. 간호사가 많이 늦을 거예요."

폴과 애니는 침구를 걷었다. 폴은 어린 소녀처럼 면 잠옷을 입은 채 웅크리고 있는 어머니를 물끄러미 바라보았다. 그들은 재빨리 침대의 반쪽을 정리하고 그녀를 옮긴 다음 다른 쪽을 정리했다.

폴이 어머니의 어깨를 부드럽게 어루만지며 말했다.

"이제 편히 주무실 수 있을 거예요."

"그래, 너희가 이렇게 침대 정리를 잘할 거라고는 한 번도 생각하지 못했구나."

모렐 부인이 천진하게 웃으며 말했다. 그러고는 머리를 어깨 사이에 파묻고 몸을 웅크렸다. 폴은 길고 가느다란 회색 머리 다발을 그녀의 어깨 뒤로 넘기며 키스를 했다.

애니와 폴은 11시가 되자 다시 어머니를 보기 위해 위층으로 올라갔다. 모렐 부인은 약을 먹은 뒤 평소와 마찬가지로 잠을 자고 있는 듯이 보였다. 그런데 입이 약간 벌어져 있었다.

"오늘도 내가 어머니와 함께 잘게."

애니가 말했다.

"그래, 누나. 무슨 일이 있으면 불러."

"알았어."

자다 깨기를 반복하던 폴은 어느 순간 깊은 잠에 빠져들었다. 그리고 얼마나 지났을까, 애니가 부르는 소리에 깜짝 놀라 깨어났다. 애니는 흰 잠옷을 입고 길게 땋은 머리를 등 너머로 늘어뜨린 채 어둠 속에 서 있었다.

"폴, 이리 와서 어머니 좀 봐!"

그는 침대에서 미끄러지듯이 빠져나왔다. 모렐 부인은 잠이 들었을 때처럼 몸을 잔뜩 웅크리고 있었다. 그러나 입은 활짝 벌어져 있었다. 마치 코를 골듯이 크고 거친 소리를 내면서 숨을 쉬었다. 호흡과 호흡 사이에 아주 긴 간격이 있었다.

"어머니가 돌아가시려나 보다!"

폴이 나지막이 중얼거렸다.

새벽 3시였다. 폴은 난롯불을 지핀 다음, 애니와 나란히 앉아서 어머니를 바라보았다. 모렐 부인은 큰 소리로 숨을 들이마시고 한참 멈추었다가 다시 내쉬기를 반복했다. 폴은 어머니 위로 몸을 낮게 굽히고는 얼굴을 자세히 들여다보았다.

"어머니가 이 상태로 계속 있을지도 몰라!"

폴과 애니는 아무 말도 하지 않았다.

"가서 자. 내가 어머니 옆에 있을게."

폴은 그렇게 말하고는 갈색 담요로 몸을 감싸고 어머니 앞에 쭈그리고 앉았다. 그렇게 몇 분이 흘렀다. 어머니의 숨소리가 어두운 밤을 가르고 있었다.

잠시 후 아버지가 들어왔다.

"쉿!"

폴이 검지를 입에 갖다 댔다. 모렐은 우두커니 서서 아내를 내려다보았다. 그러고는 무력한 눈빛으로 아들을 바라보았다.

"오늘은 일을 나가지 않는 게 좋지 않을까?"

"아니에요. 어머니는 아마 내일까지 계속 이런 상태일 거예요."

모렐은 아내를 다시 한 번 바라보고는 힘없이 방에서 나갔다. 모렐 부인의 끔찍한 호흡은 계속되었다. 그때 애니가 문을 열고 들어왔다. 애니는 아무 말 없이 폴을 빤히 바라보았다.

"여전히 마찬가지야."

폴이 조용히 말했다.

그리고 이튿날 오전 11시쯤 되었을 때 어머니의 침실을 지키고 있던 애니가 미친 듯이 소리를 질렀다.

"폴! 어머니가 돌아가셨어!"

잠시 쉬고 있던 폴이 벌떡 일어나 달려가 보았다. 어머니는 몸을 잔뜩 웅크린 채 누워 있었다. 간호사가 그녀의 입술을 정성스레 닦아 주고 있었다. 폴은 무릎을 꿇고 자신의 얼굴을 어머니의 얼굴에 대고는 팔로 몸을 감싸 안았다.

"어머니! 사랑하는 어머니!"

폴은 끊임없이 속삭였다.

뒤에서 간호사가 눈물을 훔치며 말했다.

"이제 편안해지셨을 거예요. 훨씬 좋으실 거예요."

아버지는 오후 4시가 되어서야 집으로 돌아왔다. 그는 무거운 몸을 질질 끌며 식탁 앞에 앉았다.

"블라인드가 내려진 것을 보셨어요?"

폴의 물음에 모렐이 고개를 번쩍 들었다.

"아니, 그럼…… 네 어머니가 돌아가셨니?"

"네, 가셨어요."

"언제?"

"정오 무렵이었어요."

모렐은 잠시 꼼짝도 하지 않고 있다가 천천히 저녁을 먹기 시작했다. 마치 아무 일도 일어나지 않은 것 같았다. 저녁을 다 먹은 다음 그는 몸을 씻고 위층으로 올라갔다.

모렐 부인의 방문은 닫혀 있었다. 아주 오랫동안 따뜻했던 방 안은 금세 냉기로 가득 찼다. 폴은 촛불을 손에 들고 어머니 쪽으로 몸을 굽혔다. 그녀는 마치 꿈속에서 연인을 만나고 있는 것처럼 편안한 표정으로 누워 있었다.

자신이 겪는 고통이 의아하다는 듯이 입을 약간 벌리고 있었지만, 얼굴은 여느 때보다 맑고 깨끗했다. 폴은 몸을 굽혀 어머니에게 입을 맞췄다. 그의 입술이 그녀의 입술에 닿자 차가운 냉기가 느껴졌다.

섬뜩한 기분에 폴은 입술을 깨물었다. 어머니를 이렇게 보낼 수는 없었다. 폴은 관자놀이의 머리카락을 어루만졌다. 그 역시 차가웠다. 그는 바닥에 주저앉아서 그녀의 귀에 대고 속삭였다.

"어머니! 어머니!"

장의사가 도착했다. 그들은 모렐 부인을 조심스럽게, 그러나 지극히 사무적으로 다루었다. 폴과 애니는 어머니의 시신을 장의사를 제외한 어느 누구에게도 보여 주지 않았다. 그것 때문에 이웃 사람들의 감정을 상하게 만들었다.

폴은 밖으로 나가 친구들과 카드놀이를 했다. 그가 집에 돌아왔을 때는 자정이 넘어 있었다. 집 안으로 들어서자 모렐이 침상에서 일어나 잔뜩 굳은 얼굴로 말했다.

"나는 네가 오지 않을 줄 알았다."

"아버지가 일어나 계시리라고는 생각하지 못했어요."

모렐은 그 어느 때보다 외로워 보였다. 폴은 아버지가 죽은 사람과 단둘이 있는 것에 겁을 먹고 있다는 사실을 알아차렸다. 그는 아버지에게 미안한 감정을 느꼈다.

"죄송해요. 아버지가 혼자 계시다는 것을 깜빡했어요."

"우유 마실래? 너 주려고 우유를 데워 놓았다."

폴은 아버지가 가져다준 우유를 마셨다.

모렐은 곧 잠자리에 들었다. 그는 굳게 닫힌 아내의 방을 서둘러 지나간 다음 자신의 방문을 조금 열어 두었다. 곧 폴이 위층으로 올라왔다. 그는 평소와 마찬가지로 어머니에게 밤 인사를 하려고 들어갔다.

방 안은 춥고 어두웠다. 그는 그녀의 방에 불을 계속 지펴 두었으면 좋았을 거라고 생각했다. 여전히 그녀는 행복했던 시절의 꿈을 꾸고 있는 듯했다.

"어머니!"

폴이 속삭였다. 그러나 그는 어머니가 차갑고 낯설게 느껴질까 봐 입을 맞추지는 않았다. 그는 문을 조용히 닫고 방으로 들어가 잠자리에 들었다.

무섭게 쏟아지는 장대비 속에서 장례식을 치렀다. 비에 젖은 땅은 질척거렸고, 흰 꽃들은 흠뻑 젖은 채 고개를 떨어뜨리고 있었다. 애니는 폴의 팔을 움켜쥔 채 눈물을 흘렸다.

참나무로 만든 관이 서서히 땅속으로 가라앉았다. 그녀는 그렇게 사람들의 눈앞에서 사라지고 있었다. 무덤 속으로 빗줄기가 쏟아졌다. 장례식이 끝나고 사람들이 떠나자 차가운 빗줄기 아래 묘지만이 덩그러니 남게 되었다.

집으로 돌아온 폴은 손님들을 대접하느라 분주히 움직였다. 모렐은 친척들에게 아내가 얼마나 좋은 여자였는지, 그리고 자신이 아내를 위해서 얼마나 노력했는지를 끊임없이 말했다. 그러면서 흰 손수건으로 눈물을 훔쳤다.

그리고 몇 주가 흘러갔다. 폴은 쉴 새 없이 돌아다녔다. 어머니가 병석에 누워 있는 동안 폴은 클라라와 사랑을 나누지 않았다. 클라라 역시 그에게 조금 거리를 두었다.

클라라는 그 대신 도스를 자주 만났다. 하지만 둘 사이의 엄청난 거리는 조금도 메워지지 않았다. 세 사람은 그렇게 실체 없이 서로의 사이를 둥둥 떠다니고 있었다. 도스는 아주 천천히 회복되고 있었다.

폴과 도스 사이에는 클라라라는 해결되지 않은 문제가 있었다. 하지만 적어도 두 사람의 관계에 있어서만큼은 충실해 보였

다. 도스는 완전히 폴에게 의존하게 되었다. 그는 폴과 클라라가 실제적으로 헤어졌다는 사실을 느끼고 있었다.

세상을 향한 발걸음

 클라라는 셰필드에 직장을 구한 도스와 함께 그곳으로 떠났다. 그 뒤로 폴은 클라라를 다시 볼 수 없었다.

 모렐은 여전히 자신의 무거운 삶 속에서 허우적거리고 있었다. 아버지와 아들 사이에는 나눌 수 있는 것이 하나도 없었다. 결국 폴은 노팅엄에 숙소를 구했고, 모렐은 베스트우드의 친구 집에서 살게 되었다.

 그렇게 해서 모든 것은 끝이 났다. 최소한 폴에게는 그랬다. 그림을 그릴 수도 없었다. 어머니가 죽던 날 완성한 그림이 마지막이었다. 일터에는 클라라도 없었다.

 폴에게는 아무것도 남아 있지 않았다. 그래서 폴은 시내를 돌아다니며 술을 마셨고, 어쩌다 아는 사람을 만나면 까닭 없이 생떼를 부리곤 했다. 그는 회사에 있을 때만 숨을 쉴 수 있었.

아무 생각 없이 기계적으로 일에 매달리다 보면 현실의 고통을 잠시나마 잊을 수 있었다. 그러나 모든 것은 끝이 있기 마련이었다. 그를 가장 자유롭게 하는 것은 밤의 짙은 어둠이었다. 어둠 속에 숨어 있으면 마음이 그렇게 편안할 수가 없었다.

시간은 어김없이 흐르고 있었다. 어느 날, 폴은 자정이 넘은 시간에 숙소로 돌아왔다. 난롯불은 타닥타닥 소리를 내며 타고 있었고, 다른 사람들은 모두 깊은 잠에 빠져 있었다.

폴은 난로에 석탄을 더 채워 넣은 다음, 안락의자에 몸을 맡겼다. 허기 따위는 잊은 지 이미 오래였다. 사위가 고요했다. 폴은 반쯤 취한 몽롱한 상태에서 스스로에게 물었다.

"너는 지금 뭘 하고 있는 거지?"

어디선가 어렴풋한 소리가 들려왔다.

"너 자신을 파괴하고 있잖아."

"그렇다면 잘못하고 있다는 건가?"

하지만 대답은 더 이상 들려오지 않았다.

폴은 정면을 응시한 채 꼼짝도 하지 않고 앉아 있었다. 가끔씩 쥐들이 종종걸음으로 달리는 소리가 들려왔다. 난롯불은 여전히 어둠 속에서 붉게 타고 있었다.

폴의 마음속 깊은 곳에서 대화가 시작되었다.

"돌아가신 네 어머니의 기나긴 투쟁은 무엇을 위한 것이었을까?"

"너는 살아 있지? 그런데 어머니는 죽었어."

"아니야, 살아 있어, 네 안에! 그러므로 너는 어머니를 위해서 계속 치열하게 살아야 해!"

그의 마음속에서 살아 움직이는 의지가 힘주어 말했다. 그러나 폴은 모든 것을 포기하고 싶었다.

"그림을 계속 그릴 수도 있잖아? 결혼을 해서 아이들을 낳을 수도 있고……. 그 모든 것이 네 어머니의 노력을 이어 갈 거야."

그의 의지가 강조하듯 말했다.

"그림을 그리는 것은 삶이 아니야."

"그렇다면 살아 봐!"

"누구랑 살아?"

음울한 질문은 그렇게 계속되었다.

"너하고 가장 잘 어울리는 상대하고 사는 거지."

"미리엄……."

하지만 폴은 확신할 수가 없었다. 폴은 곧장 침실로 들어간 뒤 문을 닫고 주먹을 꼭 쥔 다음 절규하듯 외쳤다.

"어머니……!"

그의 영혼이 온 힘을 다해 말하기 시작했다.

"더 이상 죽고 싶다고 말하지 않을 거야. 여기서 다 끝내 버리고 싶다는 것을 절대로 인정하지 않을 거야! 내 삶에 패배했다는 것을, 그리고 죽음에 패배했다는 것을 결코 인정하지 않을 거야!"

폴은 그렇게 중얼거리고는 깊은 잠에 빠져들었다.

그리고 몇 주가 흘렀다. 죽음과 삶의 경계에서 서성거리던 가난한 폴의 영혼은 점점 삶의 의지 쪽으로 기울기 시작했다. 때때로 그는 미친 사람처럼 길거리를 질주했으며, 실제로 미쳐 가고 있는 듯이 보였다.

어느 일요일 저녁이었다. 폴은 우연히 시내의 한 교회에 들렀다. 그런데 놀랍게도 그곳에 미리엄이 있었다. 그녀는 성가를 부르고 있었다. 노래하는 그녀의 아랫입술이 유난히 반짝였다.

그녀의 눈은 희망을 품고 있었다. 폴은 그 순간 그녀를 향한 애정이 불처럼 솟아올랐다. 그는 그녀에게 희망을 걸었다. 폴을 본 미리엄은 깜짝 놀랐다. 그녀의 큰 눈이 두려움으로 휘둥그레졌다.

"네가 온지 몰랐어!"

미리엄이 더듬거리며 말했다.

"나도 네가 여기에 있으리라고는 생각하지 못했어."

폴이 물었다.

"노팅엄에서 뭘 하고 있어?"

"사촌 앤의 집에 잠시 머물고 있어."

폴과 미리엄은 교회 마당에 서 있는 신자들을 헤치고 앞으로 나갔다. 교회 안에서는 아직도 오르간이 울리고 있었다.

"나하고 내 숙소로 가서 저녁 먹을래?"

"좋아."

"그러고 나서 바래다줄게."

"알았어."

두 사람은 차에 오른 뒤 거의 말을 하지 않았다. 차창 너머 다리 아래로 강물이 어둠을 보듬은 채 흐르고 있었다. 숙소에 도착한 폴은 창문에 커튼을 쳤다. 식탁 위의 꽃병에는 프리지어와 진홍색 아네모네가 꽂혀 있었다.

미리엄이 손가락 끝으로 꽃들을 어루만지며 말했다.

"정말 예쁘다."

"그렇지? 뭘 마실래, 커피?"

"응!"

"잠깐만 기다려."

폴이 부엌으로 들어갔다. 미리엄은 모자와 외투를 벗은 다음 주위를 돌아보았다. 별다른 장식이 없이 그저 단정하게 보이는 방이었다. 자신과 클라라, 그리고 애니의 사진이 벽에 걸려 있었다.

미리엄은 폴이 무엇을 그리고 있는지 보기 위해 화판을 들여다보았다. 의미 없는 선이 몇 개 그어져 있을 뿐, 아무것도 그려져 있지 않았다. 그녀가 스케치북을 넘겨 보고 있을 때 폴이 커피를 들고 돌아왔다.

"전혀 볼 게 없을 거야."

"……!"

두 사람은 저녁을 먹기 위해 식탁에 마주앉았다.

폴이 물었다.

"새로운 일을 하게 되었다는 말을 들은 것 같은데……."

"그렇게 되었어."

"어떤 일인데?"

"브로턴에 있는 농업 학교에 석 달 정도 있을 거야. 그곳에 선생으로 가게 될 것 같아."

"그래? 아주 잘됐네! 늘 독립하고 싶어 했잖아."

"그랬었지."

"그런데 왜 나한테 말하지 않았어?"

"지난주에야 확정이 되었거든."

"나는 그 이야기를 한 달 전에 들었는데?"

"그때는 모든 게 확실하지 않았어."

저녁을 먹은 뒤 두 사람은 난로 앞으로 가서 앉았다. 폴은 미리엄이 앉을 의자를 자기 쪽으로 돌려놓고 마주 보며 앉았다. 미리엄은 짙은 자줏빛 옷을 입고 있었는데 그녀와 잘 어울렸다.

"요즈음 어떻게 지내?"

이번에는 미리엄이 물었다.

"그저 그렇지, 뭐."

미리엄은 폴을 바라보면서 다음 말을 기다렸다. 하지만 그는 더 이상 입을 열지 않았다.

"클라라하고는 헤어진 거야?"

"응, 그렇게 되었어."

폴은 마치 버려진 물건처럼 의자 위에 축 늘어져 있었다.

"나는 우리가 지금 결혼해야 한다고 생각해."

미리엄이 단정하듯 말했다.

"결혼? 왜?"

깜짝 놀란 폴이 물었다.

"네가 지금 스스로를 얼마나 망가뜨리고 있는지 한번 봐. 지금 상태라면 넌 병에 걸릴 수도 있고, 심지어 죽을 수도 있어."

"결혼한다고 만사가 잘될 거라는 확신을 할 수가 없어."

"폴, 나는 오직 너만 생각해."

"나도 알아. 하지만 넌 날 너무 사랑해서 네 주머니에 넣고 싶어 해. 그렇게 되면 나는 숨이 막혀 죽고 말겠지."

"그렇다면 다른 뾰족한 수라도 있어?"

"모르겠어. 이대로 계속 살아가겠지."

미리엄은 비참한 감정에 사로잡혔다. 그녀는 고개를 떨어뜨린 채 아무 말도 하지 않았다. 그녀의 작은 어깨가 조금씩 떨려왔다. 폴은 그런 그녀가 안쓰러웠다. 그래서 자기 쪽으로 끌어당긴 뒤 가만히 손을 잡았다.

"나랑 결혼해서 나를 완전히 소유하고 싶어?"

폴이 나지막한 목소리로 물었다.

"넌 내가 널 소유하길 원해?"

그녀가 진지한 눈빛으로 되물었다.

"아니, 그렇지 않아."

미리엄은 얼굴을 옆으로 돌렸다. 그러고는 자리에서 일어나 그의 머리를 가슴에 품고 부드럽게 흔들었다. 그녀는 그의 머리카락을 손가락으로 끊임없이 쓸어내렸다.

폴은 또 다른 혐오와 비참함을 느꼈다. 그는 따뜻한 그녀의 가슴, 요람처럼 자신을 흔들어 주는 그녀의 가슴을 참을 수 없었다. 그는 그녀에게 진정으로 쉴 수 있기를 간절히 바랐다.

하지만 지금 미리엄의 행동은 시늉에 불과했다. 폴은 그렇게 느꼈다. 그것은 고문일 뿐이었다. 폴이 미리엄에게서 몸을 빼냈다.

"결혼하지 않으면 우리는 아무것도 할 수 없을까?"

폴이 진지한 표정으로 물었다.

"할 수 없어. 나는 그렇게 생각해."

미리엄은 낮고도 단호한 목소리로 대답했다. 그렇다면 그들 사이는 이것으로 끝이었다. 그녀는 그를 사랑했지만, 그의 무게를 온전히 지탱하면서 그가 지닌 의무까지 덜어 줄 수는 없었다.

그녀는 오직 즐거운 마음으로 자신을 그에게 희생할 수 있을 뿐이었다. 하지만 폴은 그런 희생을 원하지 않았다. 그는 그녀가 자신을 붙잡고 당당하게 외쳐 주기를 소망했다.

'제발 이 지루한 싸움은 여기서 끝내! 넌 내 거야. 내 남편이라고! 그러니까 이제 감정싸움은 그만하자고!'

폴은 미리엄이 그렇게 말해 주기를 빌었다. 하지만 그녀에게는 그럴 만한 힘이 없었다. 그녀가 원하는 것은 무엇이었을까. 폴은 생각했다. 남편이었을까, 아니면 순수하고 완전무결한 영혼이었을까.

"이제 가야겠어."

미리엄이 부드러운 목소리로 말했다.

"데려다 줄게."

폴이 자리에서 일어섰다. 미리엄은 차에 오른 뒤 비참한 기분으로 그의 어깨에 머리를 기댔다. 그러나 그는 어떤 반응도 보이지 않았다. 폴은 어디로 갈 것인가. 그리고 어디에 도달할 것인가. 미리엄은 그가 어떻게 될지 기다리며 지켜보리라고 다짐했다. 세상사를 충분히 겪고 나면, 결국 그는 자신에게 돌아올 것이라고 확신했다.

폴은 미리엄의 사촌 집 대문 앞에서 악수를 하고 돌아섰다. 그는 발걸음을 돌리면서 자신을 지탱하던 마지막 보루가 사라져 버렸음을 느꼈다. 차창 너머로 바라보는 도시는 아름다웠다. 폴은 무작정 차를 세우고 어디인지도 모르는 곳에서 내렸다.

"어머니……."

폴은 나지막한 목소리로 어머니를 불러 보았다. 어머니는 자신을 세상 모든 것으로부터 지켜 준 유일한 존재였다. 하지만 어머니는 차가운 땅속에 묻혀 있었다.

폴은 그제야 자신이 완전히 독립하게 되었다는 사실을 깨달았다. 그래서 더 이상 세상에 굴복하지 않으리라 다짐했다. 폴은 두 주먹을 불끈 쥐었다. 그리고 도시의 환한 불빛을 향해 발걸음을 옮겼다.

그의 발걸음 소리가 유난히 크게 울려 퍼졌다.

작품에 대하여

아들과 연인

작품 개요

◆ **작품 소개**

청년의 사랑과 좌절을 그린 자전적 소설

영국의 소설가 데이비드 허버트 로렌스가 1913년에 발표한 소설이다. 이 소설은 로렌스에게 작가로서의 명성을 가져다준 작품으로, 그의 대표작이자 성장기의 가정 환경이 고스란히 반영된 자서전적인 소설로도 유명하다.

소설 내용처럼 실제로 로렌스의 아버지는 광부였으며, 어머니는 교사이자 시인이었다. 그의 부모는 계급과 지적 수준의 차이로 불화가 끊이지 않았으며, 어머니는 그에 대한 보상 심리로 아들들에게 맹목적인 사랑을 쏟아부었다. 로렌스는 자신의 실제 경험을 바탕으로 가족의 분쟁과 남녀의 충돌, 성적 관능, 산업화, 가난 같은 문제를 하나하나 작품에 녹여내었다.

로렌스는 작품 속에 당시 영국 노동자 계급의 생활상을 생생하게 담았다. 또한 다양한 인간관계와 등장인물들의 미묘한 심리 변화를 성공적으로 형상화하였다. 아울러 자신과 유대가 깊은 노팅엄셔의 자연을 신화적으로 강렬하게 묘사하였다.

《아들과 연인》은 출간 당시 성적인 문제를 지나치게 솔직하게 묘사했다는 지적을 받았다. 그러나 오늘날에는 영문학사에 큰 획을 긋는 작품으로 높이 평가받고 있다.

◆ 줄거리

모렐 부인은 탄광 노동자의 아내였다. 중류 계급 출신으로 지적인 그녀는 남편과 조화를 이루지 못해 가정에는 늘 찬바람이 돌았다. 모렐 부인은 남편 대신 장남 윌리엄에게 사랑을 쏟았다. 그러나 윌리엄은 마음과 몸이 분열되어 심신을 소모하다가 일찍 죽고 말았다.

윌리엄이 죽자 둘째 아들 폴이 어머니의 사랑을 독차지했다. 폴은 어머니의 기분을 잘 알아주어, 자식이기도 하고 연인이기도 한 역할을 잘 해냈다. 어머니의 맹목적인 사랑 속에서 성장한 폴은 자기중심적인 인물이 되었다. 초등학교를 졸업한 폴은 취직을 해서 집안 살림을 돕게 되었다. 그 무렵 모성형의 소녀인 미리엄과 사귀지만, 모렐 부인이 질투심에 불타 둘 사이를 갈라놓으려 했기 때문에 첫사랑은 결실을 맺지 못했다. 폴은 미리엄과는 다른 매력을 지닌 유부녀 클라라와 사귀지만 그 역시 순탄치 않았다. 폴은 어머니에게서 느끼는 것과 같은 평온한 애정을 기대하지만, 미리엄과 클라라 모두 그 기대를 채워 주지는 못했다.

세월이 흘러 모렐 부인은 병을 얻어 고통을 겪다가 세상을 떠났다. 병간호에 몰두하던 폴은 정신적 지주를 잃어버린 허탈함에 혼란을 겪었다. 폴은 문득 자신이 그제야 완전히 독립하게 되었다는 사실을 깨닫고 세상을 향해 발걸음을 내딛게 되었다.

◆ 등장인물 소개

폴_ 이 소설의 주인공이다. 허약한 체질로, 예민하고 순수한 감성을 지녔다. 어머니의 애정 속에 살면서, 영적으로 단단히 묶인 미리엄과 그녀의 친구 클라라 사이에서 갈팡질팡한다. 모렐 부인의 죽음 이후 홀로서기에 나선다.

윌리엄_ 어려운 환경에서도 훌륭하게 자란 모렐 집안의 장남이다. 어렸을 때는 어머니의 사랑을 독차지하지만, 출세하여 도시로 떠난 뒤론 모렐 부인의 기대를 저버린다. 아름답지만 어리석은 애인의 뒤치다꺼리에 허덕이다가 젊은 나이에 세상을 뜬다.

모렐 부인_ 대화가 통하지 않는 광부 남편 대신 아들들에게 집착한다. 지나친 애정으로 아들들을 자기에게 예속적인 인간으로 만들지만, 장남 윌리엄의 비참한 죽음으로 상처를 입는다. 폴의 애인을 질투하여 연애를 방해하는 모습을 보인다. 끝내 병에 걸려 죽고 만다.

월터 모렐_ 무식한 술주정뱅이에다 폭력적인 성향을 가진 가장이다. 아내와 소통하지 못하고, 자식들에게도 외면을 받는다. 평생을 제멋대로 살다가 아내를 먼저 저세상으로 보낸다.

애니_ 윌리엄의 동생이자 폴의 누나이다. 묵묵히 집안일을 도우며 성장한 뒤 일찌감치 결혼하여 가정을 꾸린다. 폴과 함께 모렐 부인의 병간호를 하는데, 어머니의 끝없는 고통을 지켜보며 괴로워한다.

아서_ 아버지를 닮아 단순하고 다혈질적인 셋째 아들이다. 외모는 준수하나 성격이 제멋대로여서 모렐 부인의 사랑을 받지 못한다. 남의 꾐에 빠져 군대에 들어가는 등 이런저런 문제를 일으킨다.

미리엄_ 폴의 첫사랑 소녀이다. 농장을 하는 집안일을 도우며, 폴에게 프랑스 어 등을 배우며 가까워진다. 폴과는 헤어졌다 만났다를 반복하는데, 폴이 언젠가는 반드시 자신에게 돌아오리란 확신을 갖고 있다.

클라라_ 미리엄의 친구인 유부녀로, 폴과 열정적인 사랑을 나누지만 상대에 대해 완전히 만족하지는 못한다. 폴과 몇 차례 갈등을 겪고 난 뒤 예전 남편에게로 되돌아간다.

백스터 도스_ 클라라의 헤어진 남편으로 단순하고 무식한 인물이다. 폴을 증오하여 주먹을 휘두르지만, 자신의 투병 생활을 계기로 폴과 친구 사이가 된다.

작품 해설

◆ **들어가기**

 작가들이 작품을 쓰는 이유가 어디 한두 가지이랴만은 크게 보면 대략 세 이유가 있다. 어떤 작가들은 예술 혼에 불타 자아를 표현하기 위해서 작품을 쓰고, 또 어떤 작가들은 오노레 드 발자크나 표도르 도스토옙스키처럼 빚을 갚을 돈을 벌기 위하여 작품을 쓴다. 그런가 하면 가슴에 맺힌 한을 풀기 위하여 글을 쓰는 작가들도 있다. 세 번째 작가들에게 작품을 쓰는 것은 마치 목을 가로막고 있는 가래침을 뱉는 것처럼 심리적 부담에서 해방되기 위한 치유적 수단이다.

 영국의 소설가 데이비드 허버트 로렌스는 세 번째 부류의 작가에 속한다. 그는 작품을 씀으로써 비로소 심리적 부담감에서 벗어날 수 있었다. 어렸을 적부터 로렌스는 어머니로부터 단순히 모성 이상의 사랑을 받으며 자랐다. 어머니에게 그는 아들이면서 동시에 연인 같은 자식이었고, 로렌스에게 그녀는 어머니면서도 동시에 연인 같은 여성이었다. 이렇게 어머니의 절대적인 영향권에서 좀처럼 벗어나지 못한 로렌스는 제시 체임버스 같은 다른 여성들과 정상적인 관계를 맺기 어려웠다.

그래서 로렌스는 10년 동안 충실하게 정신적 동반자 역할을 해 준 제시와 결별한다. 1910년 어머니가 사망하자 로렌스는 정신적 충격을 받은 데다 폐렴까지 겹쳐 사경을 헤맨다. 시간이 지나면서 정신적 충격에서 점차 벗어난 그는 마침내 소설 한 편을 써서 어머니나 제시를 둘러싼 과거 경험에서 자유로워진다. 이렇게 로렌스를 정신적 부담에서 해방시켜 준 작품이 바로 《아들과 연인》(1913)이다. 그는 이 자전적인 소설을 집필함으로써 비로소 심리적 부담에서 벗어날 수 있었다. 로렌스는 "《아들과 연인》을 씀으로써 자신의 청년기 삶에 종지부를 찍었다."라고 밝힌 적이 있다.

◆ 작품의 배경과 내용

로렌스의 《아들과 연인》은 자전적 성격이 아주 강한 소설이다. 이 작품에 등장하는 인물들이나 사건은 상당 부분 작가가 실제로 겪은 경험에 뿌리를 두고 있다. 폴의 부모 모렐 부부는 로렌스의 실제 부모에서 빌려온다. 어머니 비어졸은 교사 출신의 인텔리 여성으로 실연의 아픔에 빠져 있던 중 한 파티에서 광부인 존 아서 로렌스를 만난다. 한창 의기소침해 있던 비어졸에게 쾌활하고 낙천적인 광부는 그녀를 구출해 줄 수 있는 한 줄기 빛이었다. 독실한 청교도인 비어졸은 이 광부한테서 술을 마시지 않는다는 맹세를 얻어 낸 뒤 그와 백년가약을 맺는다.

달콤한 신혼 기간이 끝나자 남편은 곧바로 약속을 어기고 폭음을 일삼았다. 두 사람 사이에서 3남 2녀가 태어났지만 사회적 신분의 차이와 성격의 차이를 극복하기란 생각보다 훨씬 어려웠다. 가령 비어졸은 아이들을 지적인 직업인으로 키우려 했지만 아버지는 아이들이 광부가 되는 것을 당연한 것으로 생각하였다. 로렌스의 어머니가 남편과의 불화에서 비롯하는 정서적 공허감을 아이들에 대한 사랑으로 보상 받으려고 한 것은 어찌 보면 당연하다.

폴의 부모뿐만 아니라 그 자녀들과 폴의 애인들도 하나같이 실제 경험에서 빌려온 것이다. 어머니를 사랑을 한몸에 받다가 파상풍에 걸려 객지에서 숨을 거둔 폴의 형은 머리가 명석한 어니스트가 모델이 되었다. 폴과 사귀는 미리엄은 농장주의 딸 제시 체임버스가 그 모델이다. 이밖에도 이 작품에서 자전적 요소는 하나하나 꼽을 수 없을 만큼 무척 많다.

로렌스는 《아들과 연인》에서 을씨년스러운 광산촌을 배경으로 사건을 펼친다. 무식하고 무기력한 노동자 아버지와 지적이고 자의식이 강한 어머니 아래에서 성장한 폴은 감수성이 예민하고 자의식이 강한 소년이다. 남편을 경멸하는 어머니는 모든 애착을 쏟았던 큰 아들을 사고로 잃자, 둘째아들 폴에게로 그 애착을 옮긴다. 그래서 폴은 어머니 사랑의 그늘에서 좀처럼 벗어나지 못한다. 폴은 미리엄과의 정신적인 사랑도, 도스 부인과의 육감적인 사랑도 받아들일 수 없게 된다.

◆ **외설 시비와 삭제**

데이비드 허버트 로렌스의 《아들과 연인》은 그의 또 다른 작품 《채털리 부인의 연인》처럼 한때 외설 시비로 상당 부분이 삭제되었다가 다시 태어난 소설이다. 특히 《아들과 연인》은 표현이 노골적이라는 이유로 상당 분량이 삭제된 채 출판된 뒤 1992년, 그러니까 출간된 지 80여 년이 지나서야 비로소 처음으로 작가가 썼던 그대로 빛을 보게 되었다.

영국의 덕워스 출판사의 편집자이자 로렌스의 친구였던 에드워드 가넷은 《아들과 연인》을 출간하기 전 이 작품을 원래 원고보다 10퍼센트 정도 삭제하였다. 가넷은 작품을 변경하면서 로렌스와 상의하여 결정하지 않은 채 수정한 원고를 직접 인쇄업자에게 보냈다. 또한 인쇄업자는 인쇄업자대로 작가나 편집자의 의도와는 관계없이 마음대로 구두점을 새로 찍거나 없애 버리기 일쑤였다.

가넷이 《아들과 연인》을 이렇게 이 작품을 삭제한 것은 무엇보다도 로렌스가 노골적이거나 외설적인 단어나 표현을 즐겨 사용했기 때문이다. 예를 들어 가넷은 엉덩이를 뜻하는 영어 'hips'를 신체라는 뜻의 'body'로, 허벅지를 뜻하는 'thighs'를 그냥 다리를 뜻하는 'limbs'로 바꾸어 버렸다. 외설스럽다고 판단되는 문단을 아예 삭제해 버린 곳도 적지 않다.

가넷이 이 작품을 삭제하고 축소하는 이유는 외설 문제 때문만은 아니었다. 이 무렵 출판 시장에서 500쪽 분량의 소설은 별로 인기가 없었다. 그래서 가넷은 원고를 400쪽의 분량으로 만들었다. 그러다 보니 로렌스가 처음 의도했던 폴의 심리적인 깊이와 그 상징성 등이 많이 훼손되었다. 로렌스가 이처럼 자신의 작품이 훼손되는데도 출판을 허락한 이유는 오직 한 가지, 즉 이 무렵 경제적으로 절박한 상태에 놓여 있었기 때문이다. 로렌스는 "어쨌든 내가 살아가기 위해서는 이 책이 팔려야 한다."라고 말하였다.

◆ **작품의 중심 주제**

로렌스는 《아들과 연인》에서 이성과 감성, 머리와 가슴의 조화와 균형을 강조한다. 폴이 사랑하는 두 여성 중에서 미리엄은 이성을 상징하고 클라라는 감성을 상징한다. 이중에서 어느 쪽에만 치우게 될 때 조화와 균형이 깨뜨려진다. 남녀의 사랑이 건강한 상태를 유지하려면 합리성이나 이성과 함께 정열이나 감정의 자양분이 필요하다. 영국 왕실의 문장(紋章)은 사랑의 균형과 조화를 상징적으로 잘 보여 준다. 사자와 유니콘이 왕관을 떠받들고 있는데, 만약 사자나 유니콘 사이에 힘의 균형이 깨뜨려진다면 왕관은 떨어지고 말 것이다. 사랑도 이와 마찬가지여서 이성과 감성, 차가운 머리와 뜨거운 가슴이 서로 조화와 균형을 이루고 있어야 한다.

한편 《아들과 연인》은 심리적 의미, 좀 더 구체적으로 말해서 정신 분석학자 지그문트 프로이트가 말하는 오이디푸스 콤플렉스를 보여 주기도 한다. 폴 모렐과 그의 어머니의 관계는 어느 모로 보나 오이디푸스 콤플렉스와 비슷하다. 로렌스는 이 소설의 여러 장면에서 전통적인 모자(母子) 관계의 울타리를 벗어나 근친상간적 감정이나 행동을 묘사한다. 심지어 폴은 아버지가 일찍 사망하기를 바랄 정도로 그를 끔찍이 싫어하며 때로는 환상 속에 그의 죽음을 상상해 보기도 한다.

그런가 하면 로렌스는 이 작품에서 자유의지와 결정론의 문제를 다루기도 한다. 인간은 어느 정도까지 자유의지를 행사하여 자신의 삶을 결정할 수 있을까? 바꾸어 말해서 어느 범위까지 인간의 행동은 자유의지와는 관계없이 생물학적인 요인이나 환경의 힘에 의하여 좌우되는가? 로렌스는 인간은 자유의지보다는 외부의 힘에 의하여 결정되는 것이 많다고 보았다.

유년이나 소년 시절 가족의 울타리 속에서 자랄 때는 몰라도 일단 어른이 되어서는 자신의 자유의지로 결정할 수 있는 것은 별로 없고 여러 외부의 힘에 의하여 지배를 받지 않을 수 없다는 것이다. 탄광촌에서 볼 수 있듯이 현대 산업사회는 폴뿐만 아니라 모렐 가족 전체에 적잖이 영향을 끼친다.

폴은 비단 사회경제적인 환경의 힘에 의하여 희생되지는 않는다. 상반된 기질의 부모로부터 그는 자의식이 강하고 섬세한 성격을 물려받았다. 그런가 하면 어머니와의 '기묘한' 관계에 의하여 심리적으로도 결정되었다. 그렇다면 폴의 삶은 생물학적 요인, 사회경제적 요인, 그리고 심리적 요인 등 모두 세 가지 힘에 의하여 희생당하는 셈이다.

◆ 작가 소개

 데이비드 허버트 로렌스는 1885년 영국 노팅엄셔 주의 탄광촌 이스트우드에서 광부인 아버지와 교사인 어머니 사이에서 넷째로 태어났다. 심약한 아이였던 로렌스는 가난과 불화 속에서 어린 시절을 보냈다. 로렌스는 불우한 환경 속에서도 1898년 노팅엄 고등학교에 장학생으로 입학하고, 회사 서기와 초등학교 교사를 거쳐 1906년에 유니버시티 칼리지에 진학하였다.

 1911년 로렌스는 첫 작품 《하얀 공작》을 출간하면서 본격적인 작가로 데뷔하였다. 1914년 대학교 스승의 아내였던 프리다 위클리라는 독일 여성과 결혼했지만 제1차 세계대전으로 더 이상 독일인 부인과 함께 영국에 머물 수 없게 되자 그는 이탈리아, 오스트레일리아, 미국, 멕시코 등을 떠돌면서 작품 활동을 하였다. 그는 소설과 함께 시와 평론, 여행기도 집필하였다.

 대표작으로는 《아들과 연인》을 비롯하여 《무지개》, 《사랑하는 여인들》, 《채털리 부인의 연인》 등이 있다.

 그는 1930년 프랑스의 방스에서 건강 악화로 마흔네 살의 젊은 나이로 사망하였다.